*Ian Parri*
# Gwynfyd

Cyhoeddwyd gan Melin Bapur
Llanofer


Llun / dyluniad y clawr:
©Adam Pearce
©Melin Bapur, 2024





Gyda diolch i grewyr y ffont *BabelStone Coelbren*.



ISBN:
978-1-917237-20-8

Ian Parri

# Gwynfyd

Bydoedd Amgen
Melin Bapur

Mae **Ian Parri** yn newyddiadurwr a chyfieithydd. Mae wedi ysgrifennu nifer o lyfrau ffeithiol ar ystod o bynciau; *Gwynfyd* fodd bynnag yw ei nofel gyntaf.

Bwriad cyfres **Bydoedd Amgen Melin Bapur** yw ehangu ystod y llyfrau sydd ar gael yn y Gymraeg ym meysydd ffuglen ddamcaniaethol—sef ffantasi, ffuglen wyddonol, hanes amgen, arswyd—drwy gyhoeddi gweithiau newydd a chyfieithiadau, ac ail-gyhoeddi gweithiau y mae eu hapêl yn parhau.

# Pennod 1

Roedd hi'n ddiwrnod cyntaf o'r pythefnos newydd, a sgrialodd pry' copyn fu'n cadw cwmpeini i Mal i gilfach dywyll o'r stafell lom efo siom yn ei wyth llygad bach trist. Gweryrodd Mal wrth i hologram arall o'r Ffrwd glindarddach i ganol yr ystafell. Rhith-ddelwedd arall o un o'r derwyddon a redai pob dim yn y Weriniaeth Orseddol wallgo' hon. Cafodd y stafell ei goleuo o'i llawr pren moel hyd at y llwydni ar y nenfwd gan ryw wawl gwyrdd. Daeth oglau llychlyd yn ei sgil, nid yn hollol amhleserus, rhywle rhwng arogl gwynt y de ddaw ar brydiau ar ei hynt o'r Sahara a mwsog' gwlyb. O leiaf roedd hynny'n gan gwaith gwell na'r drewdod arferol, cymysgedd o hen grysau chwyslyd a gweddillion prydau parod nosweithiau maith.

Ond pam na chai lonydd o'r plagio di-baid hyn ag yntau'n gweithio i'r Ffrwd? Oedd rhaid anfon rhith-ddelwedd ar ôl rhith-ddelwedd i sefyll yng nghanol ei stafell fel hyn yn eu gwisg derwyddol, yn rhefru byth beunydd am rinweddau llywodraeth Yr Orsedd a'r Chwyldro Cynganeddol? Rhinweddau o ddiawl. Ond roedd yn teimlo'n hynod ragrithiol yn cwyno am y gwirioneddau, fel y cai'r llithoedd di-sail hyn eu henwi, ag yntau ei hun yn cyfrannu tuag atyn nhw. Cyfrannu? Eu creu nhw'n amlach na pheidio, mwya'r cywilydd iddo.

Beth fyddai ei fam dlawd wedi ei ddweud tase hi'n dal yma? Cofiai Mal fel heddiw'r ing o'u gweld nhw'n dod i fynd a hi i ffwrdd i'r Aberthfa, â diwedd ei hoes dim ond oriau i ffwrdd. Y dydd olaf. Â hithau'n mynd mor urddasol, gan ddweud wrth ei hunig blentyn i fod yn ddewr. Dyna eironi. Hi yn dweud wrtho fo am fod yn ddewr.

Tybed oedd yna ormod o flas crefyddol i'r gair rhagrith i fod yn dderbyniol bellach yn y dyddiau neo-baganaidd hyn? Ond dyna chi enw rhagrithiol oedd ar ei gyflogwr hefyd. Y Rhwydwaith Lledaenu Gwirioneddau, yr union bobol sy'n rheoli'r Ffrwd ac yn llenwi pennau dinasyddion y Weriniaeth efo sgrwtsh a sothach. A'r ffyliaid gwirion yn glafoerio drosto llawn cymaint ag y gwna chwilen y dom pan ddaw honno ar draws pelen flasus o gachu. Sylwodd neb ar y gwahaniaeth pitw rhwng gwirionedd a gwiriondeb.

Ceisiodd anwybyddu'r negesydd derwyddol oedd yn cystadlu am ei sylw efo sŵn hwteri'r llongau wrth y cei gerllaw, oedd wastad yn gadael neu'n cyrraedd o rywle, a'r ceffylau a cheirt yn mynd o gwmpas eu dyletswyddau ar y stryd oddi tano. Syllodd yn y drych uwchben yr un dresel moel yn yr ystafell lle cadwai ei ddillad rhychedig a'i dronsiau hanner glân. Gwelodd wyneb llwydaidd yn dangos olion sawl antur newyddiadurol yn rhythu'n ôl arno. Roedd yr ên wedi ei naddu'n sgwâr ond yn wyrddlas o fonion blewiach nad oedd wedi gweld rasel ers deuddydd. Digon tenau oedd y gwallt, ond beth oedd yno yn dal ei afael yn benstiff. Gwrthodai Mal gydnabod yr olion amlwg o sawl noson hwyr yn Yr Ogof neu yng ngwelyau cysurus rhai o drigolion hoff y Weriniaeth. Nid bod pob arwydd o'r cog golygus o'r gorffennol wedi llwyr gilio chwaith. Neu felly yr hoffai feddwl, o droi ei wyneb yn fwy tua'r gwawl gwyrdd na'r llewyrch tila y taflai'r gwasanaeth goleuo cyhoeddus o'r nenfwd.

Nid fel hyn roedd o wedi dychmygu pethau'n mynd pan gerddodd drwy ddrysau'r Coleg Newyddiadurol ym Mhlas Coch am y tro cyntaf, sawl tro byd yn ôl bellach. Tyrchu er mwyn canfod y gwirionedd fu ei freuddwyd. Y gwirionedd go iawn, nid wirionedd ffug Yr Orsedd. Yfo, Maldwyn Tanat, oedd yn mynd i ryddhau gwerin dlawd a gwirion Yr Ynys o'u hualau a thorri eu cadwyni. Yfo oedd yn mynd i wneud yn siŵr bod y bobol oedd yn rhedeg Yr Ynys yn cadw at eu haddewidion. Yfo a wnâi yn siŵr y bydden nhw'n cael eu disodli os na fydden nhw. Yfo oedd yn mynd i ddangos bod mwy i fywyd na blydi cynganeddu ac englyna a rhyfela. Yfo... Be' gythrel ddigwyddodd felly, Mal bech, gofynnodd i'w hun.

Efallai iddo dalu gormod o sylw i'r caru a'r diota yn y coleg a dim hanner digon i'w astudiaethau. Ond hyd yn oed bryd hynny sylweddolai yn ei galon mai cael eu bwydo efo llwyth o rwtsh roedden nhw. Hanes a gwleidyddiaeth a'r gyfraith yn ôl dehongliad eilunaddolwyr Iolo Morganwg, myn diain i. A pham nad oedd modd troi i ffwrdd y swnami o wirioneddau hurt oedd yn hawlio ei stafell o un pen dydd i'r llall? Wrth i'r derwydd ddirwyn ei lith ddiflas am ogoneddau'r Ynys i ben a llithro'n ôl i'r gwyll lle yr ymddangosodd gyntaf bum munud ynghynt, daeth ochenaid arall o enau Mal. Hen bryd, meddyliodd. Pwy oedd y bwbach gwirion fu drwy flynyddoedd o addysg Gorseddol dim ond i greu delweddau fel yna ar ran y Weriniaeth? Rhywun fel Maldwyn Tanat, debyg.

Gwasgodd fotwm ar ei negesydd personol a gwrando eto ar y llais metelaidd. Roedd yn anodd dirnad os mai llais merch wrywaidd neu ddyn merchetaidd oedd o i'w fod. P'run bynnag, roedd y llais yn ei atgoffa eto fyth nad oedd wedi trefnu ei ymweliad â'r clinig Gwynfydu. Taflodd y negesydd i'r llawr yn ei wylltineb. Daeth gwich flin ohono i ddangos bod y camddefnydd yma o eiddo'r Wladwriaeth wedi ei gofnodi.

"Gwynfyd o ddiawl," sgyrnygodd Mal i'w gwpaned chwilboeth o goffi. Roedd yn hoff o'r coffi Fav Du atgyfnerthol hwn oedd yn llithro'n braf i lawr ei gorn. Cai ei smyglo i'r Ynys o'r Tir Mawr fyth ers y Rhyfel Cynganeddol, fel y gelwid y brwydro gwirion hynny fu rhwng y cymdogion o wladwriaethau oedd mor debyg eu naws a'u delfrydau. Ond roedd gofyn troi sawl braich er mwyn cael gafael ar hyd yn oed bleser mor elfennol. A thalu crocbris. Prin ei fod yn medru llyncu'r un israddol o wneuthuriad Llwyn Iorwg oedd ar gael fel arfer. Cai hwnnw ei gynhyrchu o wreiddiau sychion dant-y-llew, a dyna'r unig fath oedd ar gael yn siopau'r Delyn Aur ers i'r Orsedd ddatgan ei bod am i'r Weriniaeth fod yn sofran hunangynhaliol. Roedd yn gas ganddo fynd drwy ddrysau'r Delyn Aur, cadwyn y Wladwriaeth o storfeydd hanfodion bywyd. Ac roedd gweld bron popeth ar y silffoedd hanner gwag wedi ei blastro â'r pelydrau triphlyg, Nod Cyfrin Yr Orsedd, yn dân ar ei groen. Ond os nad oedd wedi llwyddo i gael gafael ar ei anghenion drwy'r farchnad ddu ffyniannus, i'r Delyn Aur agosaf roedd yn rhaid mynd.

Yno roedd posib gwario tocynnau bywyd y Weriniaeth Orseddol, y tocynnau Swllt, a'r rheiny i gyd efo gwep yr Archdderwydd yn eilun-ddarluniau arnyn nhw. Yn cadw cofnod electronig o bawb a phopeth ar Yr Ynys, pob symudiad a gwariant a rhech, bron iawn. A gwae chi pe na byddech wedi talu am y Cyfansoddiadau Dyddiol a'u derbyn drwy'ch teclyn egwyddori. Ffieiddiai llawer at y syniad o orfod talu am eich propaganda, ond feiddiai neb godi llais yn erbyn yr arferiad. Byddai'r Wladwriaeth yn hawdd wedi gallu tynnu'r "cyfraniad" o gyfrifon personol pobol, oedd yn llwyr o dan reolaeth Yr Orsedd, ond roedd gofyn amdanyn nhw'n "wirfoddol" yn fodd pellach o amlygu unrhyw fradwr oedd â thueddiadau annheyrngar.

Roedd o'n casáu aelodau'r Orsedd ag atgasedd perffaith. Roedd yn troi ar ei stumog gorfod cerdded strydoedd y ddinas a dioddef delweddau o wyneb yr Archdderwydd yn syllu arno ym mhob man, yn gwgu oddi ar bob yn ail bolyn cydymffurfio ac ar dalcen pob adeilad posib. Roedd o mor eiddigeddus o bobol y Tir Mawr a'u bywydau rhydd, ac yn colli bod yn eu cwmni yn eu gwladwriaeth orseddol ryddfrydol. Cefndryd cyfain, gyda iaith a diwylliant a dyheadau mor debyg, ond hefyd yn elynion taer yn ôl yr Archdderwydd. Ond onid oedd y cofnodion hanes yn dangos, hyd yn oed ar ôl i'r Orsedd eu diwygio a'u cywiro, mai cefndryd fu wastad yn rhyfela yn erbyn ei gilydd? Y cefndryd ar frig y drefn a fyddai wastad yn arwain y llewod ffyddlon dros y dibyn i'w tranc mor ddi-gwestiwn, tra'u bod hwythau yn llymeitian gwin yn ddiogel yn eu palasau cysurus ymhell o sŵn y gad.

Eisteddodd Mal yn ôl a drachtio'n ddwfn o'r cwpan efo baner ddu a gwyn y Tir Mawr arno. Ymosodai'r arogl ffa yn chwareus ar ei ffroenau a boddi pob drewdod hen grysau a sawr mwsog' a gwynt y de. Roedd llymeitian coffi Fav Du nid yn unig yn rhoi rhyw sbardun iddo i'w dynnu drwy ddrain bywyd, ond yn arwydd calonogol o anufudd-dod i'r drefn. Roedd cael coffi o dir y gelyn honedig yn rhoi andros o wefr ryfeddol iddo nad oedd dim i'w wneud â'r caffîn oedd yn trwytho drwyddo'n fendigedig.

Meddyliodd eto am y neges roedd newydd ei dderbyn. Nid oedd o ar unrhyw gyfrif yn mynd i wirfoddoli i wneud ei hun yn gaeth i'r Gwynfyd, nac unrhyw gyffur y bo'r Wladwriaeth yn ei ddarparu ar ei gyfer. Nid mai ei ddarparu oedden nhw, ond mynnu i bob pwrpas eich bod yn ei gymryd. Bu y nesa' peth i gaeth i'r gwin a'r cwrw yn y gorffennol ffôl, ond roedd hynny cyn iddyn nhw i gyd sylweddoli bod Yr Orsedd yn gwenwyno hyd yn oed eu diodydd efo chyffuriau. A chyffuriau cymharol ddiniwed oedd y rheiny ar y pryd cyn iddyn nhw ganfod yr hen gyfrinachau am Wynfyd yn yr Amgueddfa Lyfrau Orseddol. Yr arbenigwyr yno ddaeth o hyd iddyn nhw wrth graffu drwy hen ddogfennau o eiddo Iolo Morganwg, ac roedd lle i gredu iddyn nhw fod wedi eu llên-ladrata o weithiau Meddygon Myddfai. Nid y meiddiai neb ddatgan y ffasiwn honiad bradwriaethus yn erbyn y meseia cynganeddol yn gyhoeddus. Ond os bu Mal a'i gyfoedion yn ei gorwneud hi ar y ddiod gadarn ers talwm, eu dewis nhw oedd hynny. Gorfododd neb mohonyn nhw. Ac roedd y Wrecsam Lager bron mor felys â'r caru bryd hynny, os nad oedd un peth wedi llwyddo i amharu'n ormodol ar y llall.

Roedd o'n cofio cael ei anfon yn newyddiadurwr ifanc brwd, efo'i declyn rhwydo delweddau ar ei wregys, i'r ffermydd Gwynfyd yn nyddiau cynnar y Chwyldro. Dewiswyd yr enw'n ofalus, cafodd wybod bryd hynny. Roedd Gwynfyd yn un o dri chylch consentrig y greadigaeth yn ôl dysgeidiaeth y derwyddon, yn gorwedd yn y canol rhwng Abred a Cheugant. Cyn hir daeth Yr Orsedd i ddeall y byddai'r cyffur yn ei gwneud bron yn hollalluog.

Bu'n gwylio'r ffermwyr ifanc yn medi'r uchelwydd o'r coed derw yng nghellïoedd hynafol eu cyndeidiau ar arfordir gorllewinol Yr Ynys, a'r trueiniaid mor hapus o'u cyfraniad at y Chwyldro. Bu wedyn mewn ffatri yn gweld yr aeron gwynion yn cael eu gwasgu'n hylif trwchus oedd werth mwy i'r Orsedd na'r holl blwtoniwm yn y byd. Gwelodd y broses o sychu'r hylif a'i droi'n bowdwr cyn ei osod mewn capsiwl fawr mwy na phen nodwydd. Roedd wedi gwylio'r cyfan ac wedi nodi pa mor swrth a bodlon eu byd oedd y gweithwyr dirwgnach yn y ffatri. Ond ni welodd ei adroddiad erioed olau dydd. Ni fu'r un rhith-dderwydd erioed yn cyflwyno adroddiad gan Maldwyn Tanat am ddiwydiant Gwynfyd y Weriniaeth Orseddol. Roedd sensoriaeth yn dechrau codi stêm wrth i'r dechnoleg ddarlledu hologramau newydd-anedig lenwi ystafelloedd y gwylwyr efo delweddau byw a lliwgar. Yn fuan daeth yr arferiad gor-fentrus o adael i newyddiadurwyr gyflwyno eu hadroddiadau eu hunain i ben, a byth ers hynny yr oll a geid oedd y llithoedd hirwyntog presennol o enau derwyddon diogel a chymeradwy.

Gwyddai Mal o'r adeg hynny bod llygaid barcud Yr Orsedd arno fo a'i debyg, a bod eu henwau yng nghofnodion y Cofiadur. Yn aml byddai'n sylwi dros ei ysgwydd ar dderwyddon yn ei ddilyn yn ddichellgar liw nos wrth iddo fentro am lasiad di-alcohol yn y Corn Hirlas, neu noson arall wrth iddo hel ei draed i luchio ei docynnau Swllt ar y beithynen gamblo yng Nghasino'r Coelbren. Clywai eu sandalau yn clepian yn ddi-hid drwy'r pyllau glaw ar y palmant tu cefn iddo, yn benderfynol o adael iddo wybod eu bod nhw yno ac yn cadw llygad arno. Ond hoffai Mal feddwl ei fod yn dipyn o dderyn, ac mai nid ar chwarae bach y bydden nhw'n ei gael o mewn cadair mewn clinig er mwyn gosod y capsiwl bychan 'na ym meinwe ei gorff. Wyddai neb yn iawn pa mor hir oedd yr effaith yn para, efo rhai yn darogan y byddai chwarter canrif yn mynd heibio ac eraill yn ofni na fyddai rhywun byth yn adfer ei bwyll. Ond doedd o ddim yn mynd i ganfod os oedd hynny'n wir ai peidio.

Digon gwir mai crafu byw oedd o, ond roedd yn rhaid derbyn nad oedd Yr Orsedd am dwmpathu moethau bywyd ar rywun nad oedd ar y gofrestr Gwynfydu. Doedd dim cofnod o deyrngarwch wrth ei enw, ac nid oedd erioed wedi mynychu dosbarthiadau cynganeddu fin nos hyd yn oed. Ond roedd yn cael ei ddogn o Sylltau, os braidd yn annigonol. Ei ddewis o oedd eu gwario yn y Coelbren neu'r Ogof, neu ar bleserau'r cnawd, yn hytrach nac ar ddillad a dodrefn. Ac roedd yr hwyl o dreulio wythnosau'r haf ar y Tir Mawr yn gwario'n hael ar eu gwin a'u bwyd a'u cariadon clên bellach bron yn angof, fyth ers y rhyfel hurt 'na rhwng y ddwy Orsedd ynglŷn â phwy oedd â'r hawl ar yr anthem. Collodd bythefnos o Sylltau unwaith am feiddio awgrymu wrth y pen-derwydd yn y swyddfa y gellid ei rhannu fel y bu'r drefn cynt.

Ond roedd yn well ganddo ryddid y stafell foel hon roedd ynddi na chaethiwo ei ymennydd mewn cell gemegol, er nad oedd ei waith ar y Ffrwd yn destun llawer o bleser na balchder iddo. Ail-adrodd datganiadau'r

Orsedd oedd unig rôl ý Ffrwd bellach. Diflas a gormesol oedd yr awyrgylch yn y Rhwydwaith, a gwyddai pe byddai'n cymryd un cam gwag yn ormod mi fyddai ar ei ben yn y carchar yn barod i'w Wynfydu. Roedd hi'n debygol bod bron pawb arall yn y swyddfa wedi eu trwytho â'r cyffur, hwythau mor ufudd i unrhyw orchymyn â chorgi i'w feistr neu feistres. Ond roedd Mal wedi llwyddo i osgoi'r clinig a'r Gofrestr hyd yma, a nid oedd Yr Orsedd wedi datgan Rheol Droseddu yn erbyn gwrthod Gwynfydu eto. Roedd si pob tro byd ers peth amser y byddai'r Archdderwydd yn gwneud hynny o'r Maen Llog ar Ddydd y Deddfau, ond ni ddigwyddodd fyth er syndod i'r pump y cant annheyrngar. Hyd yma gwirfoddol oedd y cyfan, yn ystyr mwyaf llac y gair, ond sylweddolai Mal ei bod yn hanfodol iddo dwyllo ei ffordd ar y Gofrestr heb gael ei Wynfydu. Nid er mwyn ei yrfa, gan nad honno'n golygu llawer iddo bellach:- sglodyn bychan oedd o mewn peiriant cynhyrchu celwyddau anferthol ar ran y breintiedig rai. Doedd ei bresenoldeb yn yr holl broses o unrhyw bwys, gan y cai'r rhithwir ei gynhyrchu'r un fath boed o yno ai peidio. Byddai sglodyn bychan arall yn neidio i gymryd ei le pan fyddai ei ddefnyddioldeb yn dod i ben.

Tagodd Mal wrth ddrachtio'n rhy ddwfn yng ngwaelod y cwpan. Rhoddodd hi ar y bwrdd a gosod ei ben yn llafurus rhwng ei ddwy law. Clywai sŵn normalrwydd y tu allan i'w ffenest. Clip-clopian y ceffylau, dilynwyr cibddall y ffydd yn crochlefain am ogoniant y Weriniaeth, a lleisiau croch llongwyr chwil yn ei morio hi am y dioty nesaf. Roedd yna ateb i'w bicil, ond roedd wedi bod yn ei osgoi. Roedd wedi clywed gwrthodwyr eraill yn trafod wrth far Yr Ogof sut oedd modd llwgwrwobrwyo Dr Heinkel, un o'r brechwyr yn y clinig Gwynfydu. Talu iddi am osod capsiwl ffug o dan groen y fraich dde, yna rhoi'r tag adnabyddiaeth yn eich gwar a chofnodi'ch enw ar y

Gofrestr. Roedd yn costio crocbris, ond pwy allai feio Heinkel am fynnu ei haeddiant? Roedd hi'n rhoi ei bywyd mewn perygl pob tro roedd hi'n anufuddhau i'r Orsedd fel hyn. Ac roedd ffugio'r Gwynfydu, holl sail y Chwyldro, yn anufudd-dod lawer gwaeth hyd yn oed na'i wrthod. O leiaf roedd y gwrthodwyr yn hollol hysbys i'r awdurdodau.

Ond mae'r gost yn ormod iti, sgrechiai un ochr o'i ymennydd i glust fyddar Mal, dwyt ti ddim yn ennill digon o Sylltau. A byddet ti byth yn cyrraedd yn agos i'r clinig heb drefniant swyddogol, â thithau o dan amheuaeth yn barod. Ymunodd yr ail glust yn y brotest o fyddardod. Roedd hi'n rhaid bod modd cael y maen hollbwysig honno i'r wal.

Canodd corn gwlad yn rhywle a chamodd y derwydd yn ei wisg werdd a'i wawl yn ei ôl i ganol y stafell. Bydd y cyflenwadau maeth nesaf yn cyrraedd y banciau bwyd ben bore yfory, felly trefnwch eich tocynnau Swllt heno, bla di bla... mae cynhyrchiant englynion ar i fyny, bla di bla... ac mae Clec, cwrw swyddogol y Wladwriaeth, wedi bod yn fuddugol ym mhob adran o Wobrau Diod Yr Ynys. Mae modd wrth gwrs cyfnewid eich tocynnau Swllt amdano ym mhob un o dafarnau'r Corn Hirlas sy'n britho'r Ynys. A nawr dyma ragolygon y tywydd...

"Cer i gynganeddu'r cythre'l hyll," meddai Mal yn hallt wrth y derwydd, ei ddewrder yn gryfach yn wyneb y ffaith nad oedd o yno mewn gwirionedd nac hyd yn oed yn bodoli. Cipiodd ei gôt oddi ar gefn ei unig gadair, camu drwy'r gwawl efo'r rhith yng nghanol ei lith, a chau'r drws yn glep ar ei ôl.

# Pennod 2

"'Y mae draw mewn anghyflwr, yn y winllan gwynfan gŵr'."

"Be' ddwedsoch chi cariad?".

Prin y cododd Goronwy Taliesin ei drwyn o'i declyn egwyddori. Roedd yn glafoerio'n farus yn hwnnw wrth lowcio pob gair o bropaganda'r Cyfansoddiadau Dyddiol, ac yn eu credu mor grefyddol ag yr oedd yn weddus i bagan parchus ei wneud. Eisteddai fel brenin ar gadair farddol gerfiedig, efo Gelert y corgi yn un belen flewog a chynnes o amgylch ei draed. Roedd yn cofio iddo grybwyll wrth ei wraig wrth iddyn nhw benderfynu cymryd ci anwes i'w cartref y byddai wedi hoffi cael un bychan fel y papillon. Difarodd yr eiliad iddo ynganu'r geiriau, wrth i Ceridwen ddisgrifio'r fath anifail fel "ci cachu dan mat". Dychrynodd o glywed y ffasiwn iaith yn dod o enau ei wraig, ond rhoddodd y Wladwriaeth gaead ar biser y ddadl yn fuan ar ôl yr ail Chwyldro pan ddatganwyd mai un o'r bridiau cynhenid oedd yr unig fath o gi anwes a ganiateid.

Bu rhincian dannedd am fisoedd wrth i boblogaeth cŵn Yr Ynys gael ei phuro. Ceid adroddiadau cyson am y glanhau genetig ar y Ffrwd ac yn y Cyfansoddiadau Dyddiol, efo newyddiadurwyr bryd hynny yn cael hynt gymharol rhwydd i adrodd ar faterion o'r fath. Credai'r Orsedd ei bod yn bwysig i'r werin ddod i ddeall y drefn newydd yn well, ac i wybod am y cosbau trymion fyddai'n deillio o beidio a chydymffurfio. Nid fod gan Goronwy ronyn o gydymdeimlad tuag at yr anghydffurfwyr. Cafodd ei lwyr ddarbwyllo nad oedd ar unrhyw gyfrif am fod yn berchen ar frid estron, boed o'n papillion, chihuahua neu bwdl. Felly corgi amdani. Dewiswyd ei gofrestru fel Gelert ar ôl pori drwy'r rhestr eitha' byr ond digonol o enwau swyddogol derbyniol, a bu'n gysgod ffyddlon iddyn nhw fyth ers hynny.

Hoffai Goronwy feddwl ei fod yn ddyn canol oed, er i bob tystiolaeth awgrymu fel arall. Roedd swp o floneg yn gorlifo dros ymylon ei wregys pan nad oedd ynghudd yn ei wisg is-dderwyddol felen, a digon garw oedd ei wyneb erbyn hyn. Aflwyddiannus hefyd fu ei ymdrechion i guddio'r moelni fu'n ei blagio fyth ers ei ugeiniau, troeon byd maith yn ôl bellach. Bu'n gobeithio y cai wahoddiad i'r clinig trin moelni yng Nghanolfan Wyddonol Rhiwallon ym Myddfai, ond yn ofer. Roedd ambell un yn ffodus i gael mynd yno i gael eu trin â thrwyth arbennig a drud o flodau pren y clefyd melyn, cynnig ar ddiolchgarwch gan Yr Orsedd am fod yn weision da ac ufudd i'w meistri a'u meistresi ac abwyd i'w cadw at y llwybr cul. Ond er na fyddai gair o feirniadaeth yn mentro heibio ei weflau, gwyddai Goronwy ym mherfeddion pŵl ei ymennydd mai ofer fyddai ei obeithion. Doedd gwisg felen y cyw-derwydd yn cario hanner digon o awdurdod ym myd Yr Orsedd. Ac wedi'r cyfan, unwaith mewn degawd neu fwy y gellid disgwyl mynediad i Fyddfai ac eithrio'ch bod wedi cyrraedd uchel rengoedd cymdeithas. Gwisg las o leiaf. Ac onid oedd o wedi cael y fraint o fod yno unwaith ynghynt, pan gafodd o'r trafferthion yna y mae'n anodd i ddyn siarad amdanyn nhw? Roedd rhai'n credu bod a wnelo hynny â faint o ddiod gadarn oedd dyn yn ei lyncu, ac roedd Goronwy wedi bod yn hoff o'i win erioed, fel roedd yr arlliw bysedd y cŵn ar ei drwyn yn ei dystio. Ond prin y crybwyllodd neb y sïon cyfeiliornus oedd ar led bod y Gwynfyd yn gallu bod yr un mor gyfrifol am y cyflwr. Ond cafodd wahoddiad i Fyddfai bryd hynny, gyda'r Orsedd yn awyddus i annog twf yn y boblogaeth o du'r credinwyr pybyr. Gallai'r gweddill bydru yn eu hanffrwythlondeb haeddiannol.

Dysgodd lawer am feddyginiaethau brodorol hanesyddol Yr Ynys. Sgubwyd ymaith o'i isymwybod yr holl ofergoelion fiagraidd y bu pobl Yr Ynys mor barod i'w llyncu yn y gorffennol. Diolch byth i'r Orsedd ddangos y llwybr clir ymlaen, yn wyneb haul, llygad goleuni. Roedd hi'n oes newydd ac roedd eu llywodraeth yn arwain y byd mewn sawl maes wrth wthio ffiniau gwybodaeth ddynol i'r eithaf. Bu yn y Ganolfan am dri pythefnos. Cafodd ei drin â'r meddyginiaethau traddodiadol, blodau chwys yr haul, wermod lwyd a rhosmari. Pan ddychwelodd adref arweiniodd Ceridwen yn swil am y stafell wely, bron mor swil â'r noson honno yn y Wisgfa yn y Deml 'slawer dydd ar ôl yr ymarfer cyd-adrodd.

Roedd hi'n anodd dweud a gafodd Ceridwen ei rhyfeddu, ei siomi neu ei bodloni. Gwnaeth hi ddigon o synau cadarnhaol, a cheisiodd hi ddarbwyllo'i hun y byddai pethau'n llawer dedwyddach bellach. Cytunodd Goronwy a syrthiodd ar ei fai am ei gadael hi gyhyd cyn chwilio am help, yn enwedig gyda'r Orsedd yn mynd ymlaen am hynny pob tro yr oedd yn troi ei declyn egwyddori ymlaen neu pan fyddai hologram yn ffrwydro i ganol eu bywydau. Nid ei fod o'n llwyr dderbyn mai arno fo roedd y bai i gyd chwaith, ond feiddiai o ddweud y ffasiwn beth o'i blaen hi. Byddai hynny'n gymaint o fenter ag anwybyddu golau coch yn fflachio mewn atomfa.

Ond mi fu'r ymweliad â Myddfai heb os yn llesol i'w enaid, er wiw iddo grybwyll wrth neb mai'r dyna fu'r unig gyfle y cafodd i ddianc rhag Ceridwen fyth ers iddyn nhw gyd-gofrestru yn y Deml y diwrnod bythgofiadwy hwnnw o haf. Ac thra roedd o yno cafodd gyfle annisgwyl i brofi gwerth y driniaeth wrth flasu angerdd mewn gwely gwahanol. Ond talodd yn ddrud yn feddyliol, a chywilyddiodd drwyddo draw hyd yn oed yn anterth y weithred. Nid iddo dderbyn mai ei fai o oedd yr holl beth, gan iddo gael ei hudo gan rywun gyda nwyd yn llifo'n wyllt.

Ond syrthiodd yn rhy hawdd i'r fagl ac roedd yn gorfod cydnabod mai un gwan y bu erioed am wrthod temtasiynau bywyd, nid bod llawer wedi eu rhoi o'i flaen.

Ond ble aeth yr holl droeon byd? Roedd hi'n ymddangos fel ddoe yn unig ers pan gyfarfu yntau a Ceridwen yn Nheml Dafydd ap Gwilym. Roedd y ddau yn ifanc a phenchwiban ac yn mwynhau'r rhyddid i dorri'n rhydd o hualau caeth eu plentyndod. A phwy allai gredu pa mor lwcus fuon nhw pan wahoddwyd nhw ill dau i weithio yn y ffatri englynion? Ac yno roedden nhw o hyd, wedi bod wrthi'n ddiwyd fyth ers hynny yn casglu credydau at eu pensiynau. Ac oedd 'na o ddifri' ddeunaw tro byd ers i enedigaeth yr efeilliaid Morfudd a Dyddgu gael ei chofrestru yn y Deml? Gallai eu clywed nhw'r eiliad honno yn eu stafell wely yn ymarfer y ddawns flodau o amgylch y ddelw 'na o'r Archdderwydd y prynodd Ceridwen iddyn nhw ryw ben-blwydd. Disgleiriai ei lygaid gyda balchder wrth i'w henwau anfon ton o bleser drwyddo. Efallai eu bod nhw'n hen yn cael plant, a'i dad wedi dechrau ei holi mewn sibrydion theatrig a oedd pethau'n gweithio fel y dylen nhw "i lawr staer", ond mi ddangosodd Goronwy i bawb. Efeilliaid, myn uffern i. Dim ond tr'eni i dad-cu a mam-gu, a thaid a nain, gyrraedd oed yr addewid a chael eu tywys i'r ganolfan aberthu â Morfudd a Dyddgu yn dal yn fychan.

Deffrowyd o o'i atgofion breuddwydiol gan amserydd yn tipian yn ddidrugaredd yn ei ymennydd. Roedd ei ddydd olaf yntau yn prysur agosáu, er mai dim ond canol oed oedd o, a phrinhau oedd yr amser iddo ddechrau dringo'r ysgol Orseddol o ddifri' os am gael estyniad einioes. Roedd wedi bod yn y wisg felen gyhyd roedd o'n dechre' poeni eu bod nhw wedi anghofio amdano. Neu wedi anobeithio efallai. A waeth iddo gyfadde', roedd yn genfigennus braidd o Ceridwen, â hithe' wedi gwibio i fyny'r rhengoedd a bellach mor falch o'i gwisg werdd. Ac

roedd pawb wedi sylwi bod y rhan helaethaf o'r uwch-
dderwyddon dipyn yn hŷn na oed yr addewid, heb
unrhyw arwydd bod disgwyl iddyn nhw gamu i'r
aberthfeydd. Nid y byddai Goronwy Taliesin am warafun
y fraint i unrhyw un o'u harweinwyr gwych. Onid oedd
y Ffrwd a'r Cyfansoddiadau Dyddiol yn datgan yn
feunyddiol pa mor ffodus oedd y Weriniaeth i feddu ar
arweinwyr mor alluog yn wyneb y bygythiadau o'r Tir
Mawr?

Roedd wedi ei sicrhau gan un o'r hyfforddwyr yn y
Ganolfan Ymdrwytho, pan fu yno'n cael ei baratoi i'w
urddo â'r wisg felen, mai rhywbeth i edrych ymlaen ato
oedd y dydd olaf. Uchafbwynt mawr eich bywyd, a
dyletswydd pob dinesydd er lles y genhedlaeth nesa'.
Holodd neb yr hyfforddwr sut oedd o'n gwybod. Ond
pwy na fyddai'n falch o estyniad einioes, tai hynny dim
ond er mwyn profi na fu'ch bywyd yn hollol ddibwys a'ch
bod wedi codi i rengoedd uwch cymdeithas. Ac i gynnig
bywydau mwy breintiedig i Morfudd a Dyddgu.

"Dwyt ti'n gwrando dim arna' i."

Taranodd llais cryg Ceridwen drwy'i benglog, a
cheisiodd ei gyfeirio i mewn drwy un glust ac allan drwy'r
llall fel arfer.

"Mae'n ddrwg 'da fi cariad. Hel meddylie o'n i. Be'
ddwedsoch chi?"

"'Y mae draw mewn anghyflwr, yn y winllan gwynfan
gŵr'."

"O ie. Dafydd ap Gwilym ife?"

"Wel be' arall? Dwi wedi bod yn gosod peth o'i waith
ar gainc ar gyfer y côr Cerdd Dant. Weithith o, ti'n
meddwl?"

"Yn ddigamsyniol, cariad. Ffortunus ein bod ni'n
defnyddio cymaint o'i waith yn y parti cyd-adrodd 'fyd
ynte? Rwy'n edrych ymlaen cymaint at yr ymarfer heno.
Saith o'r gloch fel arfer yn y Wisgfa cofiwch."

Cafodd ebychiad ddi-fynedd yn gadarnhad ei bod yn cofio'n iawn. Roedd hi'n casáu'r tueddiad yma oedd ganddo o ddefnyddio geiriau gorseddol pan fyddai iaith pob dydd wedi gwneud y tro'n iawn. Pwy oedd o'n meddwl oedd o? Yr Arwyddfardd?

Plymiodd Goronwy yn ôl at ei feddyliau melys, pob un ohonyn nhw'n deillio o'r Wisgfa. Yno am saith o'r gloch pob degfed dydd fyddai un o uchafbwyntiau ei bythefnos, awr a hanner pur o gyd-adrodd gwefreiddiol, ag yntau bellach yn cael yr anrhydedd o arwain y côr. Ac wedyn yr ymneilltuo i'r Corn Hirlas am wydriad neu ddau o'r ddiod fendigedig roedd Yr Orsedd yn ei darparu. A oedd hi'n bosib i fywyd gynnig mwy? Roedd traed Ceridwen a fyntau yn sicr ar eu ffordd lan yr ysgol, hyd yn oed os mai'n araf fel malwoden yn ei achos o. Un o lwyddiannau mwyaf ei fywyd fu cael Yr Orsedd i gytuno ar wahardd yr erchyll air "ll**aru". Ail-sefydlwyd y grefft fel yr adrodd yr arferai eu cyndeidiau ei ymarfer. Gosodwyd cosbau trymion am yngan y gair, a bu'r plismyn iaith yn ddigyfaddawd efo unrhyw un a chai ei ddal. Anfonwyd ambell rebel a fynnai ei ddefnyddio i wersylloedd ail-addysgu rhywle yn y mynyddoedd, ac ni welwyd nifer ohonyn nhw fyth wedyn. Bu'n rhaid ail-osod sylfeini geiriol rhwydweithiau cyfathrebu'r Ynys i ddileu'r gair ar gost anferthol, ond roedd yn werth pob Swllt ym meddwl Goronwy. Dyna fu dechrau'r diwedd i eiriaduron wedi eu cofnodi ar bapur. Cafodd y cyfan o'r pethau hen ffasiwn hyn oedd yn llercian yn llychlyd mewn amgueddfeydd llyfrau eu llosgi'n ulw. Cyn hir dinistrwyd y cyfan o'r hynafolion erchyll eraill nad oedd yn cyd-weddu â gofynion yr oes newydd.

Cofiai'r wefr a saethodd hyd ei asgwrn cefn pan wahoddwyd o i danio'r goelcerth eiriadurol genedlaethol yng Nghylch Yr Orsedd, y tu allan i byrth y Senedd yn Sgwâr y Weriniaeth. Honno oedd ei gam mawr cyntaf tuag at ddringo'r ysgol mewn gwirionedd, mwy na chael ei urddo i'r wisg felen. Neu felly roedd o'n meddwl ar y pryd. Yfo o bawb a sbardunodd chwalu'r llyfrgelloedd a'u casgliadau celwyddog. Gwyddai y byddai ei enw yn cael ei gofio yn y cofnodion hanes fel arwr cenedlaethol.

Bu'n methu â byw yn ei groen am sawl pythefnos cyn y llosgi mawr, wrth i'r awdurdodau sgubo drwy'r Ynys yn chwilio am gopïau o unrhyw eiriaduron cudd. Gwae unrhyw un a ganfuwyd yn cuddio un o dan y gwely. Cyhoeddwyd amnest ar gyfer unrhyw un fyddai'n rhoi geiriadur yn wirfoddol tuag at y goelcerth genedlaethol fawr. Roedd pawb yn falch o allu tyrchu rhyw hen beth o'r atig fel cyfraniad at y dathliad cenedlaethol, a'r Ffrwd yn adrodd yn gynhyrfus sawl gwaith y dydd am y paratoadau. Hyd at syrffed y byddai pobol llai diwylliedig na theulu Taliesin wedi ei deimlo.

A phan ddaeth y noson ei hun, ni chredai Goronwy iddo erioed brofi'r fath wefr. Saethai yn un don ar ôl y llall drwy ei holl gorff. Bu yntau a Ceridwen yn crwydro'r brifddinas yn mwynhau'r bwrlwm am rhai oriau cyn yr amser penodedig. Roedd strydoedd ac adeiladau'r ddinas yn frith o'r Nod Cyfrin, baner tair linellog Yr Orsedd. Pefriai balchder drwy'r ddau wrth syllu ar symbol Pelydrau'r Goleuni mewn du, oddi mewn i gylch gwyn, yn gorwedd ar gefndir coch o liw gwaed brodorol pur. Bu artistiaid peintio wynebau yn treulio oriau yn ennill Sylltau yn lliwio'r Nod gwladgarol ar ruddiau plantos bychain, a bu'r stondinau bara lawr a bara brith a theisennau Berffro dan eu sang. Gwelwyd cerddorion stryd ym mhob man gyda'u telynau gwladwriaethol yn begera am Sylltau wrth Gerdd Dantio'r hen alawon gwladgarol. A gwnaeth y Cyrn Hirlas eu cyfraniad i'r holl rialtwch. Roedd Goronwy mor falch o fod yn ddinesydd o'r fath Wladwriaeth wâr, a braf oedd cael y cyfle i fod yn rhydd o ddyletswyddau'r ffatri. Amheuthun hefyd oedd cael llusgo Ceridwen i ambell gangen o'r Cyrn Hirlas i fwynhau llymaid bach, nid bod llawer o waith llusgo arni. Ychydig a feddyliai'r torfeydd oedd wedi heidio yno o bob cwr o'r Ynys bod yr union arwr oedd wedi ysbrydoli'r fath orfoledd yno yn eu plith. Ond fyddai o ddim yn anhysbys fawr hirach, roedd o'n hyderus o hynny.

Wrth i amser y ddefod danio agosáu, dechreuodd y ddau wthio'u ffordd drwy'r twr anferthol o bobol tuag at Gylch Yr Orsedd. Roedden nhw'n gwybod y byddai un o reng y wisg las yn disgwyl amdanyn nhw. Ac er nad oedd hi'n bell at Sgwâr y Weriniaeth a'r Senedd, cymaint oedd y wasgfa nes iddyn nhw ddechrau pryderu na fydden nhw yno erbyn yr amser penodedig. Byddai hynny wedi ei dderbyn cystal â bwcedaid o chwd oer gan yr awdurdodau. Byddai hi'n ddiwedd ar obeithion Goronwy o ddringo'r ysgol ymhellach ac, yn bwysicach, o osgoi'r canolfannau aberthu. A beth fyddai'n dod o yrfa orseddol Ceridwen? Sychodd ceg Goronwy yn grimp, a tharddodd rhaeadrau hallt o chwys oddi ar dalcen Ceridwen. Gwelodd y ddau eu breuddwydion yn dadfeilio o dan eu trwynau wrth i'r Gwynfyd am unwaith lacio'i afael arnyn nhw. Ac er mor groes i'r graen oedd hi i Goronwy gyfaddef hynny, buon nhw ar goll am chwarter awr, a thafod Ceridwen mor finiog ddi-hid o'i deimladau ag erioed. Tasai o heb fynnu cael y trydydd gwydriad 'na mi fyddai ganddyn nhw ddigonedd o amser. Tasai o'n adnabod y ffordd o gwmpas ei brifddinas ei hun yn well fydden nhw ddim yn y picil hwn. Tasai...

"O caewch eich hen geg fawr, wnewch chi?"

Syfrdanwyd Goronwy gan rym ei emosiynau a'i hyfdra. A diolchodd i'r drefn mai meddwl y geiriau a wnaeth yn hytrach na'u hyngan. Yn betrus, bu'n rhaid mentro gofyn am gyfarwyddyd gan heddwas o'r Llu Heddwch Gwladwriaethol y gwelon nhw ei sgwario hi'n hyderus ar y stryd yn ei lifrai lledr du. Gwelon nhw'r cyfenw Huxley wedi ei farcio'n falch mewn sgwaryn gwyn ar frest ei lifrai, ochr yn ochr â'r Nod Cyfrin. Roedd y creadur yn gwegian o dan bwysau pob math o arfau cydymffurfio yr oedd rhywun yn amlwg yn credu bod eu hangen arno er mwyn cadw'r heddwch. Tynhaodd ei fys ar glicied un o'r arfau wrth weld Goronwy yn dynesu, efo Ceridwen yn gwthio'i gŵr ymlaen fel tarian dynol. Ond pa ddewis oedd ganddyn nhw mewn gwirionedd? Mentro mynd at y swyddog gan groesi bysedd na fyddai'n troi un o'i arfau arnyn nhw, neu siomi'r Orsedd? Doedd dim modd ennill ar y beithynen hon.

Oedodd Goronwy, ac edrychodd yr heddwas yn amheus arno. Cyfaill neu elyn, neu dim ond ffŵl? Ail-gydiodd effaith niwlog y Gwynfyd yng ngreddf Goronwy ar yr union adeg pryd oedd ei ysbryd dynol ar ei wanaf. Camodd at y swyddog fesul camau bychain gofalus.

"Ar be' ti'n edrych cwd?" arthiodd Huxley drwy'r mwgwd du oedd yn gorchuddio bron y cyfan o'i wyneb. Nid oedd dim o'i hyfforddiant wedi bod yn ofer. Serch hynny roedd ei lais yn iau nag oedd Goronwy wedi ei ddisgwyl. Ac er ei osgo bygythiol, roedd ei lygaid yn disgleirio ag ansicrwydd plentyn drwy'r hollt cul yn rhan uchaf y mwgwd. Llaciodd ei fys wrth sylweddoli ei fod yn delio gyda chadach o oedolyn. Ychydig a feddyliai ei fod hefyd yn gadach oedd â'i fryd ar fod yn arwr cenedlaethol. Ocheneidiodd Huxley yn dawel wrth wrando ar Goronwy a Ceridwen yn baglu ar draws ei gilydd yn ddigon carbwl wrth geisio esbonio eu picil. Ni wyddai a ddylai gredu'r stori'n llwyr ai peidio. Wedi'r cyfan, roedd Ceridwen yn edrych yn fwy tebygol o fod yn arwr na'r sbrych wrth ei hymyl. Ac roedd mymryn o arogl diod ar wynt y ddau. Ond nid oedd am fentro cam-ddehongli'r sefyllfa a gwylltio'i uchel-swyddogion drwy wrthod eu helpu, rhag ofn bod y ddau yn digwydd bod yn dweud y gwir. Ac wedi'r cyfan, ganddo fo roedd yr arfau.

"Dewch efo fi," gorchmynnodd. Camodd efo bwriad i fyny'r stryd, ei arf yn ei ddwylo yn arwain y ffordd ac yn gwthio'r torfeydd o'r neilltu yn llywaeth ddigon. Brasgamodd ar y blaen i Goronwy a Ceridwen yr holl ffordd at Sgwâr y Weriniaeth. Holltodd y ffyddloniaid, fel y Môr Coch yn un o straeon gwerin eu cyn-deidiaid, i ganiatáu i'r pwysigion anhysbys hyn gyrraedd eu cyrchfan. Er nid digon pwysig i gael eu cludo yn un o'r bonedd-gludwyr Carneddog duon sgleiniog swyddogol efo'r Nod Cyfrin yn cyhwfan ar eu trwynau. Roedd y rheiny yn hofran heibio yn dawel ar eu gwelyau magnetig anweledig ddydd a nos fel gwlithod hudol, drwy strydoedd a fyddai fel arall ran amlaf yn wag o gerbydau. Llithrant yn fygythiol yn ôl a blaen heibio gatiau trymion y Senedd, a gwyddai pawb mai tu ôl i'r ffenestri tywyll yno roedd gwir rym y Wladwriaeth yn gorwedd.

O'r diwedd dyma gyrraedd y Cylch gyda dim ond ambell dipiad o'r amserydd i sbario. Diflannodd yr Huxley lledrog yn ôl at ei ddyletswyddau. Tuchanodd Ceridwen ei rhyddhad, a dechreuodd ymgynefino eto â'r syniad o fod yn wraig i arwr, hyd yn oed os oedd yn fymryn o lipryn. Roedd cymaint o gyflwr ffrwcslyd arno bu'n rhaid iddi hi gymryd yr awenau, nid am y tro cyntaf yn eu bywyd priodasol. Llusgodd ei hanwylyd at rywun pwysig yr olwg mewn gwisg orseddol las oedd yn edrych i lawr ei drwyn ar bawb o'i gwmpas. Eglurodd Ceridwen pwy yn union oedden nhw. Holltwyd wyneb y pwysigyn gan grechwen o anghredinedd. Ond o'r diwedd bu'n rhaid iddo dderbyn mai hwn yn wir oedd arwr y geiriaduron. Yr Awen a'n gwaredo, sibrydodd o dan ei wynt. Cododd ael wen flewog ar un o'r amryw fân ofyddion oedd yn sgrialu o gwmpas y lle fel morgrug yn eu hawydd i blesio. Gwthiwyd Goronwy druan at ymyl y Cylch efo rhybudd i fod yn barod pan gâi'r arwydd. Daliodd ei anadl yr un pryd â'r dorf wrth i'r dwndwr dawelu, a throdd y rhuo a'r clebran gorfoleddus yn sisial llawn cyffro. Swniai fel mân donnau'r llanw yn sgubo graean a cherrig bychain nôl a blaen ar draethell yng ngolau lleuad.

Seiniodd cyrn gwlad yn rhywle gan adleisio ar draws y Sgwâr, yr un sain â'r cyrn fyddai'n canu cyn i'r derwydd rhithiol 'na gamu i ganol eich cartref i ddatgan y gwirioneddau. Bron y gellid ogleuo'r mwsog' gwlyb a gwynt y de, ond am unwaith nid rhith oedd hyn. Roedd yr utgyrnwyr yno yn y cnawd, yn sefyll ar erchwyn llwyfan enfawr yn ysblennydd yn eu gwisgoedd o borffor ac aur, gyda choronau clwt am eu pennau. Sgubodd cyffro drwy'r Sgwâr a chododd llafarganu trefnus. Cerddodd merch dal a thrawiadol drwy ddrysau'r Senedd ac heibio'r weiran finiog amddiffynnol, ei cherddediad yn urddasol ac hyderus. Dringodd at blatfform yng nghanol llwyfan oedd yn cysgodi o dan faner Nod Cyfrin anferthol. Dyma oedd y tro cyntaf i'r rhan helaethaf oedd ar y Sgwâr, Goronwy a Ceridwen yn eu plith, gael y fraint o weld yr Archdderwydd yn y cnawd fel hyn. Ymunon nhw'n llawn yn y cyffro o fod ym mhresenoldeb rhywun mor arbennig ac ysbrydol.

Sodlai llu o swyddogesau ifanc o boptu iddi, yn ddigyfaddawd yr olwg ac yn gluniau i gyd. Roedden nhw wedi eu gwisgo mewn sgertiau brethyn byrion, mentyll o les dros eu hysgwyddau, a hetiau duon tal nodweddiadol wedi eu clymu o dan yr ên. Yn llewyrch y llifoleuadau disgleiriai'r llythrennau MW mewn metel euraid uwchben cantel yr hetiau. Dyma oedd Milwragedd y Weriniaeth, llu elitaidd a ffurfiwyd gan yr Archdderwydd gan gipiodd rym oedd wedi eu hyfforddi i sicrhau heddwch a chydymffurfiaeth drwy'r Ynys, drwy ba bynnag ddulliau roedd eu hangen.

Gwyddai bawb nad merch i ddioddef ffyliaid mo'r Archdderwydd. Nid ar chwarae bach y cyrhaeddodd yr uchelfannau, a bu'n rhaid chwalu sawl rhwystr a roddwyd yn ei ffordd gan yr hen drefn. Onid oedd hi'n rhy ifanc a dibrofiad? Onid oedd hi'n ferch? Yn waeth, onid oedd hi'n ffaith na welwyd erioed na chadair na choron yn gwneud eu ffordd i'w chartref? Pa fath o arweiniad a geid gan y fath ffilistiad, fel yr oedd profiad chwerw'r gorffennol wedi ei ddangos? Cododd i'r brig drwy rym adain ysbrydol derwyddiaeth, yr haul addolwyr, er mawr siom i'r adain ddiwylliannol draddodiadol. Roedd yr haul-addolwyr yn garfan oedd yn gosod pob dadl mewn du a gwyn, gan fynnu eich bod chi efo nhw'n llwyr neu'n eu herbyn yn llwyr, yn grediniwr pur neu'n neb. Ac nid oedd dim allai'r prifeirdd ei wneud ond derbyn y drefn newydd efo'i phwyslais ar werth aberth, y mwya' gwaedlyd y gorau.

Aeth yr Archdderwydd ati i ddysgu englyna er mwyn ceisio cadw'r ddysgl yn wastad i ryw raddau. Ac yn sicr roedd hi'n llwyr werthfawrogi bod gwerth i'r adain ddiwylliannol, petai dim ond er mwyn llusgo'r mwyafrif mwy traddodiadol eu bydolwg efo nhw. Yn sicr byddai wedi bod yn llawer anos darbwyllo pobol fel Goronwy a Ceridwen i'w heilun-addoli heb y gôt arwynebol hon o draddodiad. Gwnaed sbloets o'r digwyddiadau diwylliannol, tra y caen nhw eu dilorni'n dawel bach gan wir geidwaid y ffydd. A beth oedd gwerth mymryn o fydr ac odl o'i gymharu â holl rymoedd y Fam Ddaear, a'i rhieni yn y ffurfafen? Beth bynnag, dim ond mater o amser fyddai hi cyn y gellid anghofio am dderwyddiaeth ddiwylliannol. Roedd y to iau yn awchu am newid ac yn frwd dros yr ochr ysbrydol wrth iddynt wrthryfela yn erbyn gwerthoedd cul y gorffennol. Credant bod yr Archdderwydd wedi ei thynghedu i arwain y genedl.

Yn ôl ei bywgraffiad swyddogol gwyddai ers pan yn blentyn mai dyna fyddai ei ffawd. Nid oedd yr un enghraifft erioed wedi ei gofnodi i'w barn fod yn ddiffygiol, ac nid oedd yr un derwydd byw wedi awgrymu fel arall. Ac eitha' peth hefyd yn ôl ei dilynwyr selog, o ystyried y pennau defaid gwantan fu'n gwisgo'r eurblat o'i blaen hi, a'r llyfwyr tin fu'n eu gwasanaethu. Sgubodd hi nhw o'r neilltu a'u dad-orseddu, a rhoi'r farwol i'w hawliau am ymestyniad einioes. Bu'r canolfannau aberthu yn tu hwnt o brysur pryd y cymerodd hi'r awenau, a'r Ffrwd yn llawn adroddiadau am sut y bu i'r cyn-dderwyddon cachgïaidd hyn gicio a strancio wrth gael eu tywys tuag at eu dydd olaf. Â hwythau wedi traethu gyhyd wrth eraill am y fraint o wynebu'r olaf ddydd, rhyfeddai rhai pobl na allen nhw fod wedi derbyn eu tynged yn raslon. Doedd fawr o gydymdeimlad tuag atyn nhw o blith y Gwynfydwyr yn gyffredinol. Gelynion y bobol oedden nhw, barn a gafodd ei gadarnhau'n feunyddiol ar y Ffrwd. Ni chodwyd yr un gromlech er coffadwriaeth amdanyn nhw fel y bu'r hen drefn ar gyfer pwysigion cynt y Weriniaeth.

Ond fel y gwyddai pob llywodraeth ers y Rhufeiniaid, thâl hi ddim i beidio â thaflu ambell friwsionyn neu asgwrn at y ffyddloniaid o bryd i'w gilydd. Roedd yr Archdderwydd hon yn deall hynny i'r dim, ac yn gwybod sut i gadw'r to iau wrth ei hochr ar yr un pryd. Buddsoddodd y drefn mewn dulliau mwy cyfeillgar i'r amgylchedd o waredu, aberthfeydd uwch-dechnolegol oedd yn gweithio'n llawer mwy effeithlon. Chwalwyd pob tystiolaeth o'r hen laddfeydd cyhoeddus gor-waedlyd a'r amlosgfeydd amrwd a ddefnyddid cynt. O dan yr hen oruchwyliaeth bu datganiadau'r Ffrwd yn orlawn o gwynion gan bobol oedd yn byw yng nghyffiniau'r amlosgfeydd, cwynion am y llwch a'r drewdod a'r sgrechfeydd erchyll oedd yn treiddio ohonyn nhw i rwygo perfeddion y nos.

Roedd yr Archdderwydd hon yn ymwybodol o werth propaganda ac o bwysigrwydd delwedd. Byddai'n cael ei gweld ar y Ffrwd neu drwy'r teclynnau egwyddori bron yn ddi-ffael ddyddiol. Roedd ei llun yn frith drwy'r

Wladwriaeth, ar ochrau adeiladau cyhoeddus ac yn y Cyfansoddiadau, mewn ysgolion a themlau, ar y tocynnau Swllt a jariau coffi a photeli gwin, ac uwchben bron pob rhith-bentan. Ond roedd noson y Goelcerth yn achlysur arbennig iawn, efo'r ferch ei hun am unwaith yn sefyll o'u blaenau yn y cnawd. Roedd yn ferch rhyfeddol o dlws gyda llygaid brown mawr, esgyrn ei dwyfoch yn drawiadol o amlwg o dan ei phenwisg a'i chroen yn ddisglair iachus. Chwifiai ambell gudyn o'i gwallt du hir a chyrliog ar draws ei thalcen yn yr awel ysgafn. Roedd yn anodd dirnad ei hoed, oedd fel ei henw yn gyfrinach Wladwriaethol. Ond gwyddid o'i bywgraffiad iddi gael ei magu yn ardal y dociau yn y brifddinas, cefndir tra gwahanol i'w rhagflaenwyr, fel yr hoffai'r Ffrwd atgoffa pawb pob cyfle posib'.

Ffrwydrodd ton o orfoledd drwy'r Sgwâr wrth iddi godi ei dwylo i'r awyr â'i chledrau ar i fyny yn null Yr Orsedd o gyfarch yr haul mewn saliwt wladgarol. Gorfoleddodd y taeogion o deimlo grym ei hawdurdod yn gwefru drwy'r aer. Ni ynganodd hi'r un sill, ond ymatebodd y dorf yn frwd. Efelychwyd y saliwt a bloeddiwyd "Heddwch! Heddwch! Heddwch!" nes bod ffenestri'r Senedd yn crynu. Roedd yn rhu ufudd oedd yn atseinio yn rymus drwy'r ddinas ac a fyddai wedi ysgwyd unrhyw anghrediniwr i'w seiliau. Rhoddodd yr Archdderwydd ei dwylo i lawr a gostegodd y dorf. Amneidiodd y pwysigyn yn y wisg las ar Goronwy i gamu ymlaen i ganol y Cylch i gynnau'r goelcerth. Roedd ei ddwylo yn crynu cymaint â'i benliniau, ond doedd dim troi nôl i fod. Tair neu bedair gwaith bu'n aflwyddiannus wrth geisio danio'r ffagl drydanol oedd wedi ei gosod yn ei law gan is-dderwydd yr un mor surbwch. Teimlodd y dorf yn anesmwytho tu cefn iddo a gallai synhwyro rhyw ddrewdod o ddrwgdeimlad yn suro'r awyr. Gwyddai na fyddai maddeuant am wneud llanast' o hyn, leiaf oll gan ei wraig, a bron y gallai ogleuo a chlywed cnawd yn dadelfennu mewn aberthfa. Sgyrnygai Ceridwen ei hanogaeth o ymyl y Cylch, a chlywodd ei gŵr y Nod Cyfrin du, gwyn a choch yn fflapian yn fygythiol uwch y platfform lle rhythai llygaid brown yr Archdderwydd.

Ag yntau bron â llewygu mewn ofn, llamodd calon Goronwy wrth i fflam felen dila o'r diwedd gydio yng ngwaelod y goelcerth eiriadurol. Cyn pen dim roedd y Senedd wedi ei oleuo yn erbyn tywyllwch melfedaidd y nos mewn gwawl oren llachar. Cododd gwreichion ac arogl llwydni drwy'r awyr, ac wylodd yr hen gloriau crimp yn eu cynddaredd. Brwydrodd yr hen lyfrau yn hir am eu heinioes cyn o'r diwedd ildio a diffodd efo ebychiad egwan. Ni anghofiai Goronwy byth mo'r gweiddi a'r dathlu a'r cymeradwyo. Cafwyd sioe dân gwyllt ryfeddol i ddilyn wrth i'r Archdderwydd arwain ei llu cluniog yn ôl am y Senedd, gan adael y werin i'w pleserau diniwed. Cofiai Goronwy hefyd y dorf yn rhuthro ar griw bychan o wrthdystwyr, y Llyfrbryfed fel oedd y ffyliaid yn galw eu hunain, a fu'n ceisio difetha'r dathliad drwyddo draw. Roedd hi'n rhyfeddod iddo sut oedd Yr Orsedd yn goddef y fath anufudd-dod gan fradwyr fel hynny, ond gwyddai mai dyna'r gost roedd yn rhaid ei dalu am fyw mewn rhyddid mewn gwlad rydd ei barn.

Cafon nhw eu gwawdio wrth reswm, ond gydag effeithiau'r Cyrn Hirlas bellach wedi llawn gydio dechreuwyd daflu pethau atyn nhw. Hyrddiodd y dorf unrhyw beth i'w plith fyddai'n ddigon caled i achosi poen. Wyddai Goronwy ddim os oedd hi'n weddus i ŵr gwadd y noson ymyrryd, ond gafaelodd ysbryd dichellgar ynddo a bu'n rhaid iddo ymuno yn y miri cyn i Ceridwen geisio ei ddarbwyllo fel arall. Cofiai'r gwaed yn ffrydio i lawr dalcen un o'r Llyfrbryfed twp ar ôl i Goronwy luchio ato clamp o garreg oedd yn ffurfio darn o ymyl y goelcerth. Roedd ei annel yn berffaith, ac mi fyddai sŵn y garreg yn torri'r croen a phlygu asgwrn y benglog fel drwm mud yn cael ei daro gan bastwn yn aros yn ei gof weddill ei fywyd. Mwynhaodd y profiad o rym, a chofiai hyd heddiw y codiad a brofodd o dan ei wisg felen wrth i'r ergyd daro ei nod. Hon oedd noson fwyaf gwefreiddiol ei fywyd, hyd yn oed yn fwy felly na'r noson gyntaf honno yng nghwmni Ceridwen.

Dyna fu'r tro cyntaf erioed iddo weithredu yn erbyn y bradwyr, y tro cyntaf erioed iddo ymosod ar unrhyw un. Bu yn dipyn o lipryn yn y gorffennol fel gwyddai Ceridwen ond yn rhy dda, ac mi fu ei ddiweddar dad yn amau hynny hefyd ac yn ffieiddio yn ei gylch. Ond ymwrolodd Goronwy pan sylweddolodd mor hawdd oedd anafu rhywun gyda rhu'r dorf wrth ei gefn. Nid oedd amheuaeth ganddo y byddai'n gallu gweithredu eto yn erbyn gelynion y bobol.

"Goronwy! Wnei di dynnu'r olwg hurt 'na oddi ar dy wyneb, a cher i roi dy wisg amdanat yn barod i fynd i'r Deml da ti. Thâl hi ddim i'r arweinydd fod yn hwyr."

Cafodd Goronwy ei lusgo'n ôl yn ddisymwth i'r presennol wrth i lais cras Ceridwen unwaith eto dorri ar draws ei atgofion melys.

"Iawn cariad," atebodd. "Af i nawr".

Cododd o'i gadair a grwgnachodd Gelert yn dawel wrth gael ei wthio'i ffwrdd yn ysgafn gan droed noeth ei feistr. A llifodd delwedd o gerflun o arwr cenedlaethol newydd yn sefyll yn eofn yng nghanol Sgwâr y Weriniaeth i feddwl Goronwy Taliesin.

# Pennod 3

Croeso i'r Ogof. A phwy wyt ti 'te? Mal ydw i gyda llaw. Dwi ddim yn meddwl imi dy weld di yma o'r blaen? Do'n i ddim yn meddwl. Paid ag edrych mor amheus. 'Den ni ddim yn brathu, ddim yn gyhoeddus beth bynnag, er wn i ddim am bwy bynnag fu'n cadw cwmpeini i Samantha neithiwr. Ie dyne ti, yr un simsan 'ne wrth y bar yn y sgidie' sodle' uchel. Bach yn rhy drwm yn yr hanner ucha' i fod yn hollol sad arnyn nhw 'swn i'n awgrymu. A jest gwranda arni'n chwerthin mewn difri' calon, fel cath yn ymladd 'fo lli' gron myn diain i. Ond m'e hi'n lodes ddigon clên cofia. Dipyn o bishyn yn 'i dydd 'fyd medden nhw. Paid â throi dy ben i edrych da ti. Ti'n amlwg yn ddierth rownd y lle 'ma pwy bynnag wyt ti. Ac er bo' ni i gyd ar yr un ochor i'r sietyn yn yr Ogof 'ma, os ti'n gw'bod be' s'gen i, does neb yn llwyr ymddiried yn neb arall yma. Felly bydd raid iti arfer efo nhw'n rhythu am 'chydig, yn dy fesur di fel peithon yn edrych ar fwnci.

'Stedda. Edrycha fel bo ti newydd gyrr'edd, nid ar fin gad'el. Ti'n edrych fel bo ti angen bech o gwmpeini, fel finne'. Maldwyn Tanat ydw'n enw llawn i, ond gwneith Mal y tro. Mae'n braf dy gwarfod di, ond wna i ddim ysgwyd llaw. Ma' hynny braidd yn ffurfiol, a ti'm yn gw'bod ble mae'r llaw 'ma wedi bod mwy nag ydw i'n gw'bod ble fuo dy un di. Ond yn bwysicach dwi ddim yn gw'bod pwy wyt ti, mwy na wy'st ti pwy ydw i. Allwn i fod yn eu rhaffu nhw. M'e rhei o'r diawlied digywilydd yn fan hyn yn mynnu mai dyna dwi'n ei neud fel gyrfa.

Ond be' ydy dy enw di felly pan fyddi di adre', ne' o leia' be' wyt am imi dy alw di? Dim cyfenw? Ta bwys, cei gadw hwnnw o dan dy het. Wna' i jest dy alw di'n Els os dydy o'm o bwys gen ti. Pam lai? Enwau byrion pob tro yn haws i'w cofio. A wn i ddim os wyt ti'n deud y gwir, nid fod hynny o unrhyw bwys yn y Wladwri'eth wallgo' hon. Pwy sy' gallach be' ydy'r gwirionedd a be' sy'n gelwydd noeth, os oes 'ne unrhyw wahani'eth rhyngddyn nhw? Ond gan iti ofyn roedd gen i ffrind da o'r enw Els pan o'n i'n gog yn yr ysgol fech. Cythrel mewn croen oedd pob tro yn chware tricie' ar yr athrawon. Ond diflannodd ar ôl c'el ei hel i ryw wersyll ymdrwytho yn y mynyddoedd a welodd neb 'rioed mo' Els wedi hynny.

Ydw i'n byw'n agos i fan hyn? Dwi'n byw yma reit yn y gader hon 'se ti'n gwrando ar rei o'r rhein. Ond os ydi hynny o unrhyw fusnes i ti, dwi'n byw ar un o lorie' ucha un o'r hen adeilade' disylw eraill 'ne wrth y cei wyt ti'n eu gweld wrth groesi Pont Cranogwen o genol y ddinas. Does dim llawer o gysuron bywyd yne cofia, ond mae'n rhad ac yn gyfleus ar gyfer dŵad lawr i'r seler 'ma am bech o gwmpeini. Feddylie' neb dierth fod 'ne glwb yfed yn seler bloc mor hyll o fflatie' â hwn, ond mae hynny'n berffaith 'herwydd allwn ni ddim bod yn rhy amlwg. Wedi'r cyfan dydy'r awdurdode' wedi gwirioni arnon ni'r gwrthodwyr.

Ma'n ddrwg gen i os dwi'n rwdlan braidd ond dyna pam 'den ni i gyd yn dŵad yma, i fwrw'n boliau efo'n gilydd. O leia' 'den ni'n hoffi meddwl ein bod ni'n bobol sy'n dal efo rhywfaint o grebwyll o'n cwmpas, pobol sy' heb fod yn y gader Wynfydu. Ddim eto beth bynnag. Mae'n amlwg nad wyt ti 'di c'el y fraint ne' fase ti ddim yma, ond mae pawb yn y gwaith 'cw wedi bod ynddi ac fel rhyw 'sbrydion rownd y lle. Yn y Ffrwd dwi'n gweithio, os mai gweithio ydy'r gair. Y Rhwydwaith Lledaenu Gwirioneddau myn diain i, efo'u penna' i gyd i fyny eu tine' eu hunain drw'r amser. Mae'n anodd cau dy geg yno a rheiny'n ail-adrodd mantra ar ôl mantra am y bali

Gorsedd neu "ddysgeidiaeth Iolo Morganwg", neu ryw falu cach felly. Ond cau dy geg sy' raid achos does dim barn arall yn dderbyniol. Nid nad ydy'r pen-derwyddon acw'n gw'bod yn iawn nad ydw i'n un ohonyn nhw. M'e gan yr Orsedd lyg'id a chlustie' ym mhob man, yn gw'bod am pob rhech a phob camdreiglad. Disgw'l eu cyfle yn amyneddgar m'e nhw, ond d'yw'r cog yma ddim am roi cyfle nac esgus iddyn nhw. Does dim o gyffuriau'r Wladwriaeth am g'el mynd i grwydro corff Maldwyn Tanat, Els bech. Nid os fedra' i helpu o.

Ga' i brynu diod iti? Paid â bod yn swil. Gwin go iawn o'r Tir Mawr gei di'n fan hyn neu gwrw da fel Barzhaz Breizh, a dim o'r sgrwtsh arferol o ffatrïoedd piso dryw Yr Orsedd. Blaz an Hañv 'di'r gwin fydde' i'n 'i yfed yma. Blas yr haf yn iaith y nefoedd, fel mae rhywun deallus fel ti yn siŵr o w'bod. Mae'n dod o un o winllannoedd gore'r gelyn, fel 'den ni i fod i feddwl amdanyn nhw yn ôl ffyliaid cul Yr Orsedd. Nhw a'u Cyrn Hirlas ddiawl a'u diodydd yn llawn Gwynfyd. Mae pobol ddewr wedi mentro'u bywydau i gael y gwin go iawn hwn inni, r'wbeth y gelli di yfed nes bydd y niwl yn cwrlido'n gysurus dros dy feddwl. Y peth lleia' allwn ni ei 'neud ydy yfed y diawl peth. Bryn! Ty'd â glasied o'r Blaz ân Hañv 'ne i Els fan hyn. Ac un arall i finne 'fyd.

Dyna ti lol botes oedd y rhyfel wirion 'ne, yr holl golli bywyde' diniwed ar y ddwy ochor dros ffrae am y blydi anthem. 'I rhannu hi 'n'ethon ni am ganrifoedd, ac felly mae hi hyd heddiw hyd yn oed ar ôl yr holl dywallt gwaed. Newidiodd ddim byd, a pham na ddyle'r Tir Mawr ddal i ddefnyddio'r un anthem? Paid â chredu'r malu awyr 'na ar y Ffrwd am fuddugoli'eth ysgubol y Weriniaeth, llwyth o gelwydd yn syth o ffatri gynhyrchu anwiredd Yr Orsedd. A dylwn i w'bod. Ond 'dyn nhw'n gweld dim rheswm dros newid rŵan â chymaint o'r werin mor barod i gredu unrhyw sothach sy'n cael ei roi o'u blaene'.

Golles i ffrind da wy'sti, oedd yn smyglo pob math o bethe' i mewn o'r Tir Mawr. Plesere' bywyd nad oedd y bustych 'ne yn Yr Orsedd am inni 'u c'el. Popeth yn iawn iddyn nhw'u mwynhau nhw, ond doedden nhw ddim i fod i ni'r plebs gael ein bache' arnyn nhw. Sticiwch chi at eich gwersi cynganeddu a'ch partïon cyd-adrodd a'ch Gwynfyd oedd hi pob cam. Wel gewn nhw eu stwffio nhw i fyny eu twll tine' cyn belled ag yr e'n nhw. Cafodd hi ei dal wrth ddod â llwyth o frandi a chawsia' i'r lan rhyw noson. Roedd swyddogion diogelwch Yr Orsedd yno ar y traeth yn disgwyl amdanyn nhw yn ôl y sôn, ond does neb yn gw'bod go iawn a welon ni ddim mo'nyn nhw wedyn. Beryg' bo' nhw i gyd wedi eu difa o flaen eu hamser yn yr aberthfeydd. Doedd dim byd i'w weld ar y traeth yn y bore ond olion sandale'. Ond ro'n i'n ame'n syth pwy oedd wedi rhybuddio'r awdurdode'.

Roedd 'ne gyw-derwydd bech oedd am 'neud enw i'w hun efo'r Orsedd wedi c'el ei hun i mewn efo'r criw fan hyn. Ro'n i 'di bod yn 'i ame' fo ers hydoedd. Mi fu wrthi am fisoedd yn ennill ymddiried'eth ac yn trïo ffitio mewn, yn yfed gwin a chwrw'r Tir Mawr yn ddigon deche er iddo w'bod ei fod yn erbyn y gyfreth. Roedd o'n talu am eu diodydd nhw pob nos ac yn trefnu "pleserau'r cnawd" iddyn nhw. Ac mae'n rhaid cyfaddef mi ges i fy nhemtio ar brydie', er am unweth yn fy mywyd nes i wrthod. Roedd o hefyd yn mynd i'r Coelbren i gamblo, ac yn deud pethe' bradwriaethus am Yr Orsedd. Wrthodes i 'neud unrhyw beth efo fo er mod i'n gymar perffaith iddo fo mewn sawl ffordd, fo'n Hicyn a finne'n Siencyn. Roedd greddf y newyddiadurwr yn dal yn mudferwi yno' i yn rhywle m'e'n rhaid.

Ond mi gafodd y cyw-derwydd ei haeddiant drwy gosb o'r oes o'r blaen roedd rhywun wedi darllen amdano yn yr archife'. Trefnwyd sgidie' concrit iddo fo a'i daflu i'r harbwr. Ges i w'bod am 'i dynged gen rywun oedd efo cysylltiade' yn y byd adeiladu. Mi wichiodd ac mi stranciodd y noson honno yn ôl pob sôn. Cawson nhw gythre'l o job i gael y concrit i g'ledu â'r diawl bech yn gwingo ac yn gwrthod sefyll yn llonydd. Allet ti mo'i feio fo am hynny am w'n i. Cafodd glec ar ei ben efo nobyn caled ei frysgyll ei hun yn y diwedd ac mi n'eth hynny ei dawelu. Wn'eth Yr Orsedd fawr o stŵr am y peth achos doedd o'm yn bwysig go iawn iddyn nhw. Roedd o wedi cyflawni be' oedden nhw ei angen, ac mi fu 'na stop ar y smyglo am dipyn. Dim ond gwas bech oedd ynte' hefyd yn y diwedd, olwyn fach ddibwys mewn peiriant celwyddau anferthol, er iddo feddwl 'i fod o'n bwysig.

Mae'n debyg iti' ei gweld hi'n anodd meddwl bod anghredadun fel fi yn rhannol gyfrifol am gelwydd y Ffrwd sy'n dŵad i dy gartre' di pob awr o'r dydd heb air o wahoddiad. Mae'n rhaid i ddyn fyw rywsut am wn i, ond roedd y ffaith imi weithio i'r Ffrwd wedi tanseilio fy hygrededd hyd yn oed fan hyn. Doedd neb yn barod i 'nghredu i am y cyw-derwydd 'ma tan oedd hi'n rhy hwyr. Ond o leie' mi wn'eth hynny eu gwneud nhw'n fwy gofalus wedyn, er mai codi pais oedd hynny. Dwi'n sicr eu bod nhw 'di bod yn holi am dy gefndir di cyn dy dderbyn yn aelod yma, ac wedi bod drwy dy gofnodion cudd fel y dylen nhw fod wedi gneud efo fo.

Diolch Bryn. Rho nhw ar fy nghyfri'. A phaid â throi trwyn fel 'ne, ti bob tro yn c'el dy dalu yn y diwedd.

Fi'n chwerw? Siŵr iawn mod i'n blydi chwerw, Els bech. Mae'n 'ngwylltio i'n rhacs be' sy'n mynd 'mlaen yn y Werini'eth yma, yr holl dwyll dan-din a'r crachach ddiawl yn cymryd arnyn nhw eu bod nhw ar ochor y werin dlawd tra'n godro'r coffre' am y gore'. A be' sy'n wirioneddol frifo ydi na fedra' i na neb arall yma wneud affliw o ddim amdano fo, dim ond gwrando ar atseinie' ein lleisie'n hun'en yn bownsio o un ochor o'r Ogof 'ma i'r llall rownd y rîl. Ti'n iawn, o leie' mae hynny'n ryw feth o ryddhad. M'e'n well o lawer na gwrando ar fwydro a malu a chelwyddau'r Archdderwydd 'ne o un pen diwrnod i'r llall, ac yn 'nghadw i rhag mynd yn hollol benwan.

Mae'n ddigon teg iti ofyn pam ydw i'n dweud hyn i gyd wrtha' ti a finne prin yn dy 'nabod di. Mi faswn inne'n amheus hefyd, ond fel y dwedes i, fyth e's y strach yne mae pwyllgor y lle 'ma wedi bod yn uffernol o ofalus. Fyddan nhw gw'bod pob dim amdanat ti, o ba brifysgol es di iddi i bwy ydy dy deulu, ac a wyt ti ar y Gofrestr Wynfydu ai peidio. Bydd rhywun wedi holi a fues di yn y Coleg Cynganeddu, a phob dim bron o faint dy sgidie' i liw dy ddillad isa'. Hyd yn oed os nad ydw i'n gw'bod pwy wyt ti mae rhywun yma yn saff iti yn gw'bod. Felly does dim rheswm pam na allen ni fod yn ffrindie'. Neu mwy na ffrindie. A dwi'n barod wedi dŵad i ddeall dy fod ti'n dipyn o lyncwr. Gwin coch arall? O ty'd o 'ne, dim ond dechre' dŵad i nabod ein gilydd 'den ni. Bryn!

# Pennod 4

Roedd golwg hunanfodlon ar wyneb Goronwy Taliesin wrth gynnig gwydriad o win coch Aberthged i'w wefusau llawn ei hun yn ei lolfa yn Sycharth. Roedd yr ymarfer cyd-adrodd yn Y Deml heno wedi mynd yn well na da, ac roedd yn haeddu dathliad bach. Eisteddodd nôl yn braf efo Gelert wedi lapio'i hun yn amddiffynnol am ei draed. Syllodd i galon gynnes y gwin, a rhyfeddu at sut llwyddodd gwyddonwyr Yr Orsedd i greu rhywbeth rhyfeddol o safonol ar ynys mor wlyb ac oer. Roedd nifer ymysg yr anghredinwyr diawl, a'u cynffonwyr ar y Tir Mawr, wedi wfftio at y syniad pan gyhoeddwyd yn fuan ar ôl y Rhyfel bod Yr Ynys yn mynd i blannu'i gwinllannoedd ei hun. Byddai hynny'n sicrhau iddi ei chyflenwad o winoedd gyda grawnwin wedi eu datblygu'n arbennig ar gyfer tir a hin y Weriniaeth gan arbenigwyr yr Ardd Fotaneg Orseddol. A chan bod honno yn dathlu rhyw ben-blwydd hollbwysig ne'i gilydd galwyd y ffrwyth yn Ganmoliaeth Iolo wrth reswm. Pwy feiddiai chwerthin nawr? A phwy oedd angen y sothach 'na o'r Tir Mawr pan oedd gennych chi'r Aberthged blodeuog?

Drachtiodd yn ddwfn eto o'i wydr a gwnaeth ystum o fwynhad wrth i'r hylif rhyfeddol fwrw at ei waith, yn ei roi mewn perlewyg braf ar ôl dim ond llymaid neu ddau fel hyn. Edrychai ymlaen yn wlatgarol at effaith potelaid gyfan. Unwaith eto heno.

Llithrodd ei feddwl yn ôl i'r Deml. Roedd hi wedi bod yn noson werth chweil ac aeth yr ymarfer yn dda iawn o ystyried. Roedd pawb ac eithrio Ceridwen druan yn cyd-adrodd y darn gosod o fawl i'r Archdderwydd i'r dim. Ond 'war'e teg, roedd hi wedi bod yn anodd iddi ganolbwyntio'n iawn ar ôl iddyn nhw gael yr ymweliad 'na gan y negesydd-ddelwedd yma yn Sycharth funudau cyn iddyn nhw adael am yr ymarfer. Brawychwyd y ddau pan gyfeiriodd atyn' nhw'n bersonol. Medrai Goronwy glywed o hyd y wich gryg o ebychiad ddaeth o enau ei wraig wrth i'r negesydd, yng nghanol gwawl oedd bron mor llachar wyrdd â'i gwisg dderwyddol, droi ac edrych i fyw eu pedwar llygad. Roedd Ceridwen Taliesin ymysg y dethol rai oedd wedi eu gwahodd, eu gorchymyn mewn gwirionedd, i'r Ganolfan Ymdrwytho Orseddol i'w paratoi ar gyfer rôl ehangach yng ngweithgareddau'r Weriniaeth. Byddai gofyn iddi fod yno am o leiaf un pythefnos cyfan. Neu o leiaf hyd nes y byddai'r bwrdd urddo'n penderfynu ei bod hi'n barod i dderbyn ei dyletswyddau gwladwriaethol. Roedd hi'n ei chael yn anodd credu ei bod hi, merch i addysgwr tlawd, o'r diwedd wedi cyrraedd yr uchelfannau. Wel, yr iselfannau o leiaf.

Cyffrôdd Goronwy yntau drwyddo draw a theimlo eto y chwydd yna yn crynu'n ddirgel rhwng ei gluniau. Llongyfarchodd hi, wysg ei din, ond yr un pryd daeth yr hen don annifyr yna drosto wrth i genfigen ei frathu yn ei galon. Cywilyddiodd am deimlo felly, ond waeth iddo gyfaddef ddim roedd yn ei chael hi'n anodd derbyn na esgynnodd o erioed o wisg felen y cyw-derwydd tra bod ei wraig yn llamu 'mlaen. Roedd Goronwy yn gwybod yn iawn am waith y Ganolfan Ymdrwytho, neu o leiaf ei rhagflaenydd. Mynychodd yntau fanno, mewn hen ysgoldy ger troed mynydd ucha'r Wladwriaeth, yn nyddiau cynnar y Chwyldro Cynganeddol sawl tro ar fyd yn ôl bellach. Yno cafodd ei urddo yn ei wisg felen, yr un wisg roedd o'n dal yn gaeth iddi. Aeth y Ganolfan honno gydag amser yn llawer rhy fach wrth i'r galw am ymdrwytho gynyddu. Roedd yr un bresennol wedi ei sefydlu ar orchymyn yr Archdderwydd mewn hen bentref chwarelyddol ar lethrau dyffryn anhygyrch tua gogledd Yr

Ynys. Roedd Goronwy wedi clywed am ei gogoniannau ar y Ffrwd ac yn y Cyfansoddiadau yn ddigon aml iddo deimlo ei fod yn hen gyfarwydd â'r lle.

Ac yn wir bu'r ddau ohonyn nhw rhyw bedwar neu bum haf yn gynharach yn cerdded yng nghyffiniau'r dyffryn. Roedden nhw ar wyliau yn yr ardal yn ymweld â rhai o blanhigfeydd uchelwydd enwog y rhan hyfryd honno o'r Ynys, ac yn ysu i gael cipolwg ar le oedd wedi datblygu'n fan chwedlonol bron yn nychymyg y genedl. Cofiai Goronwy yn glir y ddau ohonyn nhw'n dynesu'n obeithiol ar flaenau'u traed tuag at le yr oedden nhw'n credu oedd y Ganolfan wedi ei lleoli, er i hynny fod yn rhyw fath o gyfrinach gwladwriaethol digon llac. Yn eu brwdfrydedd i ddysgu mwy am y lle roedd y ddau wedi treulio oriau yn pori drwy hen siartiau a mapiau llychlyd o'r dyddiau cyn y Chwyldro yr oedden nhw wedi eu canfod mewn amgueddfa lyfrau. Cofiai Goronwy'r wefr o ddynesu at y ffens ddiogelwch uchel oedd yn amgylchynu'r lle, fel plant bach drwg mewn perllan. Roedd y ffens yn suo'n fygythiol yn yr awel gynnes efo rhyw rym difäol i'w deimlo'n llifo drwyddi, â'i phigau metel amddiffynnol yn disgleirio fel deiamwntiau yn yr haul. Ond prin y cafon nhw gyfle i sbecian tu hwnt iddi. Newydd wyro oddi ar y llwybr gerllaw oedden nhw pan cawsant eu dychryn gan glec pric sych o eithin yn cael ei sathru dan draed o'r ochr arall i'r ffens. Swniai fel asgwrn yn cael ei dorri. Atseiniodd y glec o un llethr creigiog i'r llall, gan aflonyddu ar y geifr gwylltion oedd yn crwydro arnynt. Daeth chwa o sawr nodweddiadol yr anifeiliaid ar blwc o awyr gynnes i lenwi ffroenau'r ddau. Yn sydyn nid plant direidus mewn perllan oedden nhw, ond gwehilion ar berwyl a allai niweidio'u hannwyl Weriniaeth. Safodd y ddau yn stond fel cwningod yn syllu i lygad golau blaen Carneddog swyddogol, a sylweddolon nhw'n syth na fyddai eu presenoldeb yn cael ei werthfawrogi.

Sodlodd criw digyfaddawd yr olwg o Filwragedd y Weriniaeth o rywle yn eu hetiau duon a'u sgertiau brethyn byrion. Daeth cryndod dros y ddau bererin diwylliannol. Gan godi ei phelydr-arf at ei hysgwydd, mynnodd y mwya' goeshir a milain yr olwg o'r Milwragedd gael data dinasyddiaeth y ddau. Sylweddolon nhw y byddai eu delweddau adnabyddiaeth yn cael eu gwirio yn y fan a'r lle ac nad oedd wiw iddyn nhw geisio cam-arwain y merched hyn.

Roedd rhyw ddrygioni a malais anghyffredin ynghylch y goesfain. Roedd ganddi ddau lygad sarff, gwyrdd fel emrallt, yn fflitian hwnt ac yma wrth chwilio am ysglyfaeth. Roedd ei chroen yn glaerwyn fel drychiolaeth a'i gwefusau'n llwydlas, a'i llais robotaidd â thinc oeraidd a dideimlad iddo. Er gwaetha'r gwres y tywalltair'r haul o'u hamgylch, teimlai'r ddau rhyw oerfel dychrynllyd yn ymbelydru ohoni oedd yn gwneud i'w gwaed fferru yn eu gwythiennau. Daeth sŵn esgidiau yn sathru'n awdurdodol drwy'r llwch o du cefn iddyn nhw, efo'r ychydig ddyddiau o heulwen braf wedi crasu'r tir nes bod arogl pridd a thyfiant sych yn codi ohono. Roedd yn atgoffa Goronwy o'r hafau braf roedden nhw'n arfer eu treulio ar y Tir Mawr cyn y Rhyfel, mwya'r cywilydd iddo am gadw'r ffasiwn atgofion bradwriaethus yn fyw. Gwasgodd y goesfain ei bys yn dynnach yn erbyn sbardun ei phelydr-arf, a deallodd y ddau yn iawn y bygythiad oedd ynghlwm â hynny. Safon nhw'n hollol llonydd. Crawc brân yn atseinio o'u hamgylch ac ambell fref o du'r geifr oedd yr unig sŵn i gystadlu efo suo'r ffens.

Ni feiddiodd Goronwy 'straffaglu hyd yn oed i amddiffyn ei hunan-barch wrth i lawes o les fachu o amgylch ei wddf. Cafodd ei orfodi i wyro'i ben a theimlodd erfyn caled yn rhwbio yn erbyn ei war. Ebychodd Ceridwen yn uchel, ond llwyddodd i fygu sgrech wrth i'r Filwraig fynd i'r afael â'i gŵr mewn modd cadarnhach na gwnaeth hi ei hun ers sawl tro byd. Byddai'r ddau'n sôn yn aml am yr adeg honno pan gawson nhw eu gorchymyn i fynychu'r clinig tagio, a fflachiodd y diwrnod hwnnw unwaith eto i'w meddwl. Yno gosodwyd tagiau adnabod electronig o dan groen eu gwar tebyg i'r un gafodd Gelert gan y milfeddyg un tro. Ond gwnaeth y creadur hwnnw lawer llai o rwgnach na Goronwy.

Roedd y Filwraig hon cryn dipyn yn fyrrach na'r llygad sarff, ei gwallt du llaes fel pen morforwyn ac yn llifo fel tonnau dros ei hysgwyddau. Roedd hi'n rhyfeddol o gryf ei braich ac yn cyflawni'i swydd efo angerdd anghyffredin, a bu'n rhaid i Goronwy frwydro am ei anadl tra bu'r Sgrepiadur yn cadarnhau pwy oedd o. Gollyngodd hi o a symud at Ceridwen, a benderfynodd mai bod yn ufudd fyddai gallaf ac ildio i'r Sgrepiadur cyn cael ei gorfodi. Gwyrodd ei phen a 'sgubo ei gwallt cringoch o'r neilltu er mwyn gadael ei gwar yn glir. Ni ynganodd y Filwraig yr un gair, gan barhau â'i dyletswydd bron yn fecanyddol. Syllodd ar ddelwedd fechan oedd yn hofran uwch ei Sgrepiadur, ac aeth draw at y ffens. Adroddodd rywbeth na allai'r pererinion ei glywed.

"Goronwy Taliesin. Ceridwen Taliesin," gwaeddodd y llygad sarff mewn llais a swniai fel to sinc yn cael ei ysgytian mewn corwynt. "Mae'ch presenoldeb yma wedi ei gofnodi gen i, yr Ofydd Dorti Afagddu Jones, a chaiff ei basio i Swyddfa'r Cofiadur."

Rhoddodd bwyslais ar ei henw canol, yr oedd wedi'i etifeddu oddi wrth un o'i chyndeidiau ac oedd wedi'i basio'n ymlaen yn barchus yn y teulu drwy'r cenedlaethau. Aeth ymlaen: "Yn enw'r Archdderwydd dwi'n eich gorchymyn i ddychwelyd at y llwybr fan acw heb edrych yn ôl yr un waith. Ac os cewch eich dal yn y cyffiniau hyn eto heb eich gwahodd byddwch yn syrthio ar drugaredd Llys yr Eisteddfod. Rŵan, heglwch hi".

Ar hynny anelodd ei harf yn syth i gyfeiriad y ddau, gan siglo'i hannel yn araf o ochr i ochr rhwng eu haeliau. Teimlon nhw ryw wres wrth i'r nod anelu daro eu talcennau am yn ail â'i gilydd. Daeth golwg wyllt a chynoesol i lygaid Dorti Afagddu, a llond ceg o grechwen oedd yn ymylu at wallgofrwydd i'w genau. Chwarddodd â chwerthiniad iasol oedd yn amlwg ar fenthyg tymor hir oddi wrth glagwydd. Ond gollyngodd ei bys oddi ar y sbardun. Gyda rhyddhad baglodd y ddau ar eu ffordd yn wyllt yn ôl am y llwybr â'u cynffonau'n dynn rhwng eu coesau, fel cŵn ar fin cael eu chwipio. A theimlon nhw mor ddiolchgar o fyw mewn gwladwriaeth oedd yn cael ei gwarchod gan filwragedd mor abl.

Ni feiddion nhw herio'r awdurdodau yn y fath fodd haerllug fyth wedyn, er mai brwdfrydedd a balchder oedd yn gyfrifol y tro hwnnw yn hytrach nac unrhyw falais. Ac yn sicr ni fu'r ddau hyd yn oed yn ystyried mynd ar gyfyl y Ganolfan Ymdrwytho. Hyd yr alwad yna'n gynharach heno. Ond o'r diwedd dyma Ceridwen wedi derbyn y fraint o gael ei gwahodd i gamu drwy'r giatiau enwog. Ac i gerdded yn falch o dan y bwa metel efo'r geiriau "A Oes Heddwch?" arno mewn llythrennau o bres sgleiniog. Rhyfedd o fyd, meddyliodd Goronwy. Dim ond yn gynharach roedd o wedi bod yn brolio i'w hun eu bod nhw bellach wedi dechrau dringo'r ysgol, a dyma gadarnhad pellach bod ei wraig yn dringo'n uwch ac yn uwch. Yn uwch nag oedd o. Yn llawer uwch. Roedd hi'n naturiol iddi hi fod wedi ffrwcsio braidd yn yr ymarfer heno yn sgil hyn i gyd. A phwy fedrai ei beio? Ond yn dawel bach roedd Goronwy yn falch mai gwneud siâp ceg fel Neifion, gwyniad anwes y plantos, oedd yr oll wnaeth hi yn hytrach na cheisio adrodd o ddifri'. All rhywun ddim fforddio cael un o'r adroddwyr yn cam-amseru rhag ofn i'r awdurdodau ddod i wybod. Roedd y cosbau yn gallu bod yn rhai trymion, a'r colli breintiau yn anodd.

Bu'n rhaid hepgor yr ymweliad â'r Corn Hirlas efo gweddill y criw er iddo fod yn gymaint rhan o'r patrwm arferol. Petai'r Gwynfyd yn caniatáu iddo gyfaddef, teimlai weithiau bod hynny bron cymaint o hwyl â'r cyd-adrodd. Doedd dim dwywaith ei fod wedi edrych ymlaen at hynny fwy nac erioed heno er mwyn gallu cyhoeddi'r newyddion am y gwahoddiad gerbron pawb. Basen nhw'n siŵr o fod mor eiddigeddus ohoni, ond ohono fynta' hefyd petai dim ond am fod yn ŵr i seren wib newydd yn ffurfafen Yr Orsedd. Tebyg y byddai'r tocynnau Swllt wedi cael ergyd neu ddwy wrth brynu Clec ar ôl Aberthged ar ôl Clec iddyn nhw. Ond doedd dim tycio arni, roedd hi am fynd adref er mwyn dechrau paratoi.

"Ond i beth, fenyw?" roedd wedi arthio wrth geisio ei llywio'n betrusgar i'r cyfeiriad iawn, ag yntau wedi blysu gwydriad. "Mae gennych chi bythefnose i fynd eto."

Ond doedd dim troi i fod arni wrth iddi fynnu eu bod nhw'n dal y gwerin-gludwr yn ôl adref. Erbyn hyn roedd yn 'difaru iddo droi tu min arni. Roedd heddiw wedi bod yn ddiwrnod mawr iddi a'i le yntau oedd bod yn gefn iddi ym mhob ffordd, a'i llongyfarch yn wresog. Roedd o eisoes yn llyfrau da'r Cofiadur fyth ers ei ymgyrch gwrth-lefaru, ac wedi ei urddo i'r wisg felen ers peth amser. Dylai ymfalchïo ei bod yn ymddangos bod hithau bellach hefyd â'i throed ar yr ysgol, os sawl rheng yn uwch nag o mewn gwirionedd. Tynnodd ystumiau eto wrth gymryd dracht arall o'r Aberthged.

Gallai glywed y modiwl ymolchi personol yn rhedeg yn yr olchfa ddynol lan staer. Clywai hefyd Ceridwen yn mwmial yr anthem yn ei llais cryg arferol, fel hen lidiart yn erfyn am fymryn o olew. "Dyro, Awen, dy nawdd; ac yn nawdd, nerth; ac yn nerth, deall….."

Gwyddai ei fod wedi cael maddeuant, ac ymlaciodd. Wrth i lif y dŵr dawelu sylwodd Goronwy efo balchder iddi gloi'r anthem gyda'r fersiwn oedd bellach yn cael ei gydnabod gan yr awdurdodau, yr un a ganfuwyd yn Llyfr Trahaearn Brydydd Mawr: "…ac yng nghariad yr Awen, pob Gwynfyd."

Cyn hir daeth sŵn ei sandalau yn camu'n droetrwm i lawr y grisiau. Ymddangosodd Ceridwen yng nghanol yr ystafell wedi lapio'i hun mewn gŵn o wlân gwyn naturiol ucheldir Yr Ynys. Roedd y rheiny bellach yn hynod ffasiynol ymysg uchel haenau cymdeithas, ac yn wir roedd dillad gwlanog i'w gweld ym mhobman fyth ers y Rhyfel. Roedd hynny'n rhan o gynlluniau arallgyfeirio'r Wladwriaeth wedi i'r Orsedd fabwysiadu'r polisi llysieuol dadleuol. Bu cryn stŵr ymysg yr amaethwyr am hynny ar y dechrau. Yn ôl y sôn bu rhai cannoedd yn gwrthdystio y tu allan i'r Senedd, er i'r Ffrwd fynnu mai yno i ddangos eu cefnogaeth i'r Orsedd oedden nhw. Dadleuai'r ffermwyr bod y polisi yn dileu rhan o dreftadaeth y werin, ond roedd yr Archdderwydd wedi bod yn llwyr yn erbyn bwyta cig fyth ers cipio'r awenau. Aeth cyn belled â datgan ei fod yn arferiad aflan oedd yn groes i ddaliadau derwyddol. Roedd hi'n ymddangos bod aberthu anifeiliaid er clod i'r Awen neu at ddibenion nad oedd yn ymwneud â bwyd dynol yn dderbyniol. Ac yn wir roedd ymladd ceiliogod hyd at farwolaeth yr un mor boblogaidd ag erioed, a'r talyrnau'n orlawn. Ond bellach roedd y mynydd-dir yn frith o ddefaid a geifr wedi rhedeg yn rhannol wyllt, dim ond yn cael eu corlannu unwaith y flwyddyn er mwyn eu cneifio. Serch hynny gwnaeth y Gwersylloedd Cydymffurfio eu priod waith; tawelodd y gwrthdystiadau, a gwisgodd y dosbarth canol eu dillad gwlanog yn raslon.

Piffiodd Goronwy yn dawel tu ôl i'w ddwrn wrth edrych ar ei wraig. Teimlai iddi edrych yn debyg i ryw Gerflun Rhyddid yr oedd wedi gweld delwedd ohono rywbryd, oedd yn arfer croesawu mewnfudwyr i'r tir ar draws y cefnfor mawr. Nid i'r un o'r ddau wrth reswm

erioed fod yno. Gwyddai pawb nad oedd hi'n ddiogel i
fentro oddi ar Yr Ynys, yn enwedig ers y Rhyfel. Llawer
diogelach oedd swatio'n glud o dan adain Yr Orsedd efo'u
holl arfau difäol gwych. Feiddiai neb call fygwth trigolion
y Wladwriaeth Orseddol fyth eto. A beth bynnag, pwy
fyddai eisiau crwydro i wladwriaethau eraill llai gwaraidd?
Gwladwriaethau heb ddiwylliant na syniad yn y byd beth
oedd cynganeddu nac englyna na thelynegu. I beth, neno'r
derwyddon, pan fo'r Orsedd yn darparu popeth oedd ei
angen o'r crud i'r bedd?

"Wel?"

"Wel beth cariad?" atebodd Goronwy.

"Wel, be' wyt ti'n ei feddwl o hynna? Wedi fy ngwâ'dd
i'r Ganolfan Ymdrwytho. Alla' i'm credu'r peth."

Gwyddai Goronwy fod hyn oll megis gwireddu
breuddwyd oes i'w wraig. Rywsut roedd o'n gwybod mai
dim ond mater o amser fyddai hi wrth reswm cyn iddo
fynte' hefyd gael yr alwad. Ond 'war'e teg, ro'dd Ceridwen
ar ben ei digon. Neu oedd hi? Syllodd ar ei hwyneb heb
iddi sylwi. Roedd ei meddwl yn amlwg yn troi rownd a
rownd fel chwyrligwgan.

Roedd llawer o'r tlysni genethaidd a ddenodd sylw
Goronwy gyntaf yn naturiol ddigon wedi hen hel ei bac,
ond eto roedd rhyw brydferthwch aeddfed wedi dal ei
afael. Ac roedd hynny'n amlygu ei hun mwyfwy ar yr
adegau prin hynny pan fyddai hi'n fodlon ei byd. Roedd
Goronwy wedi dioddef adegau o amheuon fyth ers iddyn
nhw gofrestru gyntaf fel pâr priod. Cai ei blagio gan ofnau
y byddai ei wraig yn alaru arno, ac yn chwilio am gyffro
mwy na'r ffatri englynion a'r Cerdd Dant a'r cyd-adrodd
a gwyliau ym mhob cwr o'r Ynys. Hyd yn oed cyffro mwy
na magu Morfudd a Dyddgu. Wedi'r cyfan onid oedd ynte'
wedi syrthio oddi ar y llwybr cul yr un tro hwnnw ym
Myddfai? Roedd synnwyr cyffredin wastad yn mynnu ei
lusgo'n ôl o ddibyn ansicrwydd, a holai ei hun pa ferch

gall fyddai mewn difri' calon fyth yn disgwyl mwy. Ond eto pob hyn a hyn byddai hi'n dod adref yn hynod hwyr o'r ymarfer Cerdd Dant, ac yn aml wedi bod yn diota, ond mynnai hi mai cymdeithasu gyda'i chyd-gerdd dantwyr y bu hi. A pha reswm oedd ganddo i amau hynny, mewn difri' calon?

Ond cyn hir byddai eu bywydau tu hwnt i ddisgwyliadau unrhyw werinwr tlawd a Ceridwen allan o afael ei cherdd dantwyr, a hwythau ill dau yn nes at gael sicrhad o ymestyniad einioes. Ac eto... Yng ngolau'r taenwr goleuni gwelai ei gŵr wyneb yn dangos ôl traul bywyd cyfan o weithio yn y ffatri englynion, bywyd oedd yn gwibio heibio heb y gobaith na'r gallu i ddianc o'r rhigol. Fyth ers i'r awdurdodau wahardd triniaethau harddu, roedd wyneb Ceridwen wedi ei fframio gan swp o wallt oedd yn frith o wyn a mymryn o'r gringoch lliw llwynoges yr oedd yn arfer bod. Roedd hi ychydig dros ei phwysau, mewn modd oedd yn ddigon atyniadol, ond gyda'r awgrym lleiaf o fagiau o groen llac wedi dechrau hel fel hychod magu o dan ei dau lygad. Ymddangosai'n flinedig ac anniddig, merch wedi diflasu ar ei bywyd di-fflach er y fraint ddigamsyniol o gyfrannu at ddatblygiad y Weriniaeth Orseddol a'r balchder o fagu'r efeilliaid a'u gweld yn datblygu'n ddinasyddion da a allai ddyfynnu gweithiau Dafydd ap Gwilym rif y gwlith. Ond er hynny i gyd, bywyd fu heb obaith o anelu am yr entrychion mewn gwirionedd fu ganddyn nhw, na chamu heibio Oed yr Addewid ac osgoi'r aberthfeydd. Tan nawr. Roedd hi'n llawn haeddu'r hwb a'r anrhydedd, ac eto roedd golwg mwy pryderus hyd yn oed na'r arfer yn tywyllu ei gwep.

"Ceridwen, cariad."

"Hmm?"

"Dewch i ishte fan hyn. Gym'rwch di wydriad o win? Af i mo'yn gwydr i chi. Na? Wel d'wedwch 'tha i be sy'n bod 'te. Ma' wyneb y diawl 'no chi."

"Poeni dwi, Gron bach. Poeni am fynd i gael fy nhrwytho. Beth os ydan ni'n dal yn y cofnodion drwg ers y bali-hw 'na tu allan i'r Ganolfan?"

"Ceridwen, Ceridwen. Chi'n meddwl o ddifri' y basech chi wedi'ch gwahodd i'r Ganolfan o gwbwl petai hynny'n wir? Wrth gwrs ddim. Ni bellach ar ein ffordd at barchusrwydd ac at freintie' bywyd. Dyma be' ni wedi bod yn gweithio tuag ato e's blynydde. P'id'wch pryderu. Newyddion da o'dd e nid newyddion drwg."

"Ti'n meddwl?"

"Odw," atebodd Goronwy efo'r cadarnrwydd ffug annisgwyl roedd yn ceisio ei arddel pan oedd angen tawelu meddwl ei wraig. "Chi'n cofio Talhaearn yn y gwaith yn ca'l ei wahodd yno? A'th o mla'n a mla'n am y profiad am fisoedd, sa i'n gweud llai, ond drychwch 'no fe nawr. Fe yw pennaeth yr adran baladr erbyn hyn."

"Ia. Mae'n debyg bo ti'n iawn. Ond…"

"Ond beth, cariad?"

"Debyg y byddi di am fy hebrwng i yno. Fel arfer."

"Wrth gwrs."

"Dim ond at y giât, cofia. Ac mi fydd hynny'n cymryd diwrnod neu ddau ar y gwerin-gludwyr. Ti'n gw'bod pa mor anodd ydy hi i groesi o un pen o'r Ynys i'r llall. Ond mi fedra i fynd ar fy mhen fy hun, cofia."

"O na, na."

"Ond os ti'n mynnu dŵad, be' wnawn ni efo Morfudd a Dyddgu? Does neb i'w gwarchod nhw ers i 'nhad a mam gael eu…. gael eu… haberthu."

Poerodd y gair allan efo rhyw atgasedd nad oedd Goronwy wedi ei weld ers y diwrnod hwnnw pan anghofiodd o dynnu'r bara brith o'r ffwrn mewn pryd. Agorodd y llifddorau a dechreuodd Ceridwen wylofain o waelod ei bol wrth feddwl am dynged ei rhieni druain. Rhoddodd ei gŵr ei fraich yn addfwyn amdani, ac er syndod iddo mwythodd hi ei boch yn erbyn ei frest.

"Nawr, nawr. P'id'wch â llef'en. Siawns bo ni'n ddinasyddion parchus nawr. Wi'n siŵr gawn ni le i'r efeillied yn y Ganolfan Ieuenctid yn Llanllyn. Chi'n cofio shwt hwyl gas blant Talhaearn yno'r llynedd?"

Rhyddhaodd Ceridwen ei hun o'i afael fel dynes yn tynnu ei chôt ar ôl syrthio i'r pydew biswail. Teimlodd Goronwy ddau dwll blin yn llosgi yng nghanol ei wyneb. Y fath dwpdra digydymdeimlad. Stompiodd Ceridwen i ffwrdd heb yngan gair pellach. Edrychodd Goronwy yn syn cyn cydio eto yn y gwydriad o Aberthged.

"Merched," meddyliodd. "Onid 'yn nhw'n anodd eu deall?"

# Pennod 5

Gwelodd Mal bâr o lygaid blinedig yn gorwedd o dan benwisg oedd bron mor goch â nhw yn syllu arno drwy'r hollt bychan yn y drws. Y bumed noson o'r pythefnos, roedd o'n credu, ac roedd o'n ysu am gwmpeini ac o bosib mymryn yn fwy o gysur na hynny. Roedd o'n dal i ddrysu'n lân ynglŷn â pha ddiwrnod oedd hi, fyth ers i'r Orsedd benderfynu troi'n ôl i'r hen drefn o Oes y Derwyddon o rannu tro byd unigol fesul chwe phythefnos ar hugain. Roedden nhw wedi gwadu ar y pryd mai modd o gael gwared ar y Sul, ac arferion yr hynny o Gristnogion oedd wedi glynu at eu hen ofergoelion, oedd hynny. Ac roedd clodfori rhai o'r hen emynwyr wedi bod yn rhyw fath o asgwrn i'r hen do gnoi arno ar y dechrau, er i Ann Griffiths a'i chriw gael eu darlunio fel beirdd yn hytrach na dilynwyr ryw ffug ffydd. Ond roedd wedi profi'n gam cyfleus iawn er mwyn cael eu dwylo ar eu haddoldai i'w troi'n demlau derwyddol neu'n amgueddfeydd gorseddol, a naw wfft i'r addewidion gwag o iawndal. Yn wir roedd yr adeilad mawreddog yr oedd Mal yn ceisio cael mynediad iddo yn cario olion gwantan o'r enw Ebeneser mewn llythrennau mwsoglyd ar ei flaen. Efo threigl amser roedd y lle wedi canfod ei hun mewn stryd gefn yn y ddinas, adeiladau eraill o goncrid disylw wedi codi fel madarch o'i amgylch. Ond lled debyg iddo ar un pryd fod wedi hawlio lle amlwg yn y bensaernïaeth leol. Roedd grisiau cerrig llydan yn arwain at ddrws derw trwm oedd â cholofnau marmor crand o boptu iddo. Gorweddai rhyw fath o gromen ar ei do, yn blaster o faw gwylanod a cholomennod, ac roedd ei ffenestri hirion yn cynnig tystiolaeth o pa mor llachar liwgar fu'r gwydr ynddyn nhw ar un pryd. Ond hyd yn oed os oedd y newid yn sut y cyfrifid y dyddiau yn achosi dryswch iddo, oedd hi o unrhyw bwys pa ddiwrnod oedd hi mewn gwirionedd? Roedd hi'n rhyfeddol sut y toddodd pob un i deimlo'n union yr un fath ers colli'r Sul.

"Ga' i ddod i mewn?" holodd Mal.

"Adnabyddiaeth?" meddai llais sarrug o'r ochr draw i'r drws.

"O tyrd o 'ne Urien. Ti'n gw'bod yn iawn pwy ydw i. Fydda' i yma bron mor aml â thi."

Ar hynny llithrodd y drws i un ochr efo rhyw fwmial trydanol tawel a chamodd Mal heibio i'r un sarrug a'i wisg goch. Croesodd ei feddwl i sathru – sangid, fel y dywedai ei ddiweddar dad – ar draed sandalog budron Urien â'u hewinedd melynion. Ond daeth synnwyr cyffredin i'r adwy. Hynny a'r ffaith bod Urien yn sawl heidden yn dalach a lletach nag o.

A dyna fo unwaith eto yn sawru'r awyrgylch yng Nghasino'r Coelbren. Dyma'r unig gasino yn y brifddinas nad oedd yn anghymeradwy yn llygaid yr Orsedd, ac roedd yn un o'i hoff gyrchfannau wrth chwilio am bleser. Serch hynny roedd yn aml yn teimlo'n euog iddo fod yn rhoi ei Sylltau prin yng nghoffrau'r Orsedd, yn enwedig â hwythau'n blingo eu deiliad yn hesb efo'u cynlluniau gwallgo'. A doedd dim pall ar y cynlluniau rheiny hyd yn oed efo coffrau'r Wladwriaeth yn wag fyth ers y Rhyfel, ac ers i'r Orsedd droi cefn ar y Tir Mawr. Roedden nhw am dorri eu cwys eu hunain medden nhw, er i'r gwrthodwyr chwerthin i fyny eu llewys wrth fynnu ei fod yn fwy o rigol na chwys.

Gwyddai Mal nad yfo oedd yr unig wrthodwr i fynychu'r Coelbren. Ar brydiau byddai'n gweld ambell un o selogion Yr Ogof yn mentro yma. Deallai hefyd eu bod nhw i gyd yn gwthio'u lwc braidd yn mentro i ffau'r llewod fel hyn, fel llygod yn ceisio dwyn caws o drap. Ond os na allwch chi wthio'ch lwc mewn casino, ble arall wnewch chi? A doedd hi ddim fel nad oedden nhw i gyd yn hysbys i'r awdurdodau. Gwyddai pawb mai disgwyl am eu cyfle i'w rhwydo oedd y derwyddon. Gwneud enghraifft ohonyn nhw a'u gwawdio, cyn eu Gwynfydu efo'r dos cryfaf bosib. Ond fyddai bywyd yn cael ei fyw o dan gysgod paranoia ddim gwerth ei fyw p'run bynnag. Ac onid oedd bywyd i gyd yn un fenter fawr o'r eiliad ichi sbecian allan gyntaf ar y byd oeraidd o'r groth gynnes 'na? Doedd dim troi'n ôl i fod o'r foment honno.

Fyddai'r derwyddon byth yn meiddio llusgo Mal o'i waith efo'r Rhwydwaith; neu dyna oedd un rhan o'i resymeg amddiffynnol. Fydden nhw 'chwaith ddim yn ei wthio i gefn Carneddog du oddi ar balmant prysur. Ond wyddai o ddim am gael ei ddal mewn casino a oedd, er bod y lle yn talu cildwrn hael iawn i'r Orsedd er mwyn eu dallu'n swyddogol i'w fodolaeth, yn anghyfreithlon. Ni fu'r Orsedd erioed yn gyffyrddus iawn efo'r syniad o hapchwarae er mai dyna oedden nhw'n ei wneud yn feunyddiol efo bywydau'r werin. A choffrau'r Wladwriaeth. Roedd rheolwyr y Coelbren wedi mynd mor bell â gorseddogi rhai o'r gemau i roi teimlad mwy cynhenid a derbyniol i'r peth. Wedi'r cyfan, onid oedd 'na dinc estron braidd i gemau hynafol fel roulette neu baccarat? Cafwyd ambell ymgais ofer ar orseddogi'r gair casino ei hun. Ni gydiodd unrhyw gynnig yn nychymyg y selogion, a bu'n rhaid i'r Orsedd lyncu'r bilsen chwerw honno. Ond roedd hi'n ymddangos bod gweddill y mesurau wedi lleddfu ofnau'r mwyaf cibddall o blith aelodau'r Orsedd. Serch hynny roedd ganddyn nhw eu gweision bach yn gweithio yn y lle, y rhan fwyaf ymhell o fod mor amlwg ag Urien yn ei wisg orseddol goch. Roedd y Wladwriaeth yn cadw llygad barcud ar bawb a phopeth, ac yn rhoi'r caws mwya' drewllyd posib' yn y trap. Cael ei oddef oedd y Coelbren, nid ei gymeradwyo.

Daeth dwndwr clebran i glustiau Mal wrth iddo wneud ei ffordd i lawr coridor cul. Roedd y waliau wedi eu gorchuddio â phaneli derw hardd a thywyll rhywbryd yn y gorffennol pell, ac olion hen dyllau pry' mewn ambell gornel yn dyst i'w hoedran. Atseiniai'r coridor i sŵn sandalau gorau yn clepian yn frysiog ar hyd y llawr o flociau pren. Roedd hi'n amlwg eisoes dan ei sang yn y brif hapchwaraefan. Edrychodd o'i gwmpas am wynebau cyfarwydd wrth wthio ei ffordd tuag at y bar. Fflachiodd un neu ddau o ddynion cyfarwydd ond llawer iau nag o wên swil i'w gyfeiriad. Gwenodd yntau'n ôl a chodi ei law'n llipa i'w cydnabod. Roedd y bar wedi ei leoli ar ochr bellaf yr ystafell ger rhyw fath o loc pren esgynedig, yr unig gelficyn gwreiddiol yn y lle. Yn ôl y sôn, yno roedd arweinwyr crefyddol yr oesoedd a fu yn sefyll er mwyn lledaenu eu hofergoelion. Cofiai Mal iddo ryfeddu yn y gwersi hanes yn yr ysgol pan ddeallodd eu bod nhw hyd yn oed yn cael eu talu am wneud.

"Ia?" meddai'r llabwst tu ôl i'r bar yn surbwch. "Clec?"

"Gei di 'i sdwffio fo," sgyrnygodd Mal. "Faswn i ddim yn brwsio 'nannedd efo fo. Dŵr efo swigod i fi, fel ti'n gw'bod."

Pam oedd y coc-oen hwn yn gofyn yr un cwestiwn pob tro? Oedd, roedd yn taro Mal braidd yn od hyd yn oed ar ôl sawl tro byd o arfer iddo fod yn gofyn am ddŵr mewn bar. Yn wir, ar y cychwyn roedd yn cywilyddio ynglŷn â'r peth. Be' ddyweddai ei ffrindie' coleg tasen nhw'n gw'bod? Ond yn y pen draw darbwyllodd ei hun mai yma am y cwmpeini a'r hwyl oedd o yn hytrach nac unrhyw gic gyffuriol. Ac ar noson dda, rhywun i fynd adref efo fo i rannu gwely. Nid fod hynny'n digwydd mor aml â hynny ers i draul bywyd ddechrau mynd i'r afael ag o. Ond roedd yr ymdrech yn hwyl.

Roedd yn hawdd adnabod y gwrthodwyr yma er nad oedden nhw wrth reswm am dynnu sylw at eu hunain.

Serch hynny roedden nhw mor amlwg â phab mewn puteindy. A'r dŵr oedd yn gyfrifol. Ni fyddai'r un ohonyn nhw yn yfed y ddiod gadarn, nac hyd yn oed y coffi Llwyn Iorwg afiach ei flas. Tybient ei bod yn rhy hawdd i'r awdurdodau drwytho'r diodydd rheiny efo Gwynfyd. Llawer anos oedd gwneud hynny efo rhywbeth â blas niwtral fel dŵr. Gwydriad o Wynfyd? Dim diolch. Credai Mal y byddai'n gallu adnabod blas hynod chwerw Gwynfyd hyd heddiw ar ôl arbrofi efo cnoi aeron uchelwydd amrwd yn nyddiau ffôl ei lencyndod. Fel y byddai nifer o'i gyfoedion heb ddim byd gwell i'w diddanu. Roedd yn cofio darllen unwaith, os oedd y teclyn egwyddori i'w gredu, bod yr hen bobol yn arfer sychu dail rhyw blanhigyn cyn ei rowlio mewn darn o bapur a'i danio. Yn anghredadwy bron, bydden nhw wedyn yn sugno'r mwg i'w cyrff er mwyn llenwi eu hysgyfaint ag o. Ac yn talu trethi trymion i goffrau eu meistri am y fraint. Rhyfedd o fyd. Be' oedd cnoi mymryn o uchelwydd diniwed o'i gymharu â chastiau hurt felly? Neu felly yr oedd ei feddwl ifanc yn ymresymu ar y pryd. Bellach roedd wedi gweld y goleuni am beryglon cael eich denu i fagl yr uchelwydd. Gewch chi stwffio'ch Gwynfyd.

Sodrodd y coc-oen botel wydr o ddŵr Bryn Briallu, efo'r nod cyfrin yn amlwg ar ei blaen, yn ddiseremoni ar y bar o flaen Mal. Gadawodd yntau'r gwydr yfed oedd wedi ei gynnig efo'r botel lle'r oedd o ar y bar, a thaflodd docyn Swllt yr un mor ddiserch yn llaw'r llall. Ymlwybrodd yn hamddenol draw at fwrdd mawr yng nghanol y llawr. Roedd yn mwynhau'r agosrwydd corfforol, a'r arogleuon persawr, hylif siafio a hyd yn oed chwys cesail yn gymysg oll i gyd. Plannodd ei ben ôl ar yr unig stôl wag oedd wrth y bwrdd, lle'r oedd pawb wrthi'n ddyfal yn ceisio dyblu a threblu gwerth eu tocynnau Swllt ar y beithynen.

Ceisiodd dynnu sgwrs efo'r ferch ar y dde iddo, merch ganol oed oedd fymryn bach dros ei phwyse', llond ei chroen yn hytrach na thew ond yn ddigon deniadol i lygad newyddiadurwr oedd â'i fryd ar gampau'r gwely.

"Ti'n c'el unrhyw lwc?"

Daeth dim ateb o'i genau, â hithau'n canolbwyntio'n llwyr ar y bwrdd fel cath yn gwylio llygoden. Prin y cyffyrddodd hi'r gwydriad o win coch oedd o'i blaen. Roedd y deliwr yn sefyll yn un pen yn ei wisg goch orau yn galw'r llythrennau allan wrth iddyn nhw ymddangos o'r beithynen, efo'r gamblwyr yn ocheneidio neu'n gorfoleddu yn ôl y galw fel torf mewn gêm gnapan. Dylifai'r tocynnau Swllt i gyfeiriad y deliwr fel broc môr, ton ar ôl ton wastraffus yn dod â choffrau'r lle i orlif barus. A'r Clec a'r Aberthged yn gwneud eu priod waith o lacio unrhyw synnwyr o beth oedd yn gall a rhesymol.

"Rhei pobol yn actio'n wirion yma, tydy?" ceisiodd Mal eto. "Efo gofal ydy'r unig ffordd i chwar'e'r gêm hon."

Daliai'r gath i'w anwybyddu'n llwyr, hithau hefyd wedi ymgolli yng nghynnwrf y beithynen. Roedd yr awdurdodau'n gwybod yn iawn beth oedden nhw'n ei wneud yn caniatáu rhai gweithgareddau nad oedd yn dechnegol yn gyfreithlon. Fel yna y llwyddodd unrhyw drefn awdurdodol i gadw'r werin rhag gwrthryfela. *Panem et circenses*, fel yr awgrymodd y bardd Rhufeinig Juvenal. Bara a gemau. Rhowch y rheiny iddyn nhw o leia'. Wedi'r cyfan, be' oedd manion y gyfraith o bwys os oedd hanfodion y drefn yn cael eu gwarchod?

Tueddai Mal i chwarae'n ddigon pwyllog, rhywbeth oedd yn mynd yn groes i raen ei reddfau naturiol. Taflai ambell Swllt i'r pair am yn ail â llymeitian y mymryn lleiaf o'r Bryn Briallu, oedd mor befriog nes codi gwynt arno. Weithiau byddai ambell Swllt yn dŵad yn ôl. Yn amlach byddai'r cyfan yn diflannu i gôl y deliwr, a chyfran yn mynd yn syth i goffrau llwgr Yr Orsedd. Ond ag yntau wedi bod wrthi am awr a mwy, o'r diwedd daeth ei ddewis o lythrennau i fyny mewn un rhes swnllyd ar y beithynen.

Edrychodd y deliwr drwyddo'n flin, a lluchiodd dderbynneb ato i'w gyfnewid am Sylltau ar ddiwedd y noson. Er syndod iddo, trodd y gath ato efo rhywbeth rhwng gwg a gwên ar ei hwyneb.

"Llongyfarchiada," meddai mewn llais fymryn yn gryg, fel 'tai hithau rhyw bryd yn ei gorffennol ffôl wedi bod yn sugno mwg o blanhigion sych.

Gwelai Mal ei hwyneb yn iawn am y tro cyntaf. Roedd hi tua'r un oed ag yntau ac yn wedi bod yn dipyn o bishyn yn ei dydd, penderfynodd wrth ei gosod yn ei glorian. Roedd ei hwyneb wedi ei fframio â swp o wallt oedd yn gringoch dymunol ond wedi ei fritho'n ddestlus â chudynnau gwynion. Roedd wedi cadw at lythyren y ddeddf ynglŷn â chreu ffug-ddelwau, a olygai nad oedd lliwio gwallt na gwisgo na cholur na minlliw yn gymeradwy. Nid hyd yn oed ymysg y merched.

"Alla' i brynu diod yn y bar i ti?" aeth ymlaen. Roedd ei frwdfrydedd bellach wedi ei danio'n llawn, a'i gyfrif Sylltau am unwaith yn iachach na phan gerddodd i mewn. Dringodd hi i lawr o'i stôl i ddangos ei bod yn cydsynio, a gwthiodd y ddau eu ffordd drwy'r dorf at fwrdd go dawel mewn cornel dywyll o'r Coelbren. Fan hyn i ffwrdd o'r dwndwr y byddai Mal yn dod pob tro pan oedd am drïo gweinieithu ei ffordd heibio i ddillad isa' rhywun. Daliodd sylw weinydd ac archebu gwydriad o Aberthged i'w ffrind newydd a Bryn Briallu arall i'w hunan.

"Dŵr?" meddai hi mewn syndod.

"Ie. Peth call ydy cadw pen clir mewn lle fel hyn dwi'n meddwl. A be' wyt ti'n ei neud ar ben dy hun yma?"

"Ymlacio." Roedd y sgwrs yn parhau'n unochrog braidd i Mal a'i obeithion.

"Ymlacio o be' felly? Gwaith? Teulu?"

"Rhywbeth felly."

"Ti'n briod?" pysgotodd.

"Ydw."

"Mal ydw i, gyda llaw. Be' ydy d'enw di, felly?"

"Ceridwen," atebodd yn ansicr.

Swniai fel ei bod yn eu rhaffu nhw, nid fod hynny'n poeni'r un iot ar Mal. Cynhesodd at ei dasg. Doedd y ffaith ei bod yn briod yn mynd i'w rwystro o gwbl rhag rhoi cynnig arni. Os oedd hi'n dweud y gwir. Byddai rhai darpar bartneriaid weithiau yn honni hynny er mwyn cael ei hyd a'i led cyn mentro ymhellach. Nid fod hynny o bwys iddo chwaith. Doedd fawr o bwys ganddo am ddim byd pan oedd y testosteron yn llifo fel pistyll.

"Dwi'n meddwl imi dy weld di yma o'r blaen yndo?"

"Do, mae'n bosib" atebodd y gath gringoch, oedd bellach yn dechrau mwynhau'r chwarae efo'i llygoden bersonol. Teimlodd Mal bod yr ias ddechreuol rhyngddyn nhw yn prysur feirioli. Bwriodd hi ymlaen:

"Fydda' i'n galw yma pob pumed dydd ar ôl bod yn yr Athrofa Gerdd Dant. Dwi'n gweithio tuag at ddiploma yn y gobaith o gael newid swydd. Dwi wedi cael llond bol ar ôl bod yn y ffatri englynion 'na am flynyddoedd. Paid â 'ngham-ddallt i. Mae'r lle wedi bod yn iawn, neno'r Awen. Dwi jest yn teimlo y byswn i'n lecio gneud rhywbeth arall cyn imi fynd yn rhy hen. Dringo'r ysgol fel 'tai. Gwneud gwell cyfraniad at y Chwyldro."

Wow! Unwaith m'e hon yn dechre' d'oes dim stop arni, meddyliodd Mal. Trodd yr olwynion bychain yn ei ben yn wynias. Os ydy hi fel 'ne yn y gwely, mae ishe edrych ar ben pwy bynnag lembo ydy'r gŵr sy'n gad'el iddi ddod i lefydd fel hyn ar ei phen ei hun. Yn enwedig efo'r holl gŵn drain wastad o gwmpas y lle yn chwilio am dameidiau poeth i'w hudo.

"Cerdd Dant?" holodd Mal.

"Ia. Mae'n ddifyr, 'sti. Ac yn frodorol. Dwi'n dysgu ceincio, ac yn dysgu canu'r delyn. Pam wyt ti'n edrych lawr dy drwyn fel 'na? Sgen ti rywbeth yn erbyn Cerdd Dant?"

Gwyddai Mal o'r hanner gwên ar ei hwyneb mai cellwair oedd hi, ond doedd dim pwynt cymryd arno. Roedd yn gas ganddo Gerdd Dant, a byddai'n well ganddo gnoi gwydr nac eistedd drwy awr ohono. Roedd wedi datblygu atgasedd arbennig ers i'r awdurdodau ddaddrwyddedu bron pob math arall o gerddoriaeth ar wahân i ganu corawl a bandiau pres, gan eu hanfon i gyd o dan ddaear. Nhw a'u purdeb diwylliannol ddiawl.

"Undonog tydy?" meddai. "A swnllyd. Fel rhywun yn c'el tynnu dant heb anaesthetig."

Chwerth'odd Mal er iddo bryderu ei fod wedi brifo ei theimladau. Meddyliodd am eiliad ei fod wedi mynd yn rhy bell. Ond holltwyd wyneb Ceridwen gan wên lydan yn croesi o un foch i'r llall. Wedi'r cyfan, doedd hi wedi disgwyl dim gwell mewn gwirionedd gan rywun â golwg braidd yn anwaraidd arno. Anniwylliedig. Rafin. Ond pwy oedd hi i basio barn â hithau'n eistedd mewn casino? Go brin fod hynny'n cael ei ystyried yn ddiwylliant yn llyfrau'r Cofiadur.

Anadlodd Mal yn rhydd unwaith eto. Efallai cai lacio dillad isa' hon eto fyth. Daeth sawl Aberthged ar eu hynt at y bwrdd ac anghofiodd hi bopeth am ei diwylliant a'i Cherdd Dant. Ac roedd yn rhaid iddi gyfaddef, roedd cael cwmpeini rhywun o haenau gwahanol cymdeithas yn eitha' hwyl os braidd yn heriol. Ac eto ni chafodd yr un cliw am bwy oedd o mewn gwirionedd na sut oedd o'n cynnal ei hun. Dim ond ei enw, os oedd o'n dweud y gwir am hynny. Ond roedd Mal yn enw digon anhysbys, plaen hyd yn oed, i'w siwtio i'r dim.

Fel hyn oedd hi pob tro efo Mal. Yr eiliad y cai rhyw fymryn o Sylltau wrth ei enw fyddai o ddim yn hir cyn cael gwared arnyn nhw. Byddai o'n sicr o fod wedi eu gwario wrth geisio denu rhywun yn ôl i'w ystafell lom. Weithiau byddai'n llwyddo, ond methiant fyddai ei ymdrechion yn amlach na pheidio er cymaint oedd hynny'n brifo ei hunan-barch. Os oedd llawer o hynny'n weddill. Ond teimlai ym mêr ei esgyrn, llawn cymaint ag mewn aelod di-asgwrn o'i gorff, bod heno'n mynd i fod yn wahanol. Gwenodd ar y gringochen wrth godi. Eglurodd ei fod yn gorfod mynd am wagiad ar ôl llyncu tair neu bedair potel o'r Bryn Briallu.

Tra wrth y bisfa dechreuodd feddwl am y pleserau pur oedd yn siŵr o fod yn yr arfaeth. Rwyt ti mewn lwc heno 'rhen gog, cynhyrfodd drwyddo. Chwyddai'r aelod di-asgwrn rhwng ei fysedd. Torrwyd ar draws ei freuddwydion gwlybion gan sŵn rhyw gythrwfl tu hwnt i'r drws yn yr hapchwaraefan. Agorodd ei gil a chlywed lleisiau merched yn gweiddi ac arthio. Gwelai'r cluniau hirion a'r sgertiau brethyn byrion, a'r hetiau duon uchel efo bathodynnau euraid yr MW yn disgleirio arnynt. Roedd nifer eisoes wedi gorfod dioddef y Sgrepiadur, wrth i'r criw milain hyn sgubo eu ffordd drwyddynt i chwilio am brae. Ildio'n llywaeth a gwyro eu pennau'n barod wnaeth pawb, y gringochen druan yn eu plith. Ac er y byddai Mal wedi gwirioni ar allu rhedeg i'w canol fel rhyw arch-arwr i'w hachub, gwyddai yn ei galon na fyddai gobaith iddo. Gwyddai hefyd ei fod â gormod o barch at ei groen cachgi. Ac roedd yn ffyddiog na ddeuai hi i lawer o stŵr. Yfo a'i debyg oedd gwir darged yr MW.

Diolchodd i'r Awen, os oedd hi'n weddus i wrthodwr ddweud hynny, iddo gymryd y cyfle yn ystod nifer o ymweliadau â'r Coelbren i weithio allan rhyw ddihangfa tasai hi'n dod i hyn. Neu'n hytrach pan fyddai hi'n dod i hyn, fel oedd yn rhwym o ddigwydd. Neidiodd i mewn i'r ail guddygl a chloi'r drws tu cefn iddo. Uwchben y crondwll a'r cynhwysydd dŵr roedd grid plastig yn gorchuddio mynediad cul at y rhwydwaith awyru cyhoeddus. Roedd o beth amser yn ôl wedi datod y sgriwiau oedd yn ei ddal yn ei le yn ddigon llac fel bod modd eu hagor ag ewin bawd. Diolchodd iddo am unwaith fod mor hirben, ac na sylwodd neb. Nid fod y glanhawyr – os oedd y fath bobol yn bodoli – byth yn mynd i fod mor drylwyr â hynny fel yr oedd yr holl lwch a'r we ar y grid yn ei dystio.

Tynnodd Mal y grid a bustachu ei ffordd i fyny at y twll yn y wal, gan ddefnyddio'r eisteddfa fel gris. Llusgodd a gwasgodd ei gorff i'r bibell awyru pen yn gyntaf, cyn gwthio'i hun am yn ôl. Diawliodd ei hun. Roedd yn amlwg wedi magu bol ers y troeon cynt. Roedd wedi dringo i'r rhwydwaith ddwywaith o'r blaen er mwyn sicrhau bod modd dianc y ffordd hon, a gwneud yn siŵr nad oedd yn arwain at allanfa fyddai'n ei chwydu allan yn uchel i fyny ar dalcen yr adeilad yn rhywle. Gwyddai y byddai'r bibell hon yn caniatáu iddo gyrraedd hen ddihangfa dân rhydlyd a sigledig.

Y blydi Ogof 'na a'u Barzhaz Breizh a'u bara brith. A'r bol â dim oll i'w wneud â'r holl brydau parod o halen a sothach a sgrwtsh y byddai'n eu rhawio i lawr bron yn feunyddiol. Ail osododd y grid yn rhydd yn ei le ar draws y mynediad, gan ei bwyso ar ryw sil gul, lychlyd. Roedd hi'n anhraethol o boeth yn y bibell, â'r rhwydwaith awyru yn amlwg heb ei gyffwrdd gan unrhyw offer cynnal a chadw ers cyn y Chwyldro. Glynodd ei ddillad isa' fel gelen at rych ei din. Yn y tywyllwch teimlodd ambell goes flewog gorrynnog yn croesi mewn dychryn ar draws ei ddwylo a'i wyneb. Ond bu'n rhaid eu hanwybyddu, a dechreuodd wingo a gwthio'i hun tua'i ddihangfa fel Siani flewog yn cynrhoni yn ei chocŵn. A meddyliodd i'w hun mai dyna'r peth agosaf at Siani flewog roedd o'n mynd i'w brofi'r noson honno.

# Pennod 6

Agorodd Goronwy botelaid arall o'r Aberthged ac ymestyn ei gorff yn braf yn hedd gogoneddus ei gadair. Roedd Ceridwen newydd gyrraedd adref o'i hymarfer Cerdd Dant yn llawer cynt na'r arfer, ac roedd hynny wedi ei blesio'n fawr; wedi lleddfu'r genfigen fyddai'n ei fwyta'n fyw pob pumed dydd o'r pythefnos. Roedd bywyd yn dechrau ei siapio hi o ddifrif i deulu bach Sycharth y dyddiau hyn, meddyliodd am y canfed tro y pythefnos hwnnw. Roedd popeth yn mynd yn dda yn y ffatri englynion; ac roedd ynte' a Ceridwen wedi dechrau dringo'r ysgol. Wel roedd Ceridwen o leie'.

Roedd gobaith gwirioneddol bellach am ymestyn einioes. Roedd yr efeilliaid yn dod ymlaen yn wych gyda'u hastudiaethau, ac roedd hi'n ymddangos y bydden nhw'n ddinasyddion gwirioneddol driw i egwyddorion y Wladwriaeth Orseddol yn y dyfodol. Ac yn wir roedd o eisoes wedi bod yn holi ynglŷn â chael lle iddyn nhw yn adran hŷn Urdd y Ddawns Flodau. Roedd Ceridwen yn awyddus iawn iddyn nhw ymuno. Ac roedd o'n cytuno y byddai'n rhan o'r ddarpariaeth ar gyfer dringo'r ysgol gymdeithasol. Yn hwb arall ymlaen. Bydde' fe'n dwli eu gweld nhw'n datblygu'n ddinasyddion gwerthfawr a ffyddlon. Gyda swyddi breision yn y gwasanaethau gwladwriaethol, fel eu rhieni. Roedd hi'n fraint wirioneddol cael gweithio yn y ffatri englynion. Roedd teuluoedd ledled Yr Ynys fydde' wrth eu bodde' bod yn sandale' teulu bach Taliesin.

Ac eto roedd rhywbeth yn ei blagio. Ni allai roi ei fys arno. Fel hyn oedd ei feddwl yn gweithio ar brydiau, y du a'r gwyn yn brwydro yn erbyn ei gilydd. Ond tebyg mai fo oedd yn hel meddyliau'n ddi-sail. Ie, dyna be' oedd e'. Digon gwir, roedd y ffaith bod Ceridwen yn cadw oriau eitha' hwyr ers peth amser bellach yn ei bryderu. Pythefnos yn ôl roedd Gwirioneddau Cloi'r Dydd wedi eu hen ddatgan ar y Ffrwd ac yntau wedi hen fynd i'w wely pan ddaeth hi adref a chlosio ato yn drewi o win. A'r un oedd y stori pythefnos cyn hynny. Roedd hi'n amlwg wedi bod yn yfed heno, a chyrhaeddodd adref wedi ei chynhyrfu braidd. Ond pham lai? Ymunodd yr ochr oddefgar o'i gymeriad yn ei ddadl fewnol. Roedd hi'n gweithio'n galed; yn cynnal swydd lawn-amser yn yr adran esgyll, yn ogystal â dilyn ei hastudiaethau Cerdd Dant. Roedd hi'n haeddu bach o ymlacio yng nghwmni ei ffrindiau o'r Athrofa bellach bod yr efeilliaid bach yn hŷn. Rhag ei gywilydd yn gwarafun hynny iddi, dwrdiodd ei hun. Fo a'r hen deimladau eiddigeddus 'na eto. Roedd o wedi brwydro'n galed i'w 'sgubo nhw o'i feddwl fyth ers i'r ymgynghorydd 'na ei rybuddio o'r canlyniadau pe na byddai'n gwneud. Ac onid oedd raid i un ohonyn nhw o leia' symud ymlaen yn sylweddol yn y byd diwylliannol os oedden nhw am wireddu eu breuddwydion? Wrth gwrs mai dyna'r gwir plaen. Ac eto...

Daeth Ceridwen drwodd o'r gegin eisoes wedi newid i'w gŵn gwlân, cymylau o stêm trwchus yn codi i'w hwyneb o'r cwpanaid o'r Llwyn Iorwg roedd hi newydd ei baratoi.

"Ti'n siŵr na gymeri di un?"

"Dim diolch, 'nghariad i, er ei fod yn gwynto'n ffein. Ond ma'r gwin 'ma'n blasu'n dda heno."

"Gwell na neithiwr? Ac echnos?"

"Olreit. Olreit. Wi 'di ca'l y neges".

Brathodd Goronwy ei dafod er iddo deimlo y gallai'n hawdd fod wedi cyfeirio at debot a thecell. Ond roedd creithiau'r gorffennol oedd wedi eu hysgythru ar ei feddwl wedi dangos iddo nad oedd honna'n ddadl y gallai ei hennill. Eisteddodd Ceridwen wrth y bwrdd gerllaw yn mwytho'i choffi.

"Felly dyna be' wnawn ni efo'r gen'od? Pan fyddwn ni'n mynd i'r Ganolfan Ymdrwytho, ia? Os ti'n mynnu mynd â fi. Ond sut awn ni â nhw i Lanllyn?"

"Wel."

Camodd Goronwy unwaith eto i'r gofod o ansicrwydd 'na lle'r oedd yn treulio hanner ei fywyd. Yn tindroi yn hytrach na chymryd penderfyniadau. Roedd Ceridwen yn argyhoeddedig mai dyna pam iddi gymryd gyhyd iddyn nhw ddechrau gwneud eu marc ar y Wladwriaeth. Cipiodd hi awenau'r sgwrs.

"Cyfla perffaith iddyn nhw gael aeddfedu. Ti dy hun oedd yn deud y cân nhw ddechrau ar eu hyfforddiant i ymuno efo'r Urdd tra byddan nhw yna. Fedra' i eu gweld nhw rŵan yn dawnsio'n droednoeth yn eu ffrogiau bach gwyrddion, a'r briallu yn eu gwalltia'."

"Ie, ond…"

Ar hynny ffrwydrodd ton o wichiadau drwy Sycharth wrth i'r drws lithro'n agored. Hofranodd y gwerin-gludwr i ffwrdd i lawr y ffordd bron cyn iddo lithro ynghau. Rhuthrodd Morfudd a Dyddgu'n at eu rhieni, eu llygaid yn fawr fel soseri wrth adrodd am brofiadau'r noson yn y Gobeithlu yn y Deml.

"Briwiais, ni neidiais yn iach; Y grimog, a gwae'r omach," dechreuodd Morfudd.

"Wrth ystlys, ar waith ostler; Ystôl groch ffôl, goruwch ffêr," gorffennodd Dyddgu, cyd-amseru'r ddwy yn berffaith.

"Gwych gen'od," meddai eu mam yn dadol. "Ond nid cyd-adrodd ydach chi fod i'w neud?"

"O Mama," mynnai Morfudd. Roedd hi wastad yn fwy ymwthgar na'i chwaer fach, hyd yn oed os mai dim ond munudau oedd rhyngddyn nhw o ran oedran. "'Dan ni'n gorfod dysgu'r llinella' yn unigol i ddechra', siŵr iawn."

A chwarddodd Morfudd ar dwpdra arferol y to hŷn. Roedd Goronwy'n dechrau anesmwytho eto ac yn gwingo yn ei gadair fel 'tai angen llwyaid o foddion llyngyr arno.

"Bobol bach, dy'n nhw erio'd yn dysgu Trafferth Mewn Tafarn i chi?" meddai mewn anghredinedd cul. "Yn 'ych oedran chi?"

"O Tada, dach chi mor hen ffasiwn," chwarddodd Morfudd eto.

"Oes o'r blaen, Tada," porthodd ei chwaer fach. Nid fod y ddwy yn fach yn unrhyw ystyr o'r gair mwyach, fel oedd nifer o fechgyn o'r un oedran â nhw wedi hen ddod i werthfawrogi. Ond nid oedd Tada wedi dod i ddeall eto nad plantos bach diniwed mohonyn nhw ddim mwy. Mwynhaodd yr efeilliaid yr olwg gegrwth, twp ym meddwl Morfudd, oedd yn stelcian dros wyneb eu tad. Os mai dyna pwy oedd o mewn gwirionedd. Roedd o mor wahanol i Mama roedd hi'n anodd iddyn nhw gredu ar adegau sut iddyn nhw erioed gyfarfod ac... ac.... epilio. Bu'r ddwy yn trafod yn eu gwelyau sawl tro y posibilrwydd iddyn nhw fod wedi eu mabwysiadu. Neu hyd yn oed fod Mama wedi…

"Taw wir, Gron. Wyddost di pa ganrif ydy hi, neno'r Awen?" torrodd llais cryg Ceridwen ar draws ei ymgais i weld bai. "Reit ta gen'od, ewch i fyny'r grisia' 'na i'r modiwl molchi. Ac mi wna' i banad i chi erbyn ddowch chi i lawr."

Symudodd y clegar am yr olchfa ddynol, gan faglu ar draws ei gilydd mewn ras i weld pwy fyddai'n cael ei chorff yn nŵr y modiwl gyntaf. Syrthiodd tawelwch hyfryd dros y lolfa. Gosododd Goronwy yr olwg bryderus 'na ar ei wyneb roedd o'n arfer estyn amdano pan oedd eisiau trafod rhywbeth o bwys. Teimlai Ceridwen fel diffynnydd yn gweld barnwr yn rhoi'r cap du am ei ben.

"Ynglŷn â'r dichonadwyedd o'r merched yn mynd i Lanllyn," dechreuodd.

"O'r Awen! Does dim rhaid troi at yr iaith ffroenuchel 'na nag oes. Be' sy'n dy boeni di rŵan?"

"Rwy'n dechre ail-feddwl am y syniad Llanllyn 'ma. Mae 'na sibrydyon oboetu..."

"Mae'n rhaid iddo ddigwydd Gron. Does dim ffordd arall imi fynychu'r Ganolfan. Nid os wyt ti'n mynnu fy hebrwng i yno. A ma' popeth 'di drefnu. Wiw inni ofyn am ganslo rŵan neu byddwn ni yn y llyfra' drwg. Gei di anghofio am ddringo'r ysgol wedyn. Dyna be' t'isio, ia?"

"Wrth gwrs ddim, cariad."

"A pha sibrydyon ti 'di bod yn gwrando arnyn nhw'r tro hyn?"

"Mae'n erchyll Ceridwen. Rhai o'r bois oedd yn sôn yn y ffatri heddi. Am.. am... ferched yr Urdd... merched y ddawns flodau... yn diflannu. Neb yn 'u gweld nhw fyth wedyn. Allwn i ddim goddef 'se rhywbeth yn digwydd i'r merched."

Chwythodd Ceridwen anadl drom allan, ei bochau'n bolio fel y fegin yna yn yr hen efail oedd mewn llun ar ben y grisiau yn nhŷ Nain ers talwm. Llithrodd deigryn i lawr un o ruddiau ei gŵr, ac ataliodd hynny hi rhag bod yn rhy finiog ei thafod. Ond pam oedd o wastad yn cael traed oer fel hyn pan oedd rhywbeth allan o'r arferol wedi ei drefnu?

"Gron. Wyt ti o ddifri' yn meddwl y bysa'r Orsedd yn caniatáu hynny? Oes unrhyw un yn torri'r gyfraith heb ddiodda'r canlyniadau? Chdi dy hun sy'n brolio pa mor wych ydy'r MW am gadw trefn. Wyt ti wedi clywed gair am y ffasiwn syniad ar y Ffrwd? Neu wedi ei weld yn y Cyfansoddiadau?"

"Wel naddo, ond…."

"Taw a dy hen ffwlbri gwirion ta. Paid â gwrando ar bob lol sy'n cael ei luchio i dy gyfeiriad di. Wyt ti'n meddwl y byswn i'n cytuno i roi Morfudd a Dyddgu mewn unrhyw beryg'? Canhwylla' llygaid y ddau ohonon ni."

Am eiliad meddyliodd Goronwy fod y Llwyn Iorwg yn mynd i gael ei luchio i'w gyfeiriad. Ond cododd ei wraig o'i chadair â'i hwyneb fel taran. Clepiodd ei ffordd i fyny'r grisiau i sicrhau bod yr efeilliaid yn bwrw ati efo'r 'molchi. Ac i wneud yn siŵr na chlywon nhw ofnau ffôl eu twpsyn o dad. Gwyddai Goronwy ei fod wedi colli'r frwydr. Unwaith eto. Ac wrth godi ei wydr i'w wefusau sychodd ddeigryn oddi ar ei foch gyda'i lawes lac. Debyg mai dwli oedd y cyfan. Ceridwen sy'n iawn mae'n siŵr. Eto fyth.

# Pennod 7

Roedd y ddinas yn rhyw fras ddeffro, ambell Gaffi'r Cywydd bellach wedi rhwbio'r huwcyn cwsg o'u ffenestri, a'u drysau wedi dylyfu'n agored yn obeithiol. Llifai arogleuon digon derbyniol o dost a bara lawr i'r palmentydd er mwyn ceisio hudo cwsmeriaid cyntaf y dydd. Eisteddai rhai ohonyn nhw eisoes wrth fyrddau pren sigledig, yn ymsugno'r Cyfansoddiadau Dyddiol oddi ar eu teclynnau egwyddori. Ar yr wyneb roedden nhw'n llowcio'r coffi eilradd, y daethon nhw bellach i hen arfer ag o, bron mor awchus â'r propaganda wrth ddisgwyl am eu bara lawr. Serch hynny, sibrydai'r rhai oedd yn ddigon hen i gofio'n well na fu'r brecwast traddodiadol hwn fyth cystal ers gwahardd bwyta cig moch a chocos.

Âi'r rhai hŷn am gaws pobi, y caws yn un cryf ei flas o fuchesi gwartheg godro duon brodorol Yr Ynys. Roedd y rheiny'n frith ym mhobman ers y Rhyfel. Bron yn bla bellach, a'r dolydd a'r ffriddoedd yn orlawn o fuchesi sanctaidd. Bu'n rhaid i'r Orsedd wadu'n daer iddi gyhoeddi ei pholisi llysieuol dim ond oherwydd iddi golli talp enfawr o'i masnach gig efo'r Tir Mawr. Bellach roedd plant yn ei chael hi'n anodd credu iddi fod yn arferiad, am ganrifoedd lawer, i fwyta darnau o anifeiliaid marw. Popeth, o'r gynffon i'r tafod a'r traed, ac ambell ddarn arall na ellid ei grybwyll mewn cwmpeini gweddus. Ac onid oedd y ffaith eu bod nhw'n parhau i wneud hynny efo awch ar y Tir Mawr yn profi mai anwariaid oedd y gelyn?

Cerddai Mal heibio pob drws agored, a'i wahoddiad i lowcio'u coffi Gwynfydedig, heb oedi. Drachtiodd yn ddwfn o'r awel oedd yn prysur dwymo wrth wthio'i ffordd yn hamddenol i lawr y stryd. Mwythai'r awel weddillion y mwng o wallt fu ganddo yn y gorffennol yn chwaraeus, fel un o'r cariadon drwg y bu'n cadw cwmni iddyn nhw o bryd i'w gilydd. Uwch ei ben clywai'r Nodau Cyfrin yn eu coch, du a gwyn yn cyhwfan yn awdurdodol oddi ar bob polyn cydymffurfio. Ar furiau nifer o'r adeiladau roedd baneri sefydlog wedi eu gosod yn ail-adrodd arwyddair y Wladwriaeth drosodd a throsodd a throsodd: "Byddaf ffyddlon i'r Ynys, i Gyd-ddyn, ac i'r Orsedd". Ar draws y ffordd gwelai delynores yn paratoi ei llecyn ar gyfer diwrnod arall o fegera. A fan acw dyna ddyn mewn carpiau, efo'i ysgub o frigau bedw, yn clirio sbwriel ddoe. A dacw un o'r gwir dlodion esgymun yn chwilio am unrhyw friwsion o faeth yn y cwteri cyn i'r brigau bedw gyrraedd. Taflai ambell un oedd yn eistedd wrth y byrddau ar y palmant grystyn sych o weddillion eu brecwast i'w cyfeiriad yn ddilornus, gan fwynhau'r frwydr rhyngddyn nhw a'r gwylanod.

Yn sydyn deffrodd y cyrn siarad oedd wedi eu gosod ar gornel pob stryd, gan sisial yn dawel fel côr yn disgwyl am arwydd baton eu harweinydd. Ac yna atseiniodd yr anthem drwyddyn nhw yn herciog. Llithrodd hanner dwsin o fonedd-gludwyr Carneddog duon, sgleiniog yn dawel i'w cyfeiriad i fyny stryd lydan oedd fel arall heb gerbyd o fath arni. Gerllaw roedd swyddog o'r Llu Heddwch yn cadw llygad barcud ar bawb a phopeth yn ei lifrai lledr du. Cododd ei ddwy law agored i'r awyr yn arddull yr haul addolwyr, mewn dynwarediad deilwng o saliwt swyddogol y Wladwriaeth. Sgrialodd ambell un o'r werin i guddio mewn caffi neu Gorn Hirlas rhag pechu wrth beidio â saliwtio. Gwyrodd rhai, nad oedd yn ddigon chwim eu troed, eu pennau a thynnu eu penwisgoedd mewn parchus ofn. Cododd eraill eu breichiau i'r awyr mewn gorfoledd gwirioneddol.

Gellid blasu'r pryder yn yr aer. Rhoddodd yr adar bach yn y coed y gorau i drydar. Â'r anthem bellach wedi tewi, roedd sŵn yr afon yn llifo tair neu bedair stryd i ffwrdd i'w glywed yn glir. Er i'r haul cynnar fod yn tywynnu'n glaear, syrthiodd cysgod oer dros y ddinas wrth i osgordd foreol yr elît fynd ar eu hynt. Tu ôl i'r ffenestri duon, roedden nhw ar eu ffordd i'r Senedd i wneud diwrnod da arall o waith er lles Yr Ynys a'i thrigolion diolchgar a ffyddlon.

A mentraf ddweud na fu raid i'r bustych ddiawl fodloni ar fara cras ddoe a blydi gwymon wedi'i ferwi i frecwast, meddyliodd Mal wrth iddyn nhw ddynesu. Safodd yn y fan a'r lle fel colofn ddisymud o garreg. Doedd o ddim am redeg fel cwningen o flaen ffured i guddio o dan do. Nag oedd o ddiawl. Doedd o chwaith am saliwtio. Ond beiodd ei hun am fethu bod â digon o asgwrn cefn i gerdded ymlaen yn ddigynnwrf wrth iddyn nhw basio. Safodd yn stond a gwyro ei ben. Fel pob cachgi arall ar y stryd. Ond pa les ddeuai o brotest unigol pan fo'r grym bron i gyd yn nwylo'r lleill? Gwell croen iach cachgi na chorff oer arwr wedi'r cyfan.

Pasiodd yr osgordd, ail-afaelodd yr adar yn eu caneuon, ac aeth y tlodion yn eu holau i'w cwterydd i chwilio am gilcyn o fwyd. Aeth pawb yn ei flaen efo gorchwylion y dydd fawr gwaeth am y profiad. Ond dim mymryn elwach. Cymerodd Mal gip sydyn dros ei ysgwydd er mwyn sicrhau bod y perygl drosodd. Cip rhy sydyn roedd hi'n amlwg, a theimlai ei ben yn pendilio ar ei ysgwyddau. Gwyddai'n iawn bod yn rhaid iddo gallio. Doedd giamocs neithiwr yn Y Coelbren yn syniad da o gwbwl, yn enwedig ag yntau'n gwybod nad oedd yn llyfrau da'r awdurdodau. Ni chafodd hanner digon o gwsg, ac roedd ei ddyddiau gorau ar gyfer dianc o gasinos rhag y lluoedd diogelwch wedi hen fynd heibio. A phwy a ŵyr pwy oedd y ferch gringoch 'na – Ceridwen, os mai dyna oedd ei henw hi – y bu o mor awyddus i ennill ei ffafr. Roedd hi'n amlwg yn un o'r crachach, a'r het wirion hefyd yn amlwg yn ddigon parod i roi Gwynfyd yn ei gwaed. Chwar'e 'fo tân oedd peth felly, Mal bech, ac roedd rhaid rhoi'r gore' iddi cyn iti losgi dy fysedd. Fel roedd o wedi rhybuddio'i hun mil gwaith o'r blaen. Ac i be'? Adre' ei hun i'w stafell lom bu'n rhaid iddo fynd er iddo wario'r holl Sylltau 'na.

Cyrhaeddodd adeilad anferthol o goncrid llwyd ar ymylon Sgwâr y Weriniaeth. Roedd y rhifau 1984 wedi eu torri ar lechen las ar ei dalcen yn dynodi pryd yn y gorffennol pell y cafodd ei godi. Bryd hynny cyfrifid y troeon byd unigol o gyfnod honedig rhyw enedigaeth wyrthiol mewn casgliad o straeon tylwyth teg oedd wedi eu hen wahardd, a'r llyfrau oedd yn eu hadrodd wedi eu llosgi.

Roedd ugain llawr a mwy o'r adeilad yn ymestyn tuag at y wybren las, ond a fyddai ar fore llwm yn cosi boliau'r cymylau. Cai'r cyfan ei warchod gan weiren bigog drydanol hen ffasiwn ond bygythiol, a dwsinau o aelodau'r MW yn ei sodlu hi nôl a blaen o'i amgylch. Dyma oedd y Pafiliwn, curiad calon yr holl Wladwriaeth. Dyma lle'r oedd pob sefydliad o bwys yn swatio tu cefn i ffensys trydan ac yn cael eu gwarchod gan yr MW, gyda'u bysedd wastad yn barod ar sbardun eu pelydr-arfau. Yr un cyrchfan ag oedd yr elît yn anelu amdano yn eu Carneddogion duon. Roedd Nod Cyfrin enfawr yn cyhwfan yn ffroenuchel uwch y brif fynedfa i atgoffa pawb o bwysigrwydd y lle. Oddi tano, tu ôl i byrth deri trymion roedd selerydd eang. Trwy'r pyrth rheiny byddai'r pwysigion yn cael eu cludo nôl a blaen yn eu bonedd-gludwyr sgleiniog. A thrwy'r pyrth rheiny y byddai carcharorion yn mynd ar eu taith un cyfeiriad i gael eu darbwyllo o ryw fath o wirionedd gorseddol.

Yma y byddai'r pwysigion yn cynnal eu dathliadau gwladgarol. Yma roedd siambr y Senedd lle datgelid pa ddeddfau oedd eisoes wedi eu cymeradwyo. Yma roedd pencadlys Yr Orsedd. Yma roedd palas swyddogol yr

Archdderwydd. Ac yma hefyd oedd cartref y Rhwydwaith Lledaenu Gwirioneddau, fel oedd wedi ei nodi heb arlliw o gywilydd mewn llythrennau breision llachar ar y wal. Fan hyn yr enillai Maldwyn Tanat y Sylltau a luchiai fel ffŵl yn y Coelbren a'r Ogof, ac ar geisio ennill ambell ffafr yn y gwely. Dyma bencadlys y Ffrwd a'r Cyfansoddiadau fel ei gilydd. Fan hyn y cai'r "newyddion" ei greu. Oddi yma y cai ei ddosbarthu.

Cybolfa enfawr o bropaganda a chelwydd wedi ei rowlio'n un, meddyliai Mal eto heddiw wrth anelu am y grisiau hirion oedd yn arwain at y brif fynedfa. Llond adeilad o gynhyrchwyr a newyddiadurwyr honedig yn ail-dwymo straeon tylwyth teg o stabl Iolo Morganwg. A neb yn malio botwm corn eu bod nhw'r un mor debygol o fod yn wir â straeon y Cristnogion o'u blaenau, yr oedd yr awdurdodau wedi bod mor barod i'w difrïo. A be' oedd y gwahaniaeth rhwng dogma diwylliannol, economaidd a milwrol y derwyddon â'r hyn bu eu cyndadau Cristnogol yn ei ledaenu? Sut allai rhywun mewn difri' calon gredu bod un math o grefydd yn burach nag unrhyw un arall, ac un math o dderwyddiaeth yn rhagori ar fath arall? A'u bod nhw'n werth mynd i ryfel yn eu cylch?

Doedd ryfedd yn y byd i Mal fod wedi troi ei gefn ar ei wreiddiau ysbrydol sawl tro byd yn ôl bellach. Hyd yn oed cyn i'r Orsedd ddechrau ymlwybro i lawr llwybr piwritaniaeth dderwyddol. Cofiai'n iawn cymaint o strach a achosodd hynny rhwng ei dad ag yntau, yn enwedig â hwnnw'n un o uchel swyddogion Eisteddfod Powys. Yn wir, am gyfnod bu'n bennaeth ar yr holl sioe, y Derwydd Gweinyddol. Cofiai Mal y ffraeo fu rhyngddyn nhw wrth iddo fynnu cyfeirio at ei dad fel y pen-bandit. Diffyg parch at eu traddodiadau oedd hynny yn ôl ei dad. Ac eto roedd yn edmygu'r dyn mewn ffordd. Cofiai bobol yn dŵad ato am gyngor a chymorth pan roedd pethau'n ddu yn eu bywydau. Weithiau mewn galar. Weithiau â'u bywyd teuluol yn deilchion. Dro arall â'r gynghanedd neu'r awen yn gwrthod yn lân a gafael. Ond siomwyd hyd yn oed y Derwydd Gweinyddol gan y drefn yr oedd mor driw iddi. Bu'n ceisio marchogaeth y ceffyl diwylliannol yr un pryd â'i gymar ysbrydol, rhywbeth nad oedd yn anarferol yn y dyddiau cythryblus cynnar rheiny. Ond fel y byddai unrhyw berfformiwr syrcas wedi gallu ei rybuddio, roedd marchogaeth dau geffyl yn gryn gamp os am osgoi torri lengig. A daeth phoendod enfawr i'w ran. Yfo oedd wrth y llyw pan ddiddymwyd y dalaith a'i heisteddfod wrth i'r Archdderwydd presennol benderfynu canolbwyntio holl rym y Wladwriaeth yn ei dwylo ei hun.

Gwyddai Mal i'w dad deimlo i'r byw ynglŷn â hynny. Ac er na feiddiai wneud fawr o stŵr yn gyhoeddus am y peth, bu'n ceisio brwydro yn erbyn y penderfyniad. Yn hollol ofer. Cafwyd addewidion lu am barch Yr Orsedd tuag at ei chyrff datganoledig. Ond addewidion gwag oedden nhw. Lleisie' seirff, fel y cyfaddefodd ei dad ym mhreifatrwydd ei gartref.

Daeth ei holl hawliau i ben yn ddisymwth yn gynnar un bore pan ddaeth y diawlied i'w fo'yn o. Anghofiai Mal byth ei fam druan yn cysylltu ag o yn ei dagrau i ddweud na welai o mo'i dad fyth eto. A'r golwg o anobaith pur ar ei hwyneb, â hithau'n sefyll yn y ffenest, pan gerddodd o i fyny'r wtra garegog at yr hen gartre' rhai dyddie'n ddiweddarach.

Ei dad oedd wedi ei ddarbwyllo mai newyddiadura y dylai ei ddilyn fel gyrfa, gan nad oedd deunydd crai bardd na llenor yn llechu ynddo. Yfo hefyd gafodd le iddo yn y coleg ym Mhlas Coch drwy ei gysylltiadau gorseddol. Yfo a sicrhaodd bod ei unig blentyn yn gallu fforddio byw yn y modd anystywallt yr oedd yn dymuno tra yn y coleg. Nid ei fod yn sylweddoli hynny. Byddai wedi gwaredu o ddeall bod ei Sylltau prin yntau a'i wraig druan yn cael eu taflyd ar ddiota, gamblo a neidio rhwng gwelyau. Ond nid oedd ufudd-dod i unrhyw drefn yn rhan o wneuthuriad Maldwyn Tanat.

Cyrhaeddodd y fynedfa a syllu i fyw llygad sgrin wrth y drws. Dawnsiodd gwe o linellau main o olau cochlyd ar hyd a lled ei wyneb. O'i adnabod, rhoddodd y sgrin gyfarwyddyd i'r drws lithro'n esmwyth i un ochr. Roedd dyn diogelwch yn gorweddian yn ei gadair yr ochr arall i'r drws efo'i draed sandalog ar ei ddesg. Cododd ei law mewn cyfarchiad diog. Roedd rhywbeth amdano roedd Mal yn ei hoffi er na wyddai ddim amdano. Ond roedd ei agwedd at awdurdod i'w edmygu. Brysiodd Mal i lawr goridor hir wedi ei orchuddio â rhyw garped brau, gan wybod ei fod yn hwyr. Fel arfer. Aeth heibio un ar ôl y llall o gyd-weithwyr honedig, oedd i gyd rywfodd yn llwyddo i anwybyddu'i gilydd. Ond roedd yr olwg bell yn eu llygaid pŵl yn siarad cyfrolau.

Cyrhaeddodd yr ystafell greu gwirioneddau heb i neb hyd yn oed gydnabod ei fodolaeth. Ar un pryd bu hynny'n ei wylltio, ond roedd wedi hen ddod i sylweddoli bod y sefyllfa'n fwy o fendith nac o felltith. Onid oedd eu sgwrsio, hynny oedd i'w gael oddi wrthyn nhw, yn hynod ddiflas? Ac wastad yn troi at Yr Orsedd neu Iolo blydi Morganwg neu gynganeddu? Neb byth yn sôn am eu gorchestion carwriaethol, neu ddiota, neu'r gemau cnapan neu fando diweddaraf. Neb yn normal.

Trodd ei beiriant cynhyrchu sgriptiau ymlaen i weld pa rith-ddelweddau o ba orseddogion oedd ganddo i weithio arnyn nhw heddiw. Pa eiriau o ddoethineb yr oedd yn mynd i'w gosod yng ngenau pa dderwydd? Diflasodd ers amser maith ar droi llithoedd Cyfansoddiadau Dyddiol Yr Orsedd yn sgriptiau fel hyn ar gyfer y Ffrwd. O feddwl iddo unwaith fod yn cyflwyno'r adroddiadau hyn ei hun, yn y cnawd rhithiol fel 'tai. Roedd y fwydlen yr un mor anniddorol ag unrhyw ddiwrnod arall. Y Derwydd Cysylltiadau Estron yn lladd ar y Tir Mawr eto fyth; rhyw ffrae arall ynglŷn â'r anthem. Doedd ryfedd yn y byd i bobol ofni y byddai rhyfel arall yn ffrwydro un o'r dyddiau nesa'. Wedyn y Derwydd Cynhyrchiant yn brolio llwyddiant y diwydiant bag-bibau o bob dim. Bellach y diwydiant hwnnw o eiddo'r Ynys oedd yr un mwyaf blaengar drwy'r holl fyd. A dyna'r Archdderwydd ei hun yn pwysleisio'r pwysigrwydd i holl blantos bach y Weriniaeth gael cyfle i dreulio amser yn y Canolfannau Gwirioneddu Ieuenctid yn Llanllyn a Glangrannog.

A dyma Gwilym ap Peredur, y Derwydd Materion Dinesig, gyda llith hirwyntog am ddyletswyddau'r dinesydd cyffredin i warchod purdeb diwylliannol Yr Ynys. Yr un fath o falu awyr a geid ganddo drwy'r amser, ond ar brydiau byddai rhyw dinc bychan annisgwyl o wrthryfelgar yn ymddangos yn ei lithoedd. Rhyw neges o obaith i'r sawl nad oedd wedi llwyr lyncu addewidion yr haul-addolwyr. Roedd yn un o'r rhai hynaf yng nghabinet Yr Orsedd, ymhell i mewn i'w estyniad einioes. Teimlai rhai o'r bobol oedd â rhywfaint o grebwyll ar ôl iddo fod yn dyheu am y dyddiau symlach. Y dyddiau pan oedd derwyddon yn cynganeddu ac englyna, gan adael y rhyfela i'r milwyr. Bron y gallai rhywun sibrwd o dan ei wynt bod ryw elfen ryddfrydol, gair nad oedd wedi ei ganiatáu ers y Chwyldro, yn perthyn iddo.

Ond dal dy ddŵr gog bech, meddyliodd Mal. Digon annhebyg y byddai unrhyw un arall o'i gyd-weithwyr wedi sylweddoli, ond roedd hon air am air yr un araith a draddodwyd ddoe. Cliciodd Mal drwy'r cofnodion er mwyn cadarnhau'r hyn roedd yn ei dybio. Yr un araith yn union â'r diwrnod cynt. A'r diwrnod cyn hwnnw hefyd. Gwyddai bod rhai o'r hen begoriaid oedd ar estyniad yn gallu bod yn anghofus ac yn undonog, ond nid i'r graddau yma. Roedd rhyw ddrwg gwaeth na'r arfer yn y caws. Teimlodd rhyw wefr yn byseddu ei ffordd i fyny ei asgwrn cefn. Ai chwilfrydedd oedd y teimlad anghyfarwydd yna oedd newydd gydio yn ei ysbryd? Rhyw hen atgof o'r hyfforddiant yna ym Mhlas Coch y talodd ei dad mor ddrud amdano? Er gwaetha'r peryglon amlwg, roedd yn rhaid iddo gael gw'bod mwy am beth oedd yn mynd ymlaen yn y Wladwriaeth Orseddol. Nid oedd ganddo'r syniad lleia' beth oedd yn mynd i'w ganfod. Nac chwaith be' oedd yn mynd i'w wneud ag unrhyw wybodaeth. Cafodd ddigon o gyfle i ail-feddwl ac i gachgïo wrth i'w ddiwrnod rygnu mlaen mor ddiflas ag erioed. Ac mi ail-feddyliodd nifer o weithiau, dim ond i glywed llais ei dad yn ei wawdio pob tro.

Yn y ffreutur amser cinio ochneidiodd wrth weld mai selsig Morgannwg oedd ar y fwydlen eto heddiw. Ers talwm ceid dewis o ddau neu dri pheth, ond nid ers y Rhyfel. Oedd, roedd y planhigion crai yn brin, er i drigolion y Tir Mawr fod â chymaint ohono nes eu bod yn ei fwydo i'w hanifeiliaid. Ond onid oedd modd i'r cogyddion honedig fod â mwy o ddychymyg wrth feddwl be' i'w wneud â hynny oedd ar gael? Ceisiodd drafod y mater efo un ohonyn nhw wrth i hwnnw drywelu'r bwyd ar ei blât. Ond prin oedd hanner dwsin o eiriau wedi mentro o'i enau pryd yr amneidiodd un o'r swyddogion diogelwch arno i'w rybuddio i'w chau hi. A meddyliodd am y miloedd o drueiniaid yn y gwersylloedd ail-addysgu a fyddai'n falch o gael hyd yn oed hyn i'w fwyta. Eisteddodd wrth fwrdd gwag â'i gynffon yn dynn rhwng ei goesau. Bwriodd ati i lowcio'r selsig mor gyflym ag y gallai.

Â'r cymylau duon arferol yn dechrau ymgasglu o'i amgylch, llamodd ei galon pan daeth merch benfelen, fronnog tuag ato. Roedd yn simsanu ar gopaon sodlau meinion oedd yn wirion o uchel ar gyfer rhywun nad oedd y teneuaf yn y Rhwydwaith. Roedd ei selsig hi yn loetran yn drist a llipa ar ei phlât, gan swatio'n swil o dan ryw saws nad oedd gan hyd yn oed y cogydd syniad be' oedd o.

Eisteddodd gyferbyn â Mal a fflachio gwên hyderus i'w gyfeiriad. Hon oedd Samantha Probert, un arall o'r gwrthodwyr prin oedd yn gweithio yn y lle 'ma cyn belled ag yr oedd Mal yn gwybod. Yn sicr roedd o'n ei gweld hi yn Yr Ogof o bryd i'w gilydd. Roedd hi yno'r noson o'r blaen pan gyfarfu o ag Els am y tro cyntaf. Yno rhyw ddau bythefnos ynghynt, â'r ddau ohonyn nhw â'u tafodau wedi eu llacio gan y gwin, deallodd Mal eu bod nhw wedi rhannu'r un fath o fagwraeth orseddol. Roedd tadau'r ddau yn dderwyddon uchel eu bri yn eu cymdogaethau, serch fod tad Samantha yn tueddu mwy at yr ochr ysbrydol a thad Mal ar asgell mwy ddiwylliannol y drefn. Ond ddatgelodd hi fawr mwy na hynny am ei chefndir, a gwrthododd yn lân ac ymhelaethu. Roedd hynny'n ryddhad i Mal mewn gwirionedd, gan na fu ganddo fawr i'w ddweud wrth yr holl drefn dderwyddol ers amser maith.

Ond roedd y ffaith bod rhywbeth yn gyffredin rhyngddyn nhw, sut bynnag y cododd y sgwrs drwy niwl y ddiod gadarn, wedi torri'r iâ rywsut. Agorwyd cil y drws a llwyddodd Mal i'w denu i'w stafell foel ychydig strydoedd i ffwrdd. Credai Mal mai dyna un fantais fawr o fyw yn agos at Yr Ogof. Pe byddai'r duwiau serch yn digwydd bod yn garedig, nid oedd rhaid trefnu cludiant i gael y maen i'r wal. Nid ei fod yn cofio llawer o'r noson ar ôl baglu eu ffordd allan o'r lle. Cymerodd yn ganiataol i'r holl fenter fod yn drychineb. Coc cwrw, fel y bydden nhw'n arfer ei egluro yn ddi-flewyn ar dafod ym Mhlas Coch ers talwm. Ond dyma hi yn eistedd gyferbyn ag o yn wên o glust i glust. Felly pwy a ŵyr? Efallai nad oedd ei ymdrechion wedi bod yn ofer llwyr. Ond heddiw heb effaith diod, a heb y colur roedd hi fel arfer yn blaster ohono yn Yr Ogof, roedd hi'n llawer tawelach ym mhob ystyr o'r gair.

Gwyddai Mal ei bod hi mewn swydd uchel yn yr adran gynhyrchu hologramau, ac o'r herwydd yn ymdrin â'i sgriptiau ddi-fflach yntau o ddydd i ddydd. Roedd hi'n amlwg wedi llwyddo i gadw ei daliadau fel gwrthodwraig, os mai dyna oedd hi, yn rhyfeddol o dynn o dan ei het. Fel arall fyddai hi erioed wedi llwyddo i ddringo mor uchel yn y Rhwydwaith. Roedd sibrydion ar led ei bod hi hefyd yn gryn feistres ar fabolgampau'r nos, dawn roedd hi wedi bod yn fwy na pharod i'w meithrin er mwyn hyrwyddo ei gyrfa. Doedd wybod os mai tynnu coes oedd pobol. Efallai bod Mal wedi cael yr ateb dau bythefnos ynghynt, ond diawliodd ei hun am nad oedd yn cofio ac yntau wedi ysu ers peth amser i gael canfod dros ei hun. Dangosodd hi cyn lleied o ddiddordeb yn ei ymdrechion dros y misoedd nes iddo ar un pryd benderfynu – heb ronyn o dystiolaeth – mai merched eraill oedd yn mynd â'i bryd. Wedi deud hynny roedd hi wastad wedi bod yn ddigon cyfeillgar, chwar'e teg. Ac roedd hynny i'w groesawu'n fawr mewn gweithle oedd yn llawn o'r hyn y daeth Mal i'w galw "yr anfarw".

"Be' ti'n wneud heno?" meddai'r benfelen, gan wthio'i bronnau helaeth ymlaen nes ei fod yn gallu ogleuo'r sebon fu'n eu gorchuddio mewn môr o swigod y bore hwnnw.

"Wn i'm," atebodd yn syfrdan, â'i lygaid yn croesi yn yr ymdrech i ganolbwyntio ar ei hwyneb.

"Beth am inni gwrdd yn Yr Ogof? Ma' 'da fi r'wbeth i'w drafod 'da ti. 'Bytu naw o'r gloch?"

"Ym. Ie. Iawn."

Peithynen lawn meddyliodd Mal, er y diffyg brwdfrydedd ymddangosiadol yn ei ymateb. Efallai ei fod yn anghywir. Efallai iddyn nhw fwynhau gwelyad o brofiad nwydus dau bythefnos yn ôl. Ond daria nad oedd yn cofio. Cododd ei hwyliau, a thrwy'r pn'awn bu'n meddwl am ddim arall ond y sgwrs fer honno mewn ffreutur swnllyd. Ac os oedd rhaid iddo dyrchu ymhellach i'w Sylltau, i beth arall oedd o'n eu hennill?

# Pennod 8

Ni thrafferthodd Mal fynd am adref ar ôl cael ei ryddhau o'r Rhwydwaith. Penderfynodd gerdded at Yr Ogof dros Bont Cranogwen yn hytrach na neidio ar y gwerin-gludwr. Roedd yn fodd dymunol o ladd rhywfaint o amser. Ac roedd hi wastad yn ddifyr cerdded ymysg y cymeriadau brith oedd yn ceisio ennill Swllt neu ddau yn y strydoedd geirwon o boptu'r afon. Roedd yr holl fwrlwm a'r canu a'r lleisiau croch a'r baw ceffyl, a sŵn y llongau yn cyrraedd neu'n ymadael efo'u hallforion a mewnforion o bellafion Yr Ynys yn falm i'w enaid. Roedd hi'n nes at sut y dychmygai oedd bywyd yn y ddinas cyn y Chwyldro.

Ac roedd wrth ei fodd yn byw yno yn eu plith, er i'w ystafell fod yn un foel a digysur a'r gymdogaeth mor anghenus. Ond o leiaf roedd y rhain yn bobol go iawn yn byw bywydau lliwgar. Dotiai at eu hamryfal ddulliau o geisio cadw dau ben llinyn ynghyd, gan nad oedd ganddyn nhw rithyn o ddiddordeb mewn cynganeddu nac englyna na rhyfela. Ac er i ambell un weithredu o fewn gofynion Cyfreithiau Iolo Morganwg, go brin i'r rhan fwyaf fod hyd yn oed yn ymwybodol ohonyn nhw. Digon tila oedd enillion Trysorfa'r Weriniaeth Orseddol o'r strydoedd hyn. Ond os oedd hi'n iawn i'r prifeirdd a'r derwyddon droi'r dŵr i'w melinau eu hunain, pam na allai'r werin datws wneud hefyd?

Roedd y cinio bu'n 'rhaid iddo ei ddioddef yn gynharach yn dal i bwyso arno, a bu'n rhaid iddo frysio heibio caffi bach awyr agored byddai yn ei ddefnyddio o bryd i'w gilydd. Rhyw gwt sinc o beth oedd o, yn un gragen sigledig o rwd haearn o dan haenen denau o baent gwyrddlas. Roedd mymryn o fyrddau a chadeiriau simsan wedi eu gwasgaru oddi allan, o gwmpas drwm metel oedd â fflamau gwynias braf yn dawnsio ohono. Llenwyd y lle ag arogleuon trofannol hyfryd o goed yn llosgi, a llwch a sbeis. Dyma le yr arferai aros am goffi go iawn o'r Tir Mawr. Neu i daflu 'sgyren arall, wedi ei thocio fin nos o un o'r coed praff oedd yn tyfu ym mharciau crand canol y ddinas, i'r drwm i gadw dawns y fflam i fynd. Weithiau cai bowlenaid amheuthun o anghyfreithlon o gawl cig a llysiau. Doedd wybod beth oedd y cig ond, fel popeth sydd wedi ei wahardd, roedd yn wirioneddol werth ei gael. Ond teg oedd nodi bod llai o lygod mawr, llygod ffyrnig fel y dywedai rhai yn y Ffrwd, yn stelcian yn y corneli yng nghyffiniau'r caffi na thrwy weddill y strydoedd hyn. Ar noswaith arall efallai y byddai wedi neidio ar gynnig o fymryn o hwyl a sbri go fentrus o dan gynfasau lleuog. Ond heno doedd y cluniau blewog na'r minlliw coch llachar yn tycio dim arno. Nac 'chwaith y diotai bach preifat oedd yn cyrcydu'n swil ar waelodion grisiau budron oedd yn drewi o chwd a phiso.

Cam bychan iawn yn unig i fyny o ran safonau oedd Yr Ogof. Ond sut oedd disgwyl gwell o glwb oedd yn gorwedd mewn seler o dan glamp o dŵr hynafol hyll o fflatiau tywyll yn codi tua'r wybren? Roedd yn efaill-dŵr i'r adeilad lle'r oedd Mal yn byw, brodyr llwm ar orwelion ei gilydd. Ar y lloriau uwchben Yr Ogof byddai llawer o'r tlodion yn falch o ganfod hofel sych i ddianc iddi o'u trefi cistiau carbord, er iddynt orfod byw yno heb wasanaeth gwresogi na dŵr na goleuo cyhoeddus o fath yn y byd. Prin oedd ffenest â gwydr ynddi ac roedd y cyflenwad trydan wedi hen fynd i ddifancoll wrth i'r gwifrau arferai ei gludo rydu a phydru i ebargofiant. Teimlai Mal yn ddiolchgar i'r tŵr yr oedd o'n byw ynddo fod fymryn yn llai noeth, er mai dim ond mater o raddfa oedd hi. Ond o leiaf roedd ganddo hanfodion bywyd, a gwydr mochaidd yn ei ffenestri.

Wrth iddo ddynesu at Yr Ogof gallai weld criw wedi ymgasglu efo'i gilydd yng nghysgod y tŵr disylw, o amgylch rhyw bentwr cochlyd o rywbeth oedd yn ymddangos fel petai stêm yn codi ohono. Roedd yn adnabod un neu ddau ohonyn nhw, gwirfoddolwyr o'r clwb. Ac roedd un arall yn dod o fynedfa'r Ogof efo sach cynfas mawr yn ei ddwylo. Bwriodd ei galon bydew ei stumog. Na, ddim eto fyth. Yno wedi ei chwydu ar y palmant brwnt oedd swigen lipa o gnawd ac esgyrn. Roedd yn hollol llonydd, â gwaed coch tywyll, trwchus, yn crafangu ei ffordd yn araf tua'r gwter. Roedd y penglog wedi ei hollti'n sawl darn fel plisgyn wy estrys, a'r ymennydd yn ceisio gwthio'i ffordd allan fel bysedd erchyll o flymonj llwydbinc. Hunanladdiad arall. Rhyw greadur anffodus arall wedi neidio o un o'r lloriau uchel yn hytrach na wynebu bywyd o dan y drefn uffernol hon. Byddai'r palmant yn aml yn dangos olion gwaed ac esgyrn a chnawd. Dyna'r oll fyddai'n weddill o epil neu riant neu ŵr neu wraig rhywun, o doedd wybod ble. Rhywun a fyddai wedi methu â goddef mwyach byw heb wres na bwyd na gobaith. O fyw efo ffenestri gweigion, yn ceisio 'mochel rhag yr hin. Byddai gwirfoddolwyr Yr Ogof, chwarae teg iddyn nhw, fel arfer yn casglu'r corff i'w ddychwelyd at y teulu. Os oedd teulu i falio. Fel arall, byddai'r gweddillion yn cael eu gosod efo'r ysbwriel. Cai hwnnw ei gasglu pan fyddai'r awdurdodau yn penderfynu bod y llygod mawr a'r cynrhon yn dechrau mynd yn bla, a'r drewdod yn ormodol. Roedd hi'n rhyfeddod i Mal, hyd yn oed ar ôl byw yn eu plith gyhyd, i feddwl croen mor galed y gallai unrhyw unigolyn ei fagu yn wyneb bywyd mor ddi-hid.

Roedd dyn ifanc, main, tenau a thrist ei wyneb ac angen rasel ar ei ên, yn sefyll yno'n ymddangosiadol ddi-emosiwn mewn dillad cuddliw gwyrdd a brown. Os oedd hi'n bosib i fod yn hollol ddi-emosiwn hyd yn oed yn y

Wladwriaeth Orseddol. Ond dysgodd pawb i gadw pob gwendid dynol fel emosiwn yn gadarn o dan glo. Man gwanaf pob unigolyn yw emosiwn dynol, yn ôl y mantra a gafodd ei wthio i'w pennau yn y Deml pan oedden nhw'n blant. Ymgymerodd y dyn ifanc â'r dasg afiach o geisio codi'r gweddillion cnawdol i'r sach cynfas. Byddai rhaw wedi gwneud y gwaith yn haws, ond bwriodd ati efo'i ddwylo budron. Gwrthododd pob ymdrech i'w helpu, ac aeth ati fel dyn sy'n gaeth mewn hunllef nad oes modd dianc ohoni. Roedd ei orchwyl yn uffernol, â'r esgyrn mwyaf wedi eu chwalu'n chwilfriw. Prin fod siâp corff dynol i'r gweddillion, cymaint fu grym yr ergyd pan darodd y llawr. Ond dyfalbarhaodd y dyn, nes bod ei ddwylo a'i ddillad cuddliw cochlyd yn strempiog o waed a chnawd. Llwyddodd i wasgu'r casgliad truenus oddi ar y palmant. Cai Mal hi'n anodd credu bod yr hyn a slochiodd i'r sach yn berson byw a chymharol iach funudau'n unig yn ôl, a'i fod o bryd hynny'n pwyso a mesur ei ddyfodol. Dyfodol oedd i brofi'n un byr iawn. Edrychai'r gweddillion fel sglefren fôr yn cael ei lluchio yn erbyn y creigiau gan y llanw. Neu ddarn o afu dynol yn clepian yn wlyb ar allor derwydd. Ceisiodd y dyn ifanc godi'r sach dros ei ysgwydd, ond roedd y gweddillion yn llithro'n rhydd am un ddawns olaf oddi mewn. Roedd hi'n ormod o dasg i un.

"Gad' imi roi help llaw iti," cynigiodd Mal wrth i'r creadur simsanu o dan yr ymdrech.

"Pam?" atebodd yr un tenau yn heriol. Fflachiai rhyw wylltineb annaearol o rhywle dwfn iawn yn ei enaid.

"Am dy fod ti 'i angen o. Ty'd. Ble ti'n meddwl mynd a fo? Pwy oedd o?"

"Be' 'di hynny o pwys i ti?"

"Mae'n amlwg yn golygu rhywbeth iti."

"Ffrind. Ffrind da. O'dden ni yn y byddin efo'n gilydd. Treiais i sdopio fo neidio. Ond methais i. Ac heb ffenest' na dim… Oedd o jest 'di cael llond bol."

Ddadlodd o ddim pellach wrth i Mal afael ym mhen y sach lle y tybiai y dylai gweddillion traed yr anffodusyn fod.

"Dal di af'el o dan 'i geseilie'." Oedodd Mal, gan sylweddoli mor ddi-feddwl oedd ei eiriau. "Ble wyt ti am fynd â fo? Mal ydw i gyda llaw."

"Ffrancon, ond pawb yn galw fi yn Frankie," dychwelodd y cyfarchiad yn swta. "Dwi dim am 'i gad'el o ar y stryd nac ydw? Trefor truan. Dim i'r aderyne' a llygodene' mawr cael b'yta fo. Gwna'i cadw fo yn y bath am rŵan. Tan medra' i cael yr awdurdode' i casglu fo."

"Yn y bath?"

"Ni byth yn defnyddio fo. Dim dŵr yn cyrr'edd fo."

"Does dim teulu gan Trefor?" holodd Mal.

"Ie. Mae gan pawb teulu yn r'wle. Ond neb yn gw'bod ble ma' nhw."

Diflannodd y gweddill o'r gwirfoddolwyr fesul dipyn yn ôl i'r Ogof i ail-gydio yn eu diodydd a'u sgwrsio a'u lladd ar Yr Orsedd. A gadawyd Mal a Frankie i stryffaglu i fyny'r grisiau di-ddiwedd efo gweddillion Trefor. Collodd Mal unrhyw gyfrif ar pa lawr yr oedden nhw, ond sylwodd bod y tŵr concrid yr oedd ynddo yn erchyll oddi mewn, mwy dychrynllyd na'r Ogof hyd yn oed. A chan gwaith gwaeth na'r lle oedd yntau'n byw. Rhedai llygod mawr ar hyd y coridorau ac ar y grisiau, gan wichian mewn gorfoledd wrth geisio gael cnoad o gnawd Trefor ac yntau'n dal yn flasus o gynnes. Roedd drewdod pydredd troeon byd dirifedi yn pwyso'n drwm yn yr aer. Roedd y waliau'n ddu gan laith, a chwyrlïai gwynt oer drwy'r lle gan chwibanu galargan drist. Gwelai o gyflwr truenus y taenwyr goleuni mai mewn tywyllwch llwyr y byddai'r tlodion oedd yn galw fan hyn yn gartref yn swatio yn eu corneli llwm rhwng machlud a gwawr. Doedd ryfedd yn y byd i Trefor ymuno â'r rhestr hir o drigolion y twll annioddefol hwn nad oedd wedi gallu goddef mwy.

O'r diwedd rhoddodd Frankie bwniad efo'i droed i ddrws a fu unwaith yn lliw hufen. Clywodd Mal synau pobol yn ceisio gwneud eu hunain yn fwy cyffyrddus ar y lloriau di- gysur. Daeth llais gwrywaidd lled ifanc o rywle oddi tan guddfan o hen sachau.

"Trefor druan," meddai. "Hen dro. Ges di ddim byd i f'yta o r'wle naddo, Frankie?"

"Na, sori."

A chai Mal yr argraff bod ymddiheuriad Frankie yn dod o'r galon, hyd yn oed ag yntau yn ceisio rhoi rhyw fath o ddiweddglo parchus ar fywyd dyn fu'n rhannu'r stafell hon efo nhw tan rai munudau ynghynt. Llwyddwyd i gael y sach efo gweddillion Trefor i hen fath metel oedd yn sefyll ar goesau byrion bachog. Roedd y staeniau lliw rhwd haearn arno yn profi i ddŵr unwaith fod wedi rhedeg drwy'r tapiau. Gafaelodd Frankie mewn hen gôt filwrol drom oedd wedi ei gadael lych-dafl ar y llawr, a'i thaenu'n dyner dros y sach.

"Gwneud pethe' mwy anodd i'r llygodene' o lleie'," meddai.

A safodd yno'n dawel yn syllu ar yr hen gôt a'r twmpath cig ac esgyrn fel 'tai o'n dweud ffarwel. Efallai ei fod yn adrodd pader dderwyddol y dysgodd yn Nheml ei blentyndod. Ond efallai ddim. Eisteddodd Mal ar ymyl y bath a chymryd anadl ddofn. Nid oedd wedi gweld bath hen ffasiwn fel hwn oddi allan i amgueddfa ers amser maith. Roedd ganddo fynediad at fodiwl 'molchi cymunedol hyd yn oed yn ei hofel o. Yn amlwg roedd haenau gwahanol o dlodi hyd yn oed ymysg y tlodion.

Roedd hi'n anodd dirnad beth oedd cefndir Frankie ar wahân i'r ffaith iddo fod yn y Fyddin Orseddol. Roedd yn ymddangos yn bell, â chreithiau dyfnion ar ei feddwl. Ac wedyn dyna ei dafodiaith. Roedd lle gan Mal i gredu ei fod yn gynnyrch o'r prosiect Crynoeg. Ffurf ar yr iaith â'i gramadeg wedi ei symleiddio, a gafodd ei chreu yn sgil y

Chwyldro Cyntaf i geisio sicrhau undod ac unffurfiaeth ieithyddol drwy'r Weriniaeth. Neu o leia' i gael pawb i siarad yr un iaith wladwriaethol. Yn y Grynoeg roedd y rhan fwyaf o dreigladau wedi diflannu, yn ogystal ag ansoddeiriau lluosog a chenedl eiriau. Bellach gwrywaidd oedd pob enw, nid fod siaradwyr Crynoeg yn sylweddoli hynny. Lluosogwyd enwau drwy ychwanegu "-au" yn unig. Ac "ie" oedd yr unig ymateb cadarnhaol i unrhyw gwestiwn, a "na" yn gymar negyddol iddo. Bu cryn wrthwynebiad o blith puryddion iaith Yr Orsedd. Roedden nhw'n awyddus i godi'r safon ieithyddol mewn gweriniaeth oedd wedi'r cyfan wedi ei seilio ar egwyddorion cynganeddol. Ac roedd cynganeddu o dan reolau gramadegol Crynoeg yn her a hanner a dweud y lleiaf. Roedd eraill yn teimlo mai llesol fyddai cael rhai yn llai rhugl na'i gilydd, efo'r hufen ieithyddol yn codi'n gynganeddol naturiol i frig y drefn. A nhw a orfu.

Roedd Frankie yn dal i syllu ar yr hen gôt fudr oedd yn cynnig rhyw fath o anrhydedd i weddillion trist Trefor. Roedd Mal wedi arfer byw yng nghanol tlodi ers iddo gyrraedd y ddinas gyntaf, ac roedd ei stafell yntau wrth lan yr afon yn ddigon digalon. Ond roedd o'n llwyr ymwybodol bod pobol yn byw mewn cyflwr llawer mwy truenus nag o. Ac eto roedd profi'r dystiolaeth efo'i lygaid a'i glust a'i drwyn ei hun yn rhywbeth arall. Y tlodi. Y difaterwch. Y diffyg dyngarwch. Dyma ble mae angen dy newyddiadur'eth di, Maldwyn, clywai ei dad yn dwrdio o'r potyn lle'r oedd y llwch ddaeth yn ôl o'r Aberthfa yn cael ei gadw.

"O't ti'n deud bo ti'n y fyddin, Frankie. A Trefor. Beth am y bobol eraill sy' 'ma?"

"Rhai ohonon ni. Y rhai mwya' gwirion. Cael ein hudo. I gwasanaethu Yr Ynys. A dyne' a dynese'r Ynys. A'r dyne' a'r dynese' yn cael eu trin fel cachu hyd yn oed wrth inni mynd i ffwrdd i rhyfel. A rhyfel i be'? Be' oedd y pwrpas?

Ffrae gwirion am sofraniaeth a pwy oedd pia'r hawl ar yr anthem. Clyw'is ti ffasiwn lol erioed?

"Dwi mor gwladgarol â unrhyw milwr. Dyna natur ni. Ond cân ydy cân yn y diwedd. Dim esgus i lladd dyne' eraill. Dyne' oedd mor tebyg i ni. O'n i wedi cael fy hyfforddi i meddwl bo nhw'n mochyne'. Gwaelod y tomen. Ond oedden nhw mor tebyg i ni. Ro'n i bron iawn yn deall nhw'n siarad. Oedden nhw'n mwynhau cael hwyl fel ni. Cael diod bach. Bach o caru weithie'. Roedden nhw mewn byddin gorseddol hefyd fel ni. Roedden nhw mor tebyg oedden ni yn canu yr un anthem. Gwnaeth hynny dim newid er be' mae y Gorsedd yn deud. Ble diawl oedd y synnwyr yn yr holl peth?

"Gwel'es i pethe' uffernol. Ffrinde' yn cael eu torri yn darne'. Neu yn cael eu troi yn llwch o blaen fi. Bydda' fi yn cael hunllefe' bron pob nos ers hynny. A maint o diolch cafon ni? Hy? Maint? Ein rhoi ar y clwt. Yn diodde' pob math o probleme'. A neb efo unrhyw diddordeb mewn codi bys bach i helpu ni.

"Y Gorsedd o diawl. Doedd dim un o plentyne' nhw ar gyfyl rhyfel. Maen nhw yn iawn yn eu plase' clyd. A ni yn crafu byw mewn twll o lle fel hwn. A fi yn gorfod mynd i treio dwyn bwyd. A neb yn malio dim. Paid synnu bo' fi'n deud pethe' cas am y Gorsedd. Ydy hi diawl o pwys gen i dim mwy. Allan nhw dim brifo fi dim mwy. Does gen i dim byd i poeni amdano. Does gen i dim byd i colli. Dim teulu. Sut medren nhw gwneud bywyd fi mymryn yn gwaeth? Lladd fi? Tebyg y baswn i'n lecio hynny. O'dd Trefor yn credu hynny doedd? O'dd o'n ffodus. Cafodd o dewis pryd o'dd o'n mynd i marw."

# Pennod 9

Tynhaodd Samantha Probert ei gŵn nos gwlanog, pinc, yn dynnach am ei chorff sylweddol, a gofyn i'w theclyn rheoli am fwy o oleuni uwchben ei bwrdd ymbincio yn ei hystafell wely. Roedd ei llais yn ddengar a hunanfodlon. Y llais rhywiol, hyderus, yna oedd wedi achosi i goesau amryw o ddynion wegian dros y troeon byd. Ei llais mabolgampau'r nos, nid yr un uchel ei gloch roedd y ddiod gadarn yn ei lusgo allan ohoni. Roedd hi'n hollol ymwybodol o hwnnw hefyd, a'r chwerthiniad rhyfeddol oedd ganddi pan oedd hi yn y fath gyflwr. Cymharodd rhywun o unwaith fel asyn benyw yn nadu am gymar. Nid fod hynny erioed wedi sigo ei hunanhyder. A ni fu raid iddi hi erioed nadu am gymar. Fu hi ddim yn hir yn hudo Mal i'w gwe wedi'r cyfan.

Roedd hi wedi sylwi arno'n methu cadw'i lygaid oddi arni dros yr pythefnosau diwetha'. Yn y gwaith ac yn Yr Ogof. Difyr fyddai gweld lle fyddai'r cyfan yn arwain. Os i unman. A phwy allai anghofio'r noson gyntaf honno yn ei 'stafell lom? Doedd ond gobeithio y byddai pethau'n rhwyddach heno, ac na fyddai o wedi ei gorwneud hi yn Yr Ogof erbyn iddi hi gyrraedd.

Ufuddhaodd y rhwydwaith goleuo cyhoeddus i'w chais ar ei union. Fel y gwnaeth Mal. Cryfhaodd y llewyrch gwyngoch nes boddi'r ystafell o'r pelmetau melfed hyd at y carped trwchus roedd ei thraed yn suddo'n braf iddo. Gwichiodd y gadair mewn protest wrth i Samantha blannu ei hun arni yn ddi-seremoni. Syllodd i fyw llygaid y drych, wrth ymarfer gydag un o'r arfau pwysicaf yn ei harfdy. Yn sicr roedd rhywbeth rhyfeddol o apelgar am y ddau lygad glas fel y môr rheiny, fel oedd am y ddwy wefus angerddol. Efallai bod y troeon byd yn dod heibio'n gyflymach, ond ti'n dal yn bishyn Samantha, sicrhaodd ei hun. Crebachodd ei gwefusau fflamgoch a chwythu cusan drwy'r awyr a laniodd yn glep ar y drych. Doedd dim syndod bod y dynion o hyd yn ffaelu maddau i'w doniau. Roedd hynny wedi bod yn gryn gaffaeliad iddi wrth symud ymlaen yn ei gyrfa. A pha ferch gall na fyddai'n defnyddio'r cyfan o'r rhifau i beithynen bywyd eu dethol iddi? Nid ei bod hi'n ystyried ei hun yn ferch llac ei dillad isaf, ond roedd angen i fenyw gael bach o hwyl. Ac ar ddiwedd y dydd hi oedd pob tro yn dewis ei dyn, nid y dyn yn ei dewis hi. Hi oedd mewn rheolaeth. Serch hynny nid oedd modd gwadu, er mor swanc oedd yr ystafell hon, mai yma ar ei phen ei hun roedd hi'n treulio'r rhan fwya' o'i nosweithiau unig.

Estynnodd at y botel Blaz ân Hañv hanner llawn, oedd yn taflu cysgodion cochlas dros ei chasgliad o'i hoff bersawr Glizh ar Beure. Tywalltodd beth o'r gwin coch llachar i wydr oedd wedi sefyll ar y bwrdd ers y noson cynt yn casglu llwch. Nid bod llawer o hwnnw i'w weld. Roedd y forwyn fach Arzhela yn gwneud gwaith Siani-bob-dim penigamp, 'whar'e teg. Roedd hi newydd ddychwelyd adref o'i gwersi cynganeddu, yn benderfynol o gael ei derbyn ac o fod yn rhan o'r drefn. Roedd hi eisoes wedi cael ei derbyn yn aelod o adran iau Urdd y Ddawns Flodau ac wedi dechrau ar ei hyfforddiant. Hi oedd yr estrones gyntaf ers y Chwyldro gwreiddiol i gael ei derbyn, nid ei bod hi am bwysleisio'r ffaith nad oedd yn hanu o'r Ynys. Bu hi'n ddigon anodd argyhoeddi'r awdurdodau o burdeb ei bwriadau fel yr oedd hi yn yr oes hynod ddrwgdybus oedd ohoni.

Yn gynharach bu'n rhaid i Samantha ymbalfalu drwy'r gegin i chwilio am rywbeth i'w chynnal. Nid oedd mwy fyth o fwyd unffurf diawledig y ffreutur yn y Ffrwd wedi apelio'r un gronyn ati. Daeth ar draws sosbenaid o soubenn kignen bendigedig, math o gawl garlleg roedd Arzhela mor hoff o'i baratoi. Roedd yn ei hatgoffa o adref, roedd hi wedi egluro unwaith. Roedd wedi ei goginio'n gynharach yn arbennig ar gyfer Samantha cyn iddi hel ei thraed am y gwerin-gludwr a'i gwersi. Roedd hi'n wirioneddol werth pob Swllt o'i chyflog, doedd dim dwywaith am hynny.

Llepiodd Samantha y cawl yn awchus efo talpiau anferthol o fara o siop bobwyr gorau'r ddinas. Ac wrth iddi loddesta bu ei hologramau diweddaraf o'i gwaith ei hun yno o'i blaen yn y stafell fyw lawr staer. Rywfodd roedd hi'n mwynhau gwylio ei champweithiau, yn fwy er mwyn mireinio'i gwaith y tro nesa' yn hytrach nac i wrando ar y gwirioneddau. Er i'r Archdderwydd frolio droeon mai'r rhain oedd y gwirioneddau mwya' geirwir posib, nid ffug wirioneddau'r gelyn, amheuai Samantha hynny. Ond roedden nhw'n gredadwy i'r mwyafrif, a'r clod am hynny yn perthyn i bobol fel hi a Mal oedd yn eu creu, nid y derwyddon rhithiol oedd yn eu llefaru. Roedd yn bluen yn ei het ac yn fodd o geisio cadw'r ochr orau i'r awdurdodau. Collodd gyfri' ar faint o weithwyr ymddangosiadol deyrngar Y Ffrwd oedd wedi diflannu dros nos. Nid oedd hi am ychwanegu at y cyfri'.

Syllodd ar y gwely crand tu cefn iddi oedd yn llenwi'r drych. Gwerthfawrogodd y cwrlid trwchus moethus, â rhyw batrwm o rosys cysefin arno, oedd wedi ei daenu drosto. A'r clustogau pinc, siâp calonnau. A'r darlun hynafol ar y wal gan ryw Syr Kyffin Williams yr oedd wedi ei etifeddu gan ei mam-gu. Doedd hi ddim yn sicr os oedd hi'n ei hoffi o ddifri' ai peidio. Roedd hi'n hoffi mwy o liw ym mhopeth rywfodd. Ond roedd yn haeddu ei le oherwydd mai dyna'r unig gysylltiad oedd ganddi ag atgofion melys ei phlentyndod cynnar. Ac roedd ei mam-gu wedi bod yn fenyw ryfeddol o gynnes a chefnogol.

Anadlodd Samantha yn ddwfn. Roedd bywyd wedi bod yn hynod garedig ers iddi adael cartre'. Roedd hi'n sicr yn dringo'r ysgol, hyd yn oed os oedd hynny oddi mewn i ffatri ffwlbri'r Ffrwd. Meddyliodd am Mal a'i le yntau yn yr un ffatri. Digon gwir roedd o rhyw reng neu ddwy yn is o ran statws, cyflog a breintiau. Ond roedd hi'n ymddangos bod byd o wahaniaeth rhwng agwedd y ddau ohonyn nhw at fywyd. Roedd e'n fachan digon hoffus, whar'e teg, meddyliodd. Yn wir roedd hi'n meddwl y byd ohono mewn sawl ffordd, er iddi fod yn ymwybodol y byddai raid iddi fod yn ofalus. Nid oedd am i'r hwyl amharu ar ei dyletswyddau proffesiynol. Cafodd gryn fraw'r noson honno pan dderbyniodd wahoddiad i'w gartre' llwm, os oedd modd galw'r fath hofel yn gartre'. Pur annhebyg y byddai unrhyw un o'r stafelloedd eraill yn yr adeilad wedi bod mewn gwell cyflwr. Dychrynodd o weld y drysau bler sgriffiedig a'r coridorau brwnt yn mwydo mewn arogl piso a gwlybaniaeth. Heb sôn am y trueiniaid gyda'r llygaid pŵl oedd yn crwydro'r lle mor ddibwrpas.

Ymosodwyd ar ei ffroenau gan ddrewdod dillad budron a gweddillion hen brydau parod wrth iddo ei thywys heibio'r drws i'w stafell. Roedd o'n ddigon croesawgar, roedd hi'n cydnabod, ond heb ddangos yr un iot o gywilydd am gyflwr ei stafell ddigysur. Rywfodd roedd hi'n ei edmygu am fod mor hyderus o ddi-hid. Mae'n debyg bod rhywun yn dod i arfer â'i nyth ei hun, heb sylwi cymaint ar y plu a'r carthion. Ac roedd hi'n ffodus nad oedd corynnod yn codi braw arni. O le gorweddai ar wastad ei chefn gallai weld corneli'r nenfwd, ac o amgylch y taenydd goleuni, yn drwch o we du. A thaerai iddi weld wyth llygad trist yn stelcian yn y gwyll.

Meddyliodd am gynnig anfon Arzhela draw i gymoni'r lle iddo. Ond i beth? Wyddai o ddim bod ganddi forwyn, hyd yn oed. Tebyg na ddychmygai o fyth sut fath o gartre' oedd ganddi. A pham codi eiddigedd arno, â hithau'n ceisio ei ddenu i'w chol? Teimlai'n ffodus iddi fod wedi cael ambell lymaid o'r Blaz ân Hañv yn Yr Ogof cyn camu drwy'r drws, nid fod fanno'n lle mor ddymunol â hynny chwaith. Roedd yn well ganddi y Cyrn Hirlas mewn gwirionedd, er bod y diodydd yn llawer gwaelach ynddyn nhw. Ond roedd gwin bendigedig y Tir Mawr o leia' wedi lleddfu rhai o'i phryderon am fentro i hofel Mal. Ac wedyn wrth i bethe' dwymo lan...

Cipiodd y gwydriad gwin oddi ar y bwrdd ymbincio a chymryd llymaid ohono. Ciliodd y delweddau o nenfwd Mal, a'i frest flewog, o'i ymennydd. Nid i'r cyfan o'r profiad fod yn amhleserus wrth reswm, ond roedd yn rhaid i ferch wneud beth oedd ei angen er mwyn cael y maen i'r wal. Dyletswydd o flaen egwyddorion, fel yr arferai ei diweddar dad ei fynnu. Roedd o'n hynod hoff o ddyfynnu o weithiau Iolo Morganwg i'w thrwytho yn ffyrdd eu cyndadau derwyddol. A rhefru am roddion rhyfeddol y duwiau; y deri a'r uchelwydd, a'r geifr, a holl blanhigion ac anifeiliaid eraill Yr Ynys. Mynnai bod ei ferch yn mynd pob pythefnos gyda'i mam i'r Deml, lle'r oedd o yn dderwydd ysbrydol yr ofalaeth. Caen nhw eu gorfodi i wrando arno'n ail-adrodd drosodd a throsodd am sut oedd grym derwyddol yn dylifo drwy'r gwythiennau, ac am bwysigrwydd aberth ac hunanaberth. Clywsant ddamhegion lu am ddefodau derwyddol o'r hen lyfrau. Am sut oedd tân yn puro enaid y werin, ac am y balchder o gael eich aberthu drwy finiogrwydd y cleddyf, braint oedd ar gael dim ond i rengoedd uwch cymdeithas. Mynnai bod eu teyrngarwch yn bennaf oll yn perthyn i'w gwlad a'u diwylliant a'u harweinwyr, nid i'w teulu na'u cyfeillion. Eilradd oedd unigolion yn y drefn chwyldroadol.

Roedd hi'n cofio aelodau'r Deml i gyd yn mynd ar bererindod unwaith i Gôr y Cewri. Dro arall aed ar ymweliad â gweddillion aberth dynol, ganrifoedd maith wedi iddo gwrdd â'i dranc, gafodd ei ganfod mewn cors fawnog ger Comin Lindow. Cofiai fel 'tai hi ddoe ei thad yn cyfeirio at yr archollion erchyll yn ei gorff, ac yn sôn am ddiffyg unrhyw arwyddion iddo geisio ei amddiffyn ei hun. Y gred oedd iddo gynnig ei hun i'w aberthu yn y gobaith y byddai'r duwiau yn rhwystro'r Rhufeiniaid rhag eu goresgyn a'u dinistrio.

Yn aml yn ei seremonïau ysbrydol byddai'n estyn am lyfr hen ffasiwn, dalennau o bapur trwchus rhwng clawr o ledr gafr, un o'r ychydig lyfrau oedd yn cael eu caniatáu. Hwn oedd hanes y derwyddon. A hoff ddarn ei thad oedd cofnod drist o law'r Rhufeiniad Tacitus yn disgrifio sut y trechwyd y derwyddon ar eu mam ynys ym mrwydr Moel y Don. Clywai o hyd ei lais main yn atseinio'n grynedig drwy'r Deml:

"Ar y traeth safai rhengoedd gelyniaethus y Brythoniaid, twr tynn o arfau a dynion, gyda merched yn gwibio rhwng y rhengoedd. Yn arddull Plant y Fall, ac mewn gwnau duon fel marwolaeth a chyda'u gwallt yn ddisgamar, chwifiant eu ffaglau; tra gerllaw roedd cylch o Dderwyddon, gyda'u dwylo wedi eu codi tua'r nefoedd ac yn parablu melltithion, nes i'n milwyr fod mewn parchedig ofn o'r fath olygfa ac iddynt, fel petai eu haelodau wedi eu parlysu, adael eu cyrff yn agored i friwiau heb unrhyw ymdrech i symud. Yna, wedi eu hyderuso gan eu cadfridog, ac yn annog ei gilydd i fyth wegian gerbron carfan o fenywod a phenboethiaid, hyrddiasant du cefn i'r baneri, llorio pawb y daethant ar eu traws, ac amblygu'r gelyn yn ei fflamau ei hun. Y cam nesaf oedd sefydlu garsiwn ymysg y boblogaeth a goncrwyd, a chwalu'r cellïoedd oedd wedi eu cysegru i'w defodau anwar; oherwydd yr oeddynt yn ei ystyried yn ddyletswydd ddefosiynol i drochi'r allorau gyda gwaed y caethion ac i ymgynghori â'u duwiau drwy gyfrwng perfeddion dynol."

Swniai yn hen, hen ddyn, ond tebyg mai ym meddwl plentyn oedd hynny. Ac er mor ddifrifol a gwaedlyd oedd y geiriau, yn egluro pam na ellid fyth ymddiried mewn estroniaid, piffian chwerthin oedd ymateb y plant. Gwelai Samantha o nawr yn ei wisg orseddol orau, cledrau ei ddwylo agored wedi eu troi ar i fyny fel yn y darluniau rheiny ar waliau'r Deml o'r derwyddon ym Moel y Don yn erfyn am waredigaeth. Ac roedd ei thad fel 'tai o'n disgwyl i'r duwiau ymddangos yno o'u blaenau. Tebyg ei fod yn llygad ei le am yr angen i sgubo'r hen gredoau ofergoelus am groeshoelio ac atgyfodi o'r neilltu, a phlannu'r gwir hanes ym meddyliau'r werin. Roedd gan ei thad rôl bwysig yn y broses o ail-addysgu, ac roedd hi erbyn hyn yn ei barchu am hynny. Os nad am fawr ddim byd arall.

Cymerodd gegaid arall o'r gwin a'i lyncu'n galed heibio'r atgasedd oedd yn codi drwy'i hymysgaroedd pob tro roedd hi'n dechrau hel atgofion am y dyn. Roedd hi'n ei gasáu â mwy o gasineb na ddylai'n un unigolyn fyth allu ei gymell. Pam na wnaeth o hyd yn oed godi bys bach i helpu mam pan ddaethon nhw i fynd â hi i ffwrdd, ac yntau wedi sicrhau ei ymestyniad einioes ei hun? Na chynnig dim gair o gysur na ffarwel wrth iddyn nhw chwistrellu'r dos ychwanegol o'r Gwynfyd i'w chorff i'w thawelu. Dim byd. A fyntau'n galw ei hun yn arweinydd ysbrydol. Ysbrydol o ddiawl.

A beth am yr holl falu awyr am hunanaberth? Aberthodd o ddim mo'i hunan. Cael ei lusgo i ffwrdd fu ei hanes yntau pan nad oedd ganddyn nhw ddefnydd pellach iddo. Roedd hi'n wir i Samantha wneud rhyw ymdrech i'w darbwyllo i adael llonydd iddo, a'i fod o'n haeddu gwell ar ôl ei gyfraniad i'r drefn. Ond ymdrech dila oedd hi. A ni chafodd o hyd yn oed y fraint o deimlo llafn cleddyf ar ei wddf.

Llifodd y dagrau fel rhaeadrau drwy'r powdwr ar ei hwyneb, a chrynodd ei gwefusau cochion fel petalau rhosys yn y gwynt. Taflodd y gwydr a'i gynnwys yn erbyn drws yr ystafell. Chwalodd yn ddwsinau o ddarnau mân, a llifodd y gwin ar hyd y carped crand fel 'tai 'na allor dderwyddol yn yr ystafell. Agorodd y drws a rhoddodd Arzhela ei phen heibio iddo. Arzhela fach annwyl, wedi ei hysbysu bod rhywbeth o'i le gan sŵn y gwydr yn torri yn erbyn y drws. Gwelodd Samantha yn llefain wrth ei bwrdd, y tro cyntaf iddi ei gweld yn drist dros yr holl fisoedd y bu hi yma.

"O meiztrez, be' zy'n bod? Wnaf i lanhau'r gwydr nawr. A pham 'ych chi mor drizt? Dim byd rwy i wedi 'i 'neud gobeithio?"

"Na. Dim byd ti wedi'i neud Arzhela. A phaid â 'ngalw i'n feistres, plîs. A gad'el y gwydr 'na. Wna' i ei glirio cyn mynd mas."

"Oz chi'n mynnu, meiztrez."

"Na. Dim byd i'w neud â thi. Hel meddylie' 'n i. Am fy niweddar dad."

"'Ych chi'n ei golli fe?"

"Na." Synnodd Samantha o glywed pendantrwydd yr unsill yna a lithrodd o'i genau heb loetran. Aeth ati i newid cyfeiriad y sgwrs: "Wyt ti'n colli bod yng nghwmni dy deulu?"

"Wrth gwrz. Ond mae fy rhieni yn hapuz iawn yn eu kafedi bach ar y zgwâr. Fydden nhw'n fodlon iawn yn gwneud hynny tan fydden nhw'n hen, yn zgwrzio 'da'u cwzmeriaid. Fel gwnaeth tad-kozh a mamm-gozh o'u blaene'. Maen nhw'n byw yn yr un heol o hyd ac yn galw yn y kafedi pob bore i weld eu cyfeillion. Maen nhw'n hen erbyn hyn, ond yn iach. Ac wedyn bydda' i'n aml yn meddwl am fy mrawd. Mae e' 'di bod yn y fyddin orzeddol erz iddo ad'el yr yzgol."

Tawelodd Arzhela yn sydyn a brathodd ei thafod. Efallai nad oedd hi'n syniad sôn am ei brawd ac yntau yn aelod o fyddin y gelyn, hyd yn oed os nad oedd y dewis ganddo ynglŷn ag ymuno ai pheidio. Roedd y Tir Mawr wastad yn rhybuddio eu bod yn parhau'n barod i ymateb i unrhyw fygythiadau milwrol, serch y cadoediad bregus roedd y ddwy ochr wedi ei gytuno arno. Cofiai Arzhela y siom a'i tarodd yn ferch ifanc pan gyhoeddodd ei brawd ei fod wedi derbyn gorchymyn i wasanaethu'r Wladwriaeth. Bu hi'n llefain a llefain. Ond o leiaf dychwelodd o'i ddwy flynedd o wasanaeth yn Rhyfel yr Anthem yn ymddangosiadol ddianaf. Yn gorfforol o leiaf. Nid ei bod hi'n rhy sicr am yr ochr ymenyddol.

Gorfododd Samantha wên dila ar ei hwyneb pan sylweddolodd o wyneb Arzhela druan beth oedd newydd groesi ei meddwl.

"Paid poeni am 'ny, Arzhela fach. Rydan ni i gyd yn gaeth mewn rhyw ffordd ne'i gilydd."

Bu distawrwydd llethol ac anghyffyrddus rhyngddyn nhw am rai eiliadau, a ymddangosai fel munudau lu. Yr ieuengaf o'r ddwy a benderfynodd osgoi'r pwnc dan sylw, ac ail-gydio mewn rhywbeth gafodd ei ddweud cynt.

"O'ch chi'n bendant iawn nad 'ych chi'n colli'ch tad. Pam 'ych chi'n teimlo felly?"

"Achos roedd e'n ddyn drwg."

"Ond rwy'n cofio chi'n dweud wrtha' i unweth ei fod yn arweinydd yzbrydol. Pobol dda yw'r rheiny 'nte?"

"Ie. Y rhan fwya'. Ond nid pob un. Mae 'na wastad afal pwdr, Arzhela. Wastad."

Oedodd Samantha. Roedd Arzhela wedi eistedd ar erchwyn y gwely ac yn amlwg yn cynnig clust i wrando. Edrychai hi mor addfwyn o dan ei gwallt du cwta, oedd fel cap o amgylch ei phen a thros ei chlustiau. Roedd ei chroen o liw'r olewydd a'i llygaid gwyrddion yn disgleirio â chwilfrydedd, gan daflu golwg o ddoethineb arni oedd ymhell tu hwnt i ofynion ei hieuenctid. Llyncodd Samantha ei phoer, a syllu ar gefn bysedd ei llaw dde fel 'tai hi'n cyfrif ei hewinedd. Methodd ag edrych i fyw llygad y ferch ifanc. Sut oedd dal pen rheswm 'da chroten a oedd yn ddigon ifanc i fod yn ferch iddi? Yn wir teimlai Samantha weithie' mai hon oedd y ferch na chafodd hi erioed. Yr epil roedd hi wedi ysu am ei magu a'i mwytho. Ond hudodd presenoldeb y ferch lifeiriant geiriol o rywle oedd yn ddwfn yn enaid Samantha. Geiriau fu'n sgrechian am gael eu hadrodd ers amser maith. Geiriau na feiddiai cael eu hadrodd. Tan nawr.

"Faddeuais i erioed iddo fe am fethu ag amddiffyn mam rhag cael ei haberthu. Neu o leia' gwneud rhyw ymdrech. Ond er mor erchyll mae hynny'n swnio, roedd hynny'n rhan o batrwm bywyd. Mae aberth yn rhan o'n rôl ni ar y ddaear 'ma. Dyna ein tynged, y rhan fwyaf ohonon ni. Nid dyna wnaeth fwydo f'atgasedd, dim ond selio fy marn amdano. Roedd y drwg wedi ei hen wneud ymhell cyn hynny."

Oedodd, a chwilio am y gwydr nad oedd mwyach ar y bwrdd ymbincio. Sychodd ei gwefus isaf ag ymyl ei bys. Clywai anadl Arzhela yn llenwi'r ystafell.

"Bu'n ddyn digon pell erio'd. Pob tro ynghlwm yn 'i bethe' 'i hunan. Bob tro yn trafod ei ddaliade' yn hytrach na be' oedd o ddiddordeb i blentyn. Ti'n 'bod? Ond 'na fe. Un fel 'na o'dd e'. Dyna'i natur sbo. Ond os o'n i'n ffaelu cymryd diddordeb, neu'n ffaelu deall... Yn anghofio rhyw ddarn o farddoni'eth... Wedyn bydde fe'n rhoi clatsien i fi. Nid o fla'n mam. Byth. Bydde' fe'n rhybuddio fi. D'wed di wrth dy fam ac fe gei di un arall. Felly fyddwn i byth.

"Ac a'th hynny mla'n am sawl tro byd. Ond a'th pethe' o ddrwg i wa'th pan o'n i bach yn hŷn, ac yn ffaelu neud pen na chynffon o'r gynghanedd ne' rywbeth. Bydde' fe'n fy nyrnu, ond byth yn fy wyneb. Wnaf i ddim sarnu dy wyneb pert di, bydde' fe'n gweud. Torrodd dwy asen i mi unw'eth. Ond o'n i â gormod o ofn i weud wrth neb. I gonan wrth neb...

"Wi'n cofio ro'n i newydd ymuno yn Urdd y Ddawns Flode'. O dan hyfforddiant, ti'n 'bod, fel ti nawr. O'n i 'bytu dwy ar bymtheg oed, ac yn gwisgo'r lifrai gwyrdd tylwyth teg ymbytu'r tŷ yn aml. Bach yn rhyfedd falle, ond o'dd e'n dwli ar 'ny; ac unrhyw beth i gadw'r ddysgl yn wastad sbo. A newidiodd 'nhad. Roedd e' mor falch mod i'n cymryd diddordeb mewn pethe' gorseddol, yn 'i fywyd e', a'r pethe' o'dd mor bwysig iddo fe.

"Ond un noson wi'n cofio o'dd mam mas mewn ymarfer cyd-adrodd. Dim ond fi a nhad ga'tre'. O'n i yn y gegin yn paratoi rhywbeth bach i fwyta. Chlywais i ddim smic, ond teimlais law rhwng fy nghlunie. Wi'n dal yn gallu gwynto'i anadl wrth iddo wthio'i hun yn fy erbyn."

Bwriodd Samantha ei hwyneb i'w mynwes sylweddol ei hun. Roedd y stafell yn llethol dawel, ond gwelai'r ferch ifanc bod ei meistres mewn gwewyr mawr wrth i'r atgofion dorri drosti fel carthffos yn gorlifo. Crynodd ei hysgwyddau mewn emosiwn chwerw, ond nid oedd deigryn mwyach yn rhedeg i lawr ei dwyfoch. Roedd ei llais yn oeraidd ond o dan reolaeth lwyr.

"Dim ond unw'eth ddigwyddodd e', Arzhela. Chafodd e' ddim cyfle wedyn. Wnes i ad'el ga'tre' y diwrnod canlynol. Wnes i gais i ymuno'n ffurfiol 'da'r Urdd yn llawn amser. Ces fy nerbyn, yn bennaf am 'mod i'n ferch i 'nhad. 'Na ti eironig. Wedes i erio'd wrth mam. Sa'i'n siŵr os bydde' hi wedi 'nghredu i. Ond bydde' fe wedi bod yn fwrn anferthol arni. Cyfrinach front rhwng 'nhad a minne' o'dd e'. A gweud y gwir, sa i erio'd wedi gweud wrth neb. Tan nawr. Ti yw'r cynta' i gael clywed."

Ni wyddai Arzhela beth i'w ddweud na beth i'w wneud. Roedd hi'n syfrdan. Ond gwyddai drwy reddf mai ei lle hi oedd ceisio cynnig rhyw fath o gysur i'r fenyw hon oedd newydd ddadlwytho ei chalon iddi. Cododd oddi ar y gwely a chamu'n ysgafn ar draws y carped trwchus. Cofleidiodd y ddwy, fel mam a merch.

"Ond roedd y gwaetha' eto i ddod," aeth Samantha ymlaen yn oeraidd. Llaciodd y goflaid a gwelodd olwg o ddychryn ar wyneb Arzhela.

"Geisiais i awgrymu wrth fy hyfforddwyr yn yr Urdd nad oedd 'nhad cweit mo'r golofn o'r gymdeithas ro'dd e'n honni iddo fod. Ond o'dd neb yn gwrando. Neb yn 'y nghredu i. A bu raid i fi gymryd y bai am fod yn llac fy moese' pan drefnodd yr Urdd imi ga'l erthyliad."

# Pennod 10

Roedd hi'n ddigon di-enaid yn Yr Ogof; dim o'r clebran swnllyd a'r tynnu coes a thrafod cnapan a rhaffu celwyddau lliwgar arferol. Prin oedd yna neb yno mewn gwirionedd ac eithrio'r criw fu'n ceisio'n aflwyddiannus i helpu Frankie ddelio gyda gweddillion Trefor. Roedd y rheiny wedi hel at ei gilydd mewn un cornel fel defaid mewn corlan, eu sgwrs yn un cwch gwenyn tawel o drafod. Ond serch yr awyrgylch trymaidd, torrai ambell chwerthiniad iach ar draws y mwmial.

Meddyliodd Mal am sut y daeth digwyddiad mor erchyll â chanfod corff marw ar y palmant, yn un swp o feinwe a gwaed a stêm a bwyd i'r adar, i gynhyrfu cyn lleied ar bobol. Bu'n ddigwyddiad rheolaidd fyth ers yr Ail Chwyldro, yn rhywbeth y byddai rhywun yn dyst iddo o leia' unwaith pob pythefnos neu ddwy. Ond roedd yn rhaid i Mal gydnabod iddo yntau fod wedi cwympo i'r un fagl. Sut arall allai o egluro ei fod yma'n eistedd yn seler yr union floc o fflatiau lle llai nac awr ynghynt penderfynodd cyn-filwr dewr na allai oddef mwy? Yma yn eistedd yn yfed cwrw oedd 'di cael ei smyglo o'r union dir lle y gwelodd Trefor y fath erchyllterau oedd wedi poenydio ei feddwl bregus gyhyd. Ei boenydio cymaint nes na allai feddwl am ffordd arall o ddianc o'r delweddau byw oedd yn ffrydio drwy'i feddwl ddydd a nos yn hollol ddidrugaredd. A neb o'r awdurdodau a'i hanfonodd i ymladd yn eu henwau hwy yn malio'r un iot amdano wrth lempio gwin am y gorau yn eu palasau crand. Sut aeth pawb mor ddiawledig o ddi-hid mewn gwladwriaeth oedd mor hoff o frolio pa mor waraidd oedd hi?

Roedd ymateb Frankie i'r hyn roedd newydd ei brofi yn enghraifft o ddyn â'i ysbryd wedi ei rewi mewn gorffennol hyll. Er i Trefor fod yn gyfaill oes iddo, y ddau wedi bod yn y Fyddin Orseddol efo'i gilydd ac wedi rhannu profiadau uffernol, ni ddangosodd Frankie unrhyw emosiwn. Ni ildiodd i'r gwendid mwyaf. Nid oedd unrhyw ddeigryn ar ei wyneb. Dim cryndod yn ei lais nac yn ei ddwylo. Dim tristwch na chynddaredd yn ei gorff. Dim teimlo trueni am ei gyflwr na chyflwr y rhai oedd yn cyd-fyw ag o ar gyrion cymdeithas. Dim ond rhyw wacter arwynebol.

Roedd wedi egluro wrth Mal nad oedd yn disgwyl breintiau o wladwriaeth nad oedd o'n fodlon cydymffurfio â'i rheolau, heb yngan enw'r Orsedd na'r Archdderwydd. Yr unig dro iddo ddangos unrhyw deimlad oedd wrth i Mal grybwyll eu meistri a'u meistresi. Er na ddywedodd o'r un gair, gwyddai Mal o'i ymarweddiad bod y bobol rheiny'n taflu cysgodion erchyll dros ei enaid.

Wrth gwrs nad oedd wedi cymryd y Gwynfyd, roedd wedi mynnu. Fyddai milwyr byth yn cael eu Gwynfydu wrth wasanaethu. Er ei fod yn arf penigamp i leddfu ofnau yn wyneb peryglon, roedd hefyd yn gwneud unigolyn yn swrth ar ei draed ac yn araf i ymateb. A gwnâi hynny mo'r tro i ymladdwr wrth ei grefft, llofrudd proffesiynol ar gyflogres Yr Orsedd. Ond ar ôl i'w defnyddioldeb i'r wladwriaeth dynnu i'w derfyn, roedd disgwyl iddyn nhw ildio i'r nodwydd. Mynd yn llywaeth i gael eu trin â'r cyffur dieflig. Dyna'r diolch a gaen nhw. Wrth gwrs roedd o wedi gwrthod. A Threfor hefyd. A heb fod ar y Gofrestr, nid oedd unrhyw Sylltau yn cael eu taflu tuag atyn nhw. Dim gofal o dan adain y wladwriaeth a achosodd eu poen meddwl. Cawson nhw eu rhoi ar y clwt i fyw drwy ba bynnag fodd oedd yn bosib. Drwy fegera neu ddwyn neu drwy werthu eu cyrff, yn ystyr y grefft hynaf erioed neu'n hollol llythrennol, wrth i'r galw am organau ymysg y breintiedig ar ymestyniad einioes gynyddu. Gwyddai Frankie am sawl un oedd wedi gwerthu aren neu lygad neu un o'r ysgyfaint er mwyn codi rhywfaint o Sylltau. Berwodd gwaed Mal o gael cadarnhad pellach o'r diawledigrwydd oedd yn mynd ymlaen yn enw'r Orsedd. Ond ymddangosai'r cyn-filwr yn ddigon di-hid.

"Oedd o'n gwell nag y Gwladwriaeth yn rhoi ti yn carchar a jest cymryd beth maen nhw am cael heb talu i ti," roedd wedi ymresymu gan godi ei ysgwyddau'n ddi-fater.

Aeth cryndod drwy enaid Mal wrth i'w feddwl lanio'n ôl yn niogelwch cynefindra'r Ogof, a cheisio angori yno. Dechreuodd rhywun chwarae acordion yn y gornel bellaf, caneuon gwrthryfelgar oedd wedi eu hen wahardd, a tynnwyd ei sylw oddi wrth y cysgodion duach na chaddug oedd yn bygwth gwasgu amdano. Nid oedd y creadur yn gerddor rhyfeddol, ond yn ddigon derbyniol ar y cyfan. Yn sicr roedd yn well ganddo hyn na'r Gerdd Dant erchyll 'na a orfodwyd arno gan yr awdurdodau pan oedd yn iau. Ac yn rhyfeddol dechreuodd yr awyrgylch yng nghrombil y tŵr concrid di-enaid lacio.

Roedd yn gwybod bod perygl pendroni'n ormodol am eu bywydau tywyll; roedd yn rhaid ceisio gwneud y gorau o'r adegau o fwynhad. Ac roedd o'n gobeithio bod cryn fwynhad yn ei ddisgwyl y noson honno ag yntau am unwaith o gwmpas ei bethau, ac yn awchu am gwmpeini meistres mabolgampau'r nos. Doedd dim golwg ohoni eto, ond roedd hi'n ddigon cynnar. Tueddai rhywun i anghofio ei bod hi'n dal yn olau dydd oddi allan i furiau'r seler, ac mai mewn gwirionedd fo oedd yn anarferol o gynnar. Archebodd botel arall o'r cwrw golau Barzhaz Breizh y daeth mor hoff ohono wrth grwydro'r Tir Mawr yn y dyddiau a fu. Eisteddodd yn ôl yn ei gadair yn sugno'n araf o'r botel, gan obeithio nad oedd yn mynd i ymddangos yn rhy frwd i glywed beth oedd gan Samantha i'w gynnig. Nid fod unrhyw gynnig yn debygol o gael ei wrthod.

Syllodd o'i gwmpas yn y gobaith o weld wyneb rhadlon Els yn llercian rhywle yn y mwrllwch, dim ond am sgwrs wrth reswm. Ond dim lwc. Roedd wedi dod yn hoff iawn o Els mewn cyfnod digon byr. Dau enaid hoff cytûn fel yr hoffai feddwl, ac Els yn gymeriad mor hawdd i'w hoffi. Nid fel Ceridwen. Roedd honno yn arwynebol mor ddi-emosiwn, ond rhwng y cynfasau roedd hi'n dinboeth; adweithydd niwclear mewn nicar oedd yn gwybod yn iawn pa fotymau cochion i'w gwasgu. Ac er mai digon anodd oedd trefnu i'w chyfarfod, roedd lle sicr iddi ym mywyd cudd Maldwyn Tanat. Ac wedyn dyna chi Samantha Probert...

Â'r ail botel newydd gyrraedd ei fwrdd moriodd Samantha i mewn fel llong bleser â'i hwyliau'n llawn, gan simsanu'n ysgafn o ochr i ochr ar frig ei sodlau uchel. Cafodd awyrgylch diflas Yr Ogof ei olchi i ffwrdd fel carthion cŵn oddi ar y traeth gan benllanw. Cyfarchodd bawb yn ei llais corn niwl, cyn gweld Mal yn codi llaw arni i'w gwahodd draw.

"Gwin coch i fi Bryn, a gwna fe'n un mowr 'fyd," meddai wrth wibio heibio'r bar. "A rho fe ar fil Mal, 'na ti fachan da."

Amneidiodd Mal ei gydsyniad at Bryn, heb lawer o ddewis yn y mater. Teimlai bod olion cochion anarferol, yn llawn gwewyr, o amgylch ymylon llygaid Samantha. Ond efallai mai dychmygu hynny oedd o. Awel hallt o'r môr, a'r llwch oedd yn codi wrth i'r ceirt frysio drwy'r strydoedd, oedd yn gyfrifol siŵr o fod. Sylwodd hefyd nad oedd hi wedi trafferthu efo'r plaster o golur a minlliw y byddai hi'n arfer ei rawio ar ei hwyneb pan fyddai hi yno ar gyrch rwydo. Tebyg iawn iddi deimlo nad oedd angen cymaint o abwyd i rwydo'r sglyfaeth arbennig hwn, nid â hithau wedi ei gael yn ei chawell unwaith yn barod. Griddfanodd y gadair wrth iddi eistedd gyferbyn ag o, a bu'r ddau'n paldaruo'n ddi-gyfeiriad tra bu'r gwin coch yn cyrraedd. Difrifolodd Samantha a diflannodd y wên wrth iddi gipio dros ei hysgwydd, gan ostegu ei chlegar clagwydd arferol yn sibrwd cyfrinachgar.

"Ma' r'wbeth mowr yn y gwynt, Mal," meddai. "Ti'n ffaelu p'id'o sylwi. Wi 'di gweld ti'n treial rhoi arlliw newydd ar areithie'r Derwydd Materion Dinesig yn dy sgriptie dridie' ne' bedwar ar ôl 'i gilydd, er bod e'n gweud yn gwmws yr un peth pob tro."

"Wel o'n i 'di sylwi. O'n i'n cymryd ei fod o'n dechre' colli arni 'pyn bech. Henaint ti'n 'bod? Ond nid fy lle i ydy pasio barn ar hybarch aelodau'r Orsedd, nage?"

"Nage? Ti wir yn credu 'ny? Sa i'n meddwl. Tu ôl i'r sioe ma' 'da ti dy feddwl dy hun, fel fi, heb ei gymylu gan y Gwynfyd."

"Be' ti'n trïo ei awgrymu, Samantha?"

"Yn ôl be' wi'n glywed, ma' ryw wrthdaro mawr yn myn' 'mla'n yn Yr Orsedd. Yr haul-addolwyr yn dechre' troi tu min ar y prifeirdd. Does neb wedi gweld Gwilym ap Peredur e's peth amser. Ma' fe 'di diflannu, Mal."

Syllodd Mal i fyw ei llygaid a gweld rhyw oleuni yn disgleirio ynddynt. Rhyw gymysgedd o ofn a brwdfrydedd a gobaith. Oedd, roedd ynte' wedi sylwi bod rhywbeth anarferol yn digwydd. Wrth gwrs ei fod o. Ac roedd o dim ond oriau ynghynt wedi ymdynghedu i gof – a phres – ei ddiweddar dad i ganfod mwy. I fod yn newyddiadurwr go iawn am y tro cynta' ers amser maith.

Ond roedd rhyw amheuon yn dal i lechu yn ei galon. Roedd y cachgi yn ei enaid yn parhau i nadu ei ofnau yn ei glust. Ac wedi'r cyfan roedd o'n deall ei fod wastad mewn perygl o adael i sip ei falog, ei gopis, benderfynu'n groes i'r hyn roedd ei ymennydd yn ei sgrechian arno. Felly y bu'n byw ei fywyd fyth ers iddo adael gartre' am y coleg. Ond dim ond hwyl a direidi oedd hynny, a'r unig berygl gwirioneddol oedd i gymar blin rhywun droi i fyny yn annisgwyl a rhoi tro ar ei gorn, neu iddo ddal ryw salwch na ellid sôn amdano mewn cwmni dethol. Ond erbyn hyn roedd yn hapchwarae ar beithynen llawer mwy mentrus. Gallai'r chwarae yn hawdd iawn droi'n chwerw. Yn chwerw iawn hefyd.

Prin oedd Samantha wedi cymryd anadl heibio'i gwefusau di-finlliw tra bu meddwl Mal yn berwi.

"Ti'n gw'bod bo'r Archdderwydd am ga'l gwared ar unrhyw ryddfrydiaeth yn Yr Orsedd," meddai hi o'r diwedd. "Ma' sefyllfa'r prifeirdd yn wantan. Bellach ma'n debyg bo hi'n dechre' gweithredu. Ma'n clirio mas ei gelynion oddi mewn."

"Ie? A ti o ddifri' yn disgw'l i fi neud r'wbeth am y peth? Dydy Maldwyn Tanat yn arweinydd o fath ti'n gw'bod. Nac yn weithredwr chwaith. Arwr sydd ei angen arne' ti."

Anwybyddodd Samantha o ac aeth ymlaen yn y llais mwya' rhywiol oedd yn ei chatalog: "Ti o ddifri' am fyw o dan y drefn hon am weddill dy o's? Cael d'arwain yn llyweth i gael dy aberthu dim ond am bo' ti 'di cyrr'edd rhyw oedran? Fel 'yn rhieni ni i gyd. W't ti, Mal?

"Gelli ffind'o mas 'da fi be'n gwmws sy'n digwydd, a gweud wrth y byd a'r betws. Ma'n siŵr bo 'da ti hen rwydwr delwedde' llychlyd yn rhywle. Bydde' rhywfaint o ddelwedde' byw fel yn yr hen ddyddie' yn ffrwydro i ganol cartrefi pobol yn hynod effeithiol. Digon rhwydd ca'l yn hunen i mewn i'r Pafiliwn 'n'dyw e'? A cheis'o ca'l cofnod o wallgofrwydd y drefn. Ti 'da fi Mal? W't ti?"

Ceisiodd Mal feddwl am ffordd allan o'i bicil heb ymddangos yn gachgi llwyr, ond doedd Samantha am lacio ei gafael arno.

"Ma' pob trefn ar 'i gwanaf pan fo 'na wrthdaro oddi fewn. Ma'n rhaid inni ddihuno'r genedl. Ma'r Orsedd yn eu twyllo. Ffug i gyd yw'r Chwyldro Cynganeddol, rhyw orchudd er mwyn 'yn ca'l ni gyd i'w col. A nawr yw'n cyfle ni. Nawr ne' fyth. Newyddiadurwyr 'yn ni i fod 'n'defe? Rhaid inni weithredu er mwyn i bobol ca'l byw mewn rhyddid unweth 'to. Sytha'r asgwrn cefn 'na, da ti."

Teimlodd Mal bawen gynnes Samantha yn anwesu ei glun o dan y bwrdd. Ond nid ei asgwrn cefn a sythodd. Unwaith eto yn ei hanes profodd grym y sip yn drech na chrebwyll yr ymennydd. Roedd am fod yn arwr.

# Pennod 11

Roedd hi'n rhy swrth yn Sycharth i Goronwy. Bron yn angladdol. Cododd gydag ochenaid o'r soffa lle bu'n rhannu potelaid o win coch gyda'i feddyliau, ac ymlwybrodd tua'r gegin drwy gysgodion pelydrau olaf y dydd. O'i ôl yn y lolfa roedd yr arogleuon mwsog' a gwynt y de yn prysur gilio. Griddfanodd yn ysgafn wrth daro ei benelin yn ymyl y drws hanner agored oedd rhwng y ddwy ystafell. Aeth at seld dderw fawreddog ei hen fam-gu oedd yn hawlio'r gornel i'w hunan i chwilio am ail botel. Roedd gwaddol cochlyd yr haul oedd yn byseddu ei ffordd drwy'r ffenest yn amlygu olion rhychau ysgafn oedd wedi eu haredig â blaen bysedd yn y llwch oedd yn prysur ymgasglu yno. Clywodd lais cryg Ceridwen yn hollti ei ben wrth ei gyhuddo o esgeuluso'u cartref yn ei habsenoldeb.

Edrychodd draw at y cwpled o waith Iolo Goch ar y wal gyferbyn oedd wedi eu taflunio yno'n barhaol. Geiriau o ddiolchgarwch am y fraint o fyw mewn gweriniaeth wedi ei seilio ar wareiddiad a diwylliant. Dyna'r deg milfed gwaith, siŵr o fod, iddo syllu arno ers iddynt symud i'r tŷ sawl tro byd yn ôl bellach. Pwy ddiawl sy'n cyfri' beth bynnag?

*Na gwall na newyn, na gwarth,*
*Na syched fyth yn Sycharth.*

Wel yn sicr fydd yna ddim syched, meddai i'w hun yn chwerw. Sodrodd y gwin yn y ddyfais agor poteli, trodd y taenwr goleuni cyhoeddus ymlaen, a phenderfynodd eistedd yng nghwmni'r machlud wrth fwrdd y gegin yn hytrach na dychwelyd i'r lolfa. Pa gysur oedd mewn eistedd yn y gwyll mewn lolfa wag, yn gwrando ar fronfraith yn trydar yn ddigywilydd o hapus o'r goeden yn yr ardd? Pa gysur gyda neb yn gwmpeini ac eithrio rhith-ddelweddau'r Ffrwd oedd eisoes wedi galw heibio nifer o weithiau heno i'w blagio.

Y pythefnos diwethaf 'ma oedd y tro cyntaf i Goronwy fod heb ei wraig ers yr adeg honno y bu yntau yn y Ganolfan Ymdrwytho Orseddol. A'r unig dro arall oedd adeg y driniaeth yna ym Myddfai pan syrthiodd yn deilchion oddi ar y llwybr cul. Roedd hi fel y bedd. Dim Morfudd na Dyddgu yn ymarfer eu cyd-adrodd na'u Cerdd Dant. Neu'n dawnsio ar draws y llawr yn eu ffrogiau gwyrddion tylwyth teg a'u gwalltiau mewn cylchoedd o flodau, ac yn chwerthin ymysg ei gilydd am eu cyfrinachau arddegol diniwed a'r cariadon cudd yn eu bywydau. Neb yn disgwyl iddo eu hebrwng yn betrusgar at y gwerin-gludwr wrth iddynt brysur dyfu'n oedolion ifainc o flaen ei lygaid. Ac yntau'n cnoi ei ewinedd wrth eu disgwyl yn ôl, a hwythau'n cyrraedd rhyw ben o'r nos â'u llygaid yn disgleirio â hud a lledrith llencyndod. Gobeithiodd eu bod nhw'n ddiogel yn Llanllyn, ac nad oedden nhw'n hiraethu'n ormodol am eu rhieni.

A waeth iddo gyfaddef, roedd yn colli Ceridwen yn fwy na ddychmygodd pan ffarweliodd â hi ger y bwa metel enwog. A'r llais cryg yna yn ei rybuddio'n gellweiriol i fod yn "hogyn da". Rhyfeddodd Goronwy iddi feddwl bod angen cadw trefn arno, fel petai o'n un o'r bois drwg yna roedd angen disgyblaeth arnyn nhw. Dim ond yr un cam gwag yna y bu erioed yn eu perthynas, nid ei bod hi hyd yn oed yn gwybod am hynny. Roedd y bois yn y gwaith wedi bod yn tynnu ei goes drwy'r pythefnos. Cei wahodd fflyd o ferched tinboeth i'r tŷ pob nos, gw'boi. Partïon gwylltion tan yr orie' mân. Cofia'n gwahodd ni y gwalch drwg. Gwatwar digon diniwed fel y byddai disgwyl gan griw o ddynion wrth eu gwaith, er mai hynod annhebygol oedd hi y gallai drefnu'r fath rialtwch heb sôn am ddeisyfu hynny.

Er y dwrdio a'r rhefru a wnâi Ceridwen, roedd o'n ei charu heb os. Ond yn sicr roedd yna adegau pryd y gallai wasgu'r glustog Drefach 'na dros ei hwyneb wrth iddi rochio fel hwch fagu yn y gwely ar ôl bod yn llowcio gwin. Ac roedd ganddi dueddiad annifyr i'w fychanu o flaen eraill. Roedd hi'n deg cydnabod hefyd iddynt dynnu'n groes ar brydiau ynglŷn â'u cynlluniau ar gyfer Morfudd a Dyddgu. Wyddai o ddim yn wir pam ei bod hi mor benderfynol o'u cael i ymuno â Milwragedd y Weriniaeth. Roedd yntau am eu gweld nhw'n aelodau llawn o'r Urdd, ond roedd yr MW ar lefel hollol wahanol eto. Er iddo eu hedmygu yn enfawr, roedd rhyw fileinrwydd yn perthyn iddynt nad oedd am weld ei ferched bach o yn ei efelychu. Oni fyddai parchus, arswydus swydd yn y ffatri englynion wedi bod yn nod hen ddigon uchelgeisiol? Wedi'r cyfan dyna le bu o a Ceridwen yn gweithio gydol eu gyrfaoedd. A gwnaeth hynny ddim drwg i'w statws. Roedd traed y ddau bellach yn gadarn ar yr ysgol dderwyddol.

Ond roedd hi wedi bod yn fam fendigedig i'r efeilliaid ac yn wraig eithriadol iddo fyntau. Yn wir roedd ei aberthedig fam yn arfer dweud sut y rhyfeddai hi iddo ganfod menyw oedd mor barod i oddef ei gastiau hynod. A chofiai hyd heddiw'r olwg o orfoledd ar wyneb ei dad pan gyhoeddodd Ceridwen ei bod yn feichiog. Ynteu anghredinedd oedd hynny? A bellach dyna hi yn dilyn yn ôl troed ei gŵr. Ar y blaen iddo mewn gwirionedd, yn prysur esgyn yr ysgol Orseddol. Wrth reswm roedden nhw eisoes yn deulu parchus, ond bellach bydden nhw'n ogystal yn uchel eu parch. Ac roedd byd o wahaniaeth rhwng parch a pharchusrwydd.

Cai ei gweld eto drennydd diolch i'r drefn. Roedd hi wedi ei sicrhau drwy'r negesydd yn gynharach ei bod am iddo ei chasglu. Ac roedd o mor falch o hynny er y daith hirfaith oedd o'i flaen ar y rhwydwaith gwerin-gludwyr. Edrychai ymlaen at ei chroesawu wrth iddi gamu drwy'r gatiau enwog yna gyda'i statws dyrchafedig newydd. Roedd hi'n ddigon gwir na chrefodd hi arno i'w chasglu. Dywedodd wrtho ei bod hi'n ddigon bodlon gwneud ei ffordd ei hun am adref. Ond roedd yn ei hadnabod ond yn rhy dda, ac ni rwgnachodd hi'n ormodol pan fynnodd y byddai o yno.

Tebyg ei bod hi wedi bod yn ddigon unig yn y Ganolfan fel y bu yntau. Ac ym Myddfai hefyd, oni bai am yr un noson gywilyddus honno oedd yn gwrthod cilio o'i gof. Cymerodd lowcied ddofn o'r Aberthged nes i beth ohono lafoerio dros ei wefusau. Yng ngolau marwor yr haul oedd yn dylifo drwy'r ffenest safai bonion blewiach na welodd rasel ers tridiau ar ei ên. Llowciodd drachefn, gan sbarduno yn hytrach na boddi ei ofidiau. Efallai nad oedd Ceridwen bellach mo'r pictiwr perffaith a dynnodd ei sylw gyntaf yn y Deml. Ac efallai bod y nosweithiau hwyr y bu hi'n eu cadw wrth fwrw'r maen i'r wal gyda'i gyrfa Gerdd Dant wedi cyfrannu at y ffaith nad oedd hi'n llwyr mor fain ag yr arferai fod. Ond diawch erioed, roedd hi'n dal yn ddigon o bishyn. Roedd wedi sylwi ar sut y ciledrychai rhai o'r uwch dderwyddon yn flysiog arni nes bod bodiau'u traed yn modrwyo yn eu sandalau.

A bellach dyna hi wedi treulio amser ymhell i ffwrdd ar arfordir gogleddol Yr Ynys. Yn unig. Ac yng nghwmpeini pobol eraill oedd yr un mor unig. Nifer ohonyn nhw'n iau nag o. Rhai'n llawer iau. A chyhyrog. Yn llawer mwy cyhyrog. A chofiai'n iawn o'i adeg ef yn y Ganolfan sut y bu i nifer o'r ymdrwythwyr gam-ddefnyddio grym eu statws o fewn y gyfundrefn. Ei ddefnyddio i geisio hudo pobol i ymddwyn mewn modd na fydden nhw byth yn ei ystyried yr ochr arall i'r ffens yna oedd yn eu gwarchod. Neu'n eu carcharu.

Teimlodd wrid yn codi i'w wyneb eto. Gwrid ing a gwylltineb. A chenfigen. Go daria'r genfigen oedd yn mynnu dod i'w flino. Cododd ei wydr o'r bwrdd a syllu ar y machlud fflamgoch wrth iddo hadu ffurfafen o sêr yn y gwin. Nid oedd yr Aberthged yn edrych mor gaboledig goch â'r arfer. Efallai mai'r dagrau oedd yn llifo iddo oedd yn ei lygru.

# Pennod 12

Cododd Ceridwen ei golygon at y gorwel o'i hamgylch, cyn i'r noson ei feddiannu, o'r garreg lle'r oedd wedi plannu ei phen-ôl. Anadlai'n ddwfn o awyr iach y Ganolfan Ymdrwytho oedd yn pefrio drwy ei hysgyfaint. Roedd bronfraith yn canu hwiangerdd rhywle yn y coed o'i chwmpas i ffarwelio efo diwrnod arall. Gerllaw roedd sboncyn gwair yn canu grwndi hwyrol. Roedd awel gynnes o'r bae yn chwarae mig â'i gwallt gwyngochlyd, ac roedd arogl yr heli yn gymysg efo deiliach y deri aeddfed yn llenwi ei ffroenau.

Roedd hi'n cytuno bod gwyddonwyr Yr Orsedd wedi cyflawni beth fyddai'r hen bobol ofergoelus wedi ei alw'n wyrth. Sut ar wyneb daear y llwyddon nhw i gael y deri i dyfu i lawn aeddfedrwydd mewn cyn lleied o amser? O fesen i goeden ogoneddus mewn ychydig droeon byd, a thrwy hynny wedi cael gwared ar y conwydd a'r pinwydd a'r holl goed estron eraill fu gynt yn sarnu'r bryniau a'r mynyddoedd ledled Yr Ynys. Oedd yna well teimlad yn y byd na loetran yn hamddenol yng nghanol coedwig dderw fel y gwnaeth eu hynafiaid o'u blaenau?

A naw wfft i'r syniad hurt yna ddaeth o'r Tir Mawr o ddefnyddio'r coed bytholwyrdd estron i addurno cartrefi ar adeg dathliadau canol gaeaf. Diolch i'r Awen bod y derwyddon wedi hen wahardd arferion mor anfrodorol. Daeth y celyn a'r eiddew a'r uchelwydd yn ôl i'w haeddiannol le. Rhyfedd iddi feddwl am droad y rhod â hithau'n ganol haf fel hyn, ond roedd ei chyfnod yma yn y Ganolfan wedi magu cariad o'r newydd ynddi tuag at ei gwreiddiau. Ac roedd lle arbennig o gynnes yn ei chalon wedi bod erioed at ddathliadau heuldro'r gaeaf. Roedd yn fodd mor arbennig o ddathlu eu traddodiadau derwyddol. Ac roedd hi'n arbennig o hoff o'r Plygain derwyddol oedd wedi ei adfer i'w hen fri, heb yr elfennau o ofergoeledd oedd yn arfer bod ynghlwm ag o.

Wrth reswm roedd prif ddathliadau'r cyfnod fyth ers y Chwyldro Cynganeddol wedi syrthio ar Galan Gaeaf, gyda phob tro byd newydd bellach yn dechrau bryd hynny. Cai'r troeon byd hynny eu rhifo o pryd y disodlwyd yr hen drefn lwgr; y diwrnod bythgofiadwy pan orymdeithiodd y derwyddon i'r Senedd tu ôl i Geidwad y Cledd a mynnu bod y democratiaid di-egwyddor yn ildio. Ac efo'r werin bobol yn gadarn tu cefn i'w harweinwyr diwylliannol ac ysbrydol, pa ddewis arall oedd ganddyn nhw? Nid eu bod nhw wedi disgwyl cael eu haberthu. Fel arall go brin y bydden nhw wedi trosglwyddo'r awenau mor ddiffwdan. Teimlai'r gwybodusion bod y democratiaid wedi ildio'n rhyfeddol o hawdd, a'u bod yn falch o olchi eu dwylo o'u cyfrifoldebau. Efallai eu bod yn credu y byddai rhoi cyfle i'r ffyliaid o dderwyddon wneud smonach llwyr o bethau wedi dod a'r werin at eu coed, ac i sylweddoli pwy oedd fwyaf abl i redeg Yr Ynys. Tebyg mai hynny fu'r cam gwag mwyaf enbyd yn hanes unrhyw drefn wleidyddol erioed.

Yn y dyddiau cynnar rheiny yn hanes y Weriniaeth nid oedd yr Aberthfeydd wedi eu codi eto tu ôl i'w rhwystrau bygythiol. Aberthu cyhoeddus oedd y drefn. Cofiai Ceridwen hithau a Goronwy, yn ddau gariad ifanc, yn mynd law yn llaw i Sgwâr y Weriniaeth i ymuno yn y gorfoleddu. Cofiai hefyd y gwawdio a'r gweiddi a sgubodd drwy'r dorf anystywallt pan lusgwyd aelodau'r hen drefn ddemocrataidd drwyddynt i gyfarfod â'u ffawd. Cofiai sut oedd gwallt pob un wedi ei glymu'n gocynau ar eu corunau, efo'r gwegil yn foel. A sut y gorfodwyd nhw i ddringo fesul un ar y Maen Llog, eu coesau'n gwegian a'u dwylo ynghlwm tu ôl i'w cefnau. A'r gweddill ohonyn nhw'n disgwyl eu tro yn crynu yn eu lifrai carchar oddi mewn i Gylch Yr Orsedd o feini gwenithfaen hardd, oedd wedi ei godi'n arbennig.

Roedd hi'n cofio rhai ohonyn nhw'n gweddïo'n uchel ond yn ofer i'w duwiau. A'r Cofiadur yn datgan eu heuogrwydd, cyn eu gwthio ar eu gliniau gerfydd eu hysgwyddau. A chofiai hi'n glir weld y llafn yn disgleirio yn yr haul, a sŵn fel pladur yn lladd chwyn yn llenwi'r awyr wrth i Geidwad y Cledd fwrw ati efo arddeliad anghyffredin. Cofiai hi fel ddoe hefyd weld gwaed to'r gorffennol mewn pwll gludiog wrth draed yr hen Archdderwydd. A'r dorf anferthol yn crochlefain wrth i'r Ceidwad godi pen ar ôl pen a'i arddangos gerfydd y clustiau, gyda'r gwythiennau'n gwingo oddi tanyn nhw fel seirff gwylltion yn brwydro am un anadl olaf. Cofiai hi hefyd yr arswyd yn y llygaid celain wrth iddi ddod yn amlwg nad oedd unrhyw ffordd yn ôl i'r democratiaid a'u daliadau gwallgo'.

A phwy fedrai anghofio'r wên ar wyneb yr Archdderwydd wrth i'r gwaed ddiferu'n fuddugoliaethus oddi ar ddwylo cryfion Ceidwad y Cledd? Ychydig a feddylient ar y pryd mai'r un ffawd fyddai'n eu disgwyl hwy dau pan ddeuai'r haul-addolwyr i rym. Ond bu sawl tro ar fyd ers y diwrnod gogoneddus hwnnw, a'r werin wedi llwyr fabwysiadu ffyrdd newydd o feddwl ac o fyw ac o gydymffurfio.

Ond roedd sôn o hyd pob gaeaf am rywun yn cael ei ddedfrydu i gael ei wawdio'n gyhoeddus am barhau efo'r hen ddathliadau Nadoligaidd ffôl. Daeth yn arfer i'w clymu wrth bolyn llabyddio ar y stryd, lle cai'r plant eu hannog i fwynhau taflu afalau cynhenid caled neu gnau castan brodorol tuag atyn nhw yn y gobaith o dynnu gwaed. Daeth yn un o ddefodau magwraeth wâr. Byddai ambell rai o'r plant drwg yn twyllo drwy addurno cerrig i edrych fel afalau, nid i Morfudd a Dyddgu erioed dorri'r rheolau yn y fath fodd anwaraidd wrth reswm. Neu felly y gobeithiai eu mam, â hwythau wedi eu magu i barchu'r drefn. Mawr fyddai'r gobeithio y byddai rhyw dwpsyn yn tramgwyddo'r drefn, gan sicrhau diwrnod o hwyl a hud i'r plantos a fyddai'n aros yn hir iawn yn eu cof. Siom fyddai clywed bod unrhyw ail-droseddwr wedi ei garcharu yn hytrach na'i lusgo at y polyn.

Ond roedd meddwl Ceridwen yn crwydro rŵan, â'r haf hirfelyn tesog yn dal yn ei fri. Roedd yna ryw odidowgrwydd yn perthyn i'r dderwen nad oedd yr un goeden arall yn gallu ei efelychu. Gostegodd anadlu Ceridwen wrth iddi wrando ar siffrwd y gwynt yn y deri yn sisial straeon o'r oesoedd euraid a fu, dyddiau oedd yn prysur ddychwelyd. Deuai eto haul ar fryn, nid oedd dim yn sicrach. Yma ac acw uwch ei phen roedd cyrn ysblennydd y geifr mynydd i'w gweld wrth iddyn nhw grwydro'r uchelfannau. Gallai Ceridwen eu clywed yn brefu eu cyfrinachau barfog at ei gilydd. Weithiau byddai carn un ohonynt yn disodli carreg, a honno'n diasbedain yn swnllyd at lawr y dyffryn.

Yn uwch i fyny gwelai Ceridwen siapiau tywyll merched yr MW yn eu hetiau duon a'u sgertiau brethyn, byrion, â'u pelydr-arfau wastad yn barod. Roedden nhw'n troedio nôl a blaen hyd ymyl y ffens ddiogelwch â'i su barhaol. Teimlai Ceridwen mor gysurus o wybod bod y Weriniaeth yn cymryd y fath gamau i sicrhau eu diogelwch. Ond wedi'r cyfan hi a'r gweddill oedd hufen eu cenhedlaeth, sylfaen gadarn y Wladwriaeth, fel oedd un o'r derwyddon wedi eu hatgoffa wrth iddyn nhw gyrraedd.

Gallai glywed tonnau'r môr yn y pellter yn rhedeg yn ôl a blaen yn chwareus ar y traeth caregog. Gwelai stribedi oren llachar yn dawnsio ar eu copaon isel. Taerai iddi weld pen morlo yn codi o'r dŵr o bryd i'w gilydd yn cadw llygad ar ei deyrnas wleb. Ond efallai mai dim ond ei dychymyg oedd hynny. Efallai mai carreg â mwstash o wymon dynnodd ei sylw. Heb y môr hwn yn eu hamgylchynu, fyddai dim modd cadw'r anwariaid draw. Tra môr yn fur, fel y dywedai'r unig gymal o'r hen anthem yr oedd caniatâd i'w ddefnyddio mwyach. Yn wir roedd yn parhau'n arwyddair swyddogol i'r lluoedd morwrol. Yr heli hwn oedd wedi creu'r Ynys, a'i phobol a'i hanes a'i diwylliant. Doedd ryfedd yn y byd i'w chalon lamu mewn llawenydd pob tro y byddai'r môr yn dod i'w golwg wrth deithio i rywle ar werin-gludwr.

Roedd yr haul anferthol fel afal aur gloyw ar y gorwel, yn adlewyrchu'n lliwgar oddi ar wyneb yr eigion. Ac er bod y bae beth pellter i ffwrdd roedd yn llenwi ei hwyneb llawen efo gwawl oren. Dawnsiai sêr yn ei llygaid llon. Roedd hi mor falch o fod wedi gallu treulio amser yn y Ganolfan yn creu gwell dinesydd o'i hunan. Heb os bu'n waith caled, ac yn sicr roedd y darlithoedd ar pob elfen o ddysgeidiaeth Iolo Morganwg yn ddigon i chwalu'r pen ar brydiau. Ond roedd hi'n sicr y byddai'r cyfan yn werth yr ymdrech. Roedd y cyfleoedd i ferched ddringo'r ysgol wedi gwella'n sylweddol ers i'r Archdderwydd presennol gipio'r awenau ar ddechrau'r Ail Chwyldro. Nid i'r derwyddon oedrannus oedd wrth y llyw ynghynt ildio'n raslon fel yr oedden nhw wedi annog y werin i'w wneud wrth i'w defnyddioldeb hwythau ddirwyn i ben. Bu'n rhaid procio'r rheiny yn cicio a strancio i'r Aberthfa agosaf, â hwythau wedi bod mor ddilornus o gastiau olaf y democratiaid o'u blaenau. Adroddwyd ar ddigwyddiadau'r dyddiau cythryblus hynny yn ddi-dor ar wasanaethu'r Rhwydwaith ar y pryd, gan lenwi calonnau Ceridwen a'i chyfoedion â gobaith.

Gwingodd ei phen-ôl er mwyn gwneud ei hun yn fwy cyffforddus ar y clamp o wenithfaen braf yr oedd hi'n eistedd arno. Roedd hwnnw wedi ei orchuddio â chlustog gysurus o gen, gan deimlo fel côt cath o dan ei bysedd. Am un o'r ychydig adegau ers iddi gyrraedd pythefnos ynghynt, meddyliodd am ei gŵr.

Goronwy druan. Cai ei weld drennydd wrth iddo ddŵad ar y gwerin-gludwr i'w hebrwng yn ôl am Sycharth. Nid ei bod hi angen unrhyw un i'w hebrwng, ond roedd o wedi mynnu. Yn ei weld fel dyletswydd hen ffasiwn gŵr y tŷ. Y creadur di-ddallt. Nid oedd wedi dygymod yn iawn eto efo'r newidiadau syfrdanol fu yn lle'r ferch ar Yr Ynys fyth ers i'r Archdderwydd wthio'r hen Orsedd o'r neilltu. Ond roedd o'n halen y ddaear, yn dad cariadus i Morfudd a Dyddgu ac yn ddinesydd triw oedd yn ceisio'i orau i gadw at egwyddorion y Weriniaeth Orseddol. Roedd â'i fys ym mhob brywes ac yn gweithio'n galed i amddiffyn a hybu'r diwylliant. Ond a oedd hynny'n ddigon mewn gwirionedd? Wrth gwrs roedd hi wedi ei garu er ei ffaeleddau lu fyth ers y diwrnod cyntaf hwnnw. Ac os oedd neithiwr yn llithriad bychan ganddi oddi ar y llwybr cul, nid oedd unrhyw ddrwg wedi ei achosi. Ni fyddai neb arall yn dod i wybod.

Goronwy oedd tad ei phlant, beth bynnag oedd ei diweddar dad-yng-nghyfraith wedi ei gredu. Ac mi fyddai hi'n cadw'n ffyddlon iddo fel yr addawodd yn y Deml sawl tro byd yn ôl, "hyd nes y gwahanir ni gan angau". Ac eto… Roedd hi'n aml yn teimlo fel ei ysgwyd o'i drwmgwsg. Ei 'sgytian nes bod ei ddannedd gosod yn clecian yn ei ben. Doedd dim digon o gythraul ynddo, dim digon o awydd i wella ei safle mewn cymdeithas. Roedd hi wedi meddwl y byddai cael y fraint o danio'r goelcerth eiriaduron wedi ei sbarduno i anelu'n uwch, ond nid felly y bu pethau. Roedd yn llawer rhy barod i setlo am y lle'r oedd wedi cyrraedd yn hytrach na chymryd ei wynt ato a bwrw ati i'r lefel nesaf. Ac ymlaen i'r entrychion.

Cofiodd y diwrnod hwnnw sawl tro byd yn ôl pan gyfarfon nhw â Dorti Afagddu Jones a'i merched oddi allan i gatiau'r union Ganolfan hon. Tebyg na ddylen nhw fod wedi mentro, gan fygwth pechu'r awdurdodau, ond chwilfrydedd oedd wedi ei gyrru hi. Ia, hi oedd wedi mynnu gwyro oddi ar y llwybr yn hytrach na Goronwy. Ei dilyn yn llywaeth wnaeth o. Ac er i ofn afael yn ei chalon â'i law rhewllyd ar y pryd, cafodd ei gwefreiddio gan osgo ac agwedd a chadernid Dorti Afagddu. Berwai rhyw garisma oeraidd ohoni. Roedd hi'r union fath o ferch ddiwyro oedd eu hangen ar Yr Ynys os oedd oedden nhw i oroesi yn wyneb y bygythiadau o du'r Tir Mawr. Ac roedd hi am i Morfudd a Dyddgu efelychu Dorti Afagddu ac ymuno â'r MW cyn gynted ag y bydden nhw'n ddigon hen. Dyna pam roedd hi mor frwd iddyn nhw fwrw eu prentisiaeth efo'r Urdd er i'w tad simsanu braidd ar y syniad wrth wrando ar straeon gwirion yn y ffatri englynion. Yr hen lembo gwantan iddo.

A dyna chi beth arall. Nid ar unrhyw gyfrif byddai ei merched hi'n gwastraffu eu hamser yn gweithio mewn unrhyw ffatri englynion fel y gwnaeth hi a'i gŵr gyhyd. Gwaith ar gyfer Siôn a Siân Cyffredin oedd hynny, nid gyrfa ar gyfer rhywun sydd am gyrraedd y brig. A pham na fedr ei phlant hi anelu am fanno hyd yn oed os oedd eu tad yn fodlon llaesu dwylo ac aros yn ei unfan fel cyryglwr heb rwyf? Ac nid oedd hithau chwaith yn rhy hen i ddilyn yn ôl troed yr Archdderwydd wrth i honno roi lle teilwng i ferched yng ngweinyddiad Yr Ynys. Roedd ganddi hithau hefyd ei huchelgeisiau a'i gobeithion.

Cafodd ei hysgwyd o'i synfyfyrio gan sŵn corn gwlad yn atseinio i fyny'r cwm. Daeth o un o'r adeiladau oedd yn cuddio'n gysurus yn yr hen bentref oddi tani. Dyna le'r oedd y disgyblion a'r ymdrwythwyr wedi ymgasglu dros y dyddiau gwych hyn o ddeall a gwerthfawrogi'r gwirioneddau. Canodd y corn yr eildro, gan achosi'r geifr i anesmwytho a chlosio'n nes at ei gilydd. Dawnsiodd gerrig mân i lawr yr ochrau serth gan dincial fel marblis wrth fagu cyflymder. Gwyddai Ceridwen mai dyna'r arwydd i bawb ddod ynghyd ar gyfer y sesiwn gynganeddu nosweithiol.

Cododd o'i gorsedd o wenithfaen a dechrau cerdded i lawr y llwybr i lygad sgarlad yr haul gan fwmial canu. Cai cysgodion hirion eu taflunio i'r gwyll tu cefn iddi. Byddai hi'n colli'r criw fu'n gwmpeini iddi dros y pythefnos ddiwethaf, ond roedd dyfodol disglair yn barod i'w chofleidio.

# Pennod 13

Planodd Morfudd y botel o Glec yn dynn ar ei gwefusau a drachtio'n ddireidus ddwfn o'i chynnwys. Dringodd y swigod bywiog heibio'r gwddf gwydr melynfrown fel 'taen nhw am y cyntaf i rasio'i fyny ei thrwyn. Rhedodd yr ewyn yn awgrymog o geg y botel a thros ei bysedd. Tarodd blas chwerw-felys y cwrw gefn ei thafod cyn plymio lawr ei llwnc yn awchus. Sychodd ei gwefusau yn fodlon â chefn ei harddwrn, a mwynhaodd y teimlad o aeddfedrwydd. Chwarddodd yn braf a thynnu ei sgert werdd, fer yn dynnach am ei chluniau wrth iddi ddechrau oeri ar y garreg lwydlas wrth lan y llyn lle'r oedd yn eistedd efo'i chwaer. Yn anfoddog gwnaeth Dyddgu yn yr un modd, cyn bwrw ati i ail-drefnu'r blodau melynion yn ei gwallt am y canfed tro'r diwrnod hwnnw. Gwrthododd yn swta gynnig gan ei chwaer i gymryd llymaid o'r botel ewynnog.

Roedd y cysgodion cochlas hirion yn prysur gropian i lawr y llethrau a thrwy'r ffriddoedd, ac ias yr ucheldir yn cael ei lusgo'n nes ac yn nes at y llyn. Ymbinciai'r lleuad yn uchel yn yr awyr tua'r de wrth baratoi i gymryd ei le ar ganol y llwyfan. Torrodd linell fain glaerwyn fel ôl bys drwy frigau tanllyd y tonnau isel, oedd yn clepian yn ysgafn yn erbyn y lan raeanog modfeddi'n unig o'u traed noethion. Mwynhaodd Morfudd y profiad o ronynnau'r graean yn rhwbio rhwng bodiau'i thraed. Eiliadau ynghynt roedd y chwiorydd wedi mentro gwlychu eu migyrnau'n wichlyd, ond prin roedden nhw wedi torri wyneb y tonnau na fu Dyddgu yn nadu ei hofnau wrth i ddwylo rhynllyd ellyllon y dyfroedd gydio'n dynn yn ei ddwy ffêr. Roedd hi'n rhyfeddol pa mor gyflym y gallai llyn mor fawr golli hynny o wres a lwyddodd i'w gronni yn ystod y dydd.

Roedd y dydd yn barod i daflu'r tywel i'r cylch, a'r nos yn barod i ddatgan ei buddugoliaeth. Ond nid cweit eto. Roedd ambell chwa o'r mynydd yn parhau i gludo arogl gwlanog y defaid a'r geifr i'w ffroenau, a sŵn eu brefu yn cario i'w clustiau o bell. Roedd bwncath wedi ei groeshoelio'n urddasol i hynny ag oedd yna o awel i fanteisio ar y cyfle i chwilio am lŷg neu lygoden anffodus i swper. A draw'r ochr bellaf roedd hwyaid gwyllt yn cadw sŵn fel haid o neiniau mewn bore coffi wrth nofio drwy'r brwyn am y machlud. Dros esgair y mynydd roedd tafell denau orenllyd yn brwydro'n galed i luchio hynny o wres oedd yn weddill yn ei fol tuag at yr efeilliaid.

Cafodd Morfudd fodd i fyw gydol y pythefnos y buon nhw yno er gwaethaf cwmni ei chwaer fach surbwch. Does wybod i ble'r aeth y ferch hwyliog arferol, a syrthiodd tawelwch rhyngddyn nhw'n llawer amlach yma nac yng nghlydwch diogel Sycharth. Mwynhaodd Morfudd y cyfle i dorri hualau'r teulu ac am unwaith cael ei thrin fel oedolyn. Nid ei dewis cyntaf o ran ffasiwn fyddai'r gwisgoedd tylwyth teg a'r coronau o flodau, ond felly roedd y gweddill o'r merched wedi eu gwisgo hefyd. Roedd rhyw hyder yn deillio o fod yn yr un cwch ffasiynol. Ac onid oedd yr ymdrwythwyr wedi pwysleisio y dylid ei hystyried yn lifrai yn hytrach na gwisg? Arwydd o'u teyrngarwch i'r drefn a'u hawydd i'w gwasanaethu.

Roedd y dynion ifanc yn y Ganolfan o leiaf yn cyffroi o weld cymaint o gnawd amlwg o'u cwmpas, am y tro cyntaf i nifer ohonyn nhw. Ac roedd gwisgoedd gwyrddion yr Urdd yn fwy deniadol na gwisgoedd derwyddol swyddogol eu rhieni. Cyffrôdd yr hogyn 'na yn y cwt cychod neithiwr cymaint fel na allodd gynnig profiad gofiadwy i Morfudd. Bu'r cyfan yn ormod i'r creadur, ac er ei siom teimlodd Morfudd dosturi drosto.

Annhebyg y byddai hi'n cydio'n ei law a derbyn gwahoddiad eto, ond bu'r cyfan yn rhywfaint o hwyl lletchwith. Ac efo'r haf cyfan o'u blaenau hyd nes y byddai'n rhaid hel eu pac am adref, siawns y byddai ambell gyfle arall yn codi.

Trodd Morfudd i edrych yn gynnil ar ei chwaer fach. Roedd honno'n syllu i'r cochni gwaedlyd oedd yn prysur hawlio'r awyr, efo rhyw wg sur ar ei gwep. Roedd hi'n ddigon del, hyd yn oed trwy'r cuwch. Prydferth hyd yn oed. Roedd yn rhaid iddi gyfaddef bod y ffaith i Dyddgu ddenu fwy o sylw o blith yr hogiau bob tro yn ei chorddi, yn enwedig â hithau ran amlaf yn troi'i thrwyn ar unrhyw sylw. Roedd nifer o'r hogiau yma wedi gwirioni ar dlysni gwallt melyngoch y ddwy, oedd yn llifo fel rhaeadrau dros eu hysgwyddau. Roedd rhywbeth trawiadol hefyd am eu hwynebau iachus efo'r gwrid parhaus, a'r llygaid gleision y gellid yn hawdd boddi ynddyn nhw. Roedd pobol wastad yn eu hadnabod fel gefeilliaid, hyd yn oed os oedd hi'n amlwg na ddaethon nhw o'r un wy. Ond roedd yna gythraul o wahaniaeth rhyngddyn nhw o ran agwedd a phersonoliaeth. Roedd Morfudd yn un bwrlwm heintus o ddireidi, ac hi fyddai pob tro wedi llusgo Dyddgu ar gyfeiliorn. Ac er i honno bron yn ddi-ffael geisio cael ei chwaer i ymwrthod rhag mynd oddi ar y cledrau, roedd hi'n rhy wan ei chymeriad i wrthod dilyn. Ond neithiwr styfnigodd am ryw reswm pan oedd yr hogiau 'na'n ceisio hudo'r ddwy am y cwt cychod, fel 'tai rhywun wedi chwistrellu rhew i'w gwythiennau. Dechreuodd faldorddi am feichiogrwydd a phurdeb, ac am beth ddywedai Tada.

"Cer di efo nhw," roedd hi wedi annog Morfudd yn swta.

"Ond be' goblyn wna' i efo dau o'nyn nhw? A ddywedith Tada ddim byd, oherwydd ddaw o byth i w'bod. Tyrd yn dy flaen wneud di?"

Ond mulo ymhellach wnaeth hi. Dechreuodd redeg yn ôl am yr adeilad lle'r oedd eu hystafell, gan fwmblan rhywbeth am "hwrio" o dan ei gwynt wrth fynd. A bu'n rhaid i un hogyn anlwcus dreulio'i noson o dan ei gynfasau crynedig yn dychmygu beth a allai fod wedi dŵad i'w ran. Roedd y biwritaniaeth hynny yn Dyddgu yn agwedd o'i chymeriad na sylwodd ei chwaer arno tan yn ddiweddar. Roedd hynny mae'n debyg oherwydd nad oedd Tada bron byth yn caniatáu'r un fodfedd o ryddid iddyn nhw, ac yn eu trin fel plant bach. Wastad yn eu hebrwng at y gwerin-gludwr. Wastad yn mynnu eu bod nhw'n dychwelyd adref pan fyddai'r hwyl dim ond yn dechrau. Wastad yn mynd ymlaen ac ymlaen am englyna a chynganeddu ac Iolo blydi Morganwg. Wastad yn addoli'r Archdderwydd nes bod hynny'n mynd o dan groen hyd yn oed Mama druan. A pheidied neb dros ei grogi â dechrau sôn efo fo am gyd-adrodd.

Anfodlon fu Tada i hyd yn oed ganiatáu i'r ddwy ohonyn nhw ddŵad yma yn y lle cyntaf. Mama roddodd ei throed i lawr, gan fynnu y gwnâi'r profiad fyd o les iddyn nhw. Diolch byth bod rhywun â mymryn o asgwrn cefn draw yn Sycharth. Yn sicr roedd Morfudd wedi edrych ymlaen yn eiddgar; llawer mwy na Dyddgu. Anfoddog bu Dyddgu i gymryd rhan yn y gweithgareddau ac i ymuno yn yr hwyl, ac roedd hi wedi bod yn hynod dawedog drwy'r dydd heddiw. Ni chyfrannodd air at ddarlithoedd y bore ar ddinas-yddiaeth a'r gyfraith, ac ni ymunodd yn yr hwylio a chanŵio yn y prynhawn chwaith. Dim ond eistedd yn y caffi awyr agored ar lan y llyn, efo wyneb fel taran arni, yn llymeitian sudd egroes. Wysg ei thin y cytunodd i fynd am dro at lan y llyn heno, a hynny dim ond ar yr amod nad oedd unrhyw drefniant wedi ei wneud i gyfarfod yr "hogia' 'na" ar y ffordd yno.

"Be' sy'n bod efo'r wynab tin 'na s'gen ti e's pythefnos, Dyddgu?"

"Pa wynab tin? Dwi'n iawn. Jest gad' lonydd imi."

"Pam na fysa ti wedi deud wrth Tada nad oeddat ti isio dŵad yma? Mi fysa fo wedi bod wrth ei fodd yn ca'l unrhyw esgus i dynnu d'enw di oddi ar y cais. Fyswn i wedi bod yn iawn yma ar ben fy hun."

"Basat 'mwn. Oedd o isio mynd â Mama i'r Ganolfan Ymdrwytho n'd'oedd? Ddim isio ni fod adra ar benna'n hunain, a mynnu'n hebrwng ni i famma fel plant bach. A rŵan fydda' i'n gaeth yn y carchar hwn dros yr ha'."

Poerodd y geiriau allan, a sylweddolodd Morfudd fod ei chwaer fel hithau yn teimlo'n rhwystredig efo agwedd gor-warchodol Tada. O leiaf roedd mwy yn gyffredin rhyngddyn nhw na dim ond eu prydferthwch a'u cyfenw.

"Esgus tila," cytunodd Morfudd. "Ond be' oedd yn bod arna' ti neithiwr efo'r hogia' 'na? Yn rhedag i ffwrdd fel yna? Dim ond bach o hwyl oedd o."

"Nes i'm dy rwystro di, naddo? Ges di dy hwyl. Gobeithio cei di ddim byd mwy na hwyl."

"O Dyddgu. Faint ydy dy oed di?"

Ar hynny dechreuodd Morfudd fwmial canu, yn ddigon uchel i gyrraedd clyw ei chwaer.

*"Hen ferchetan wedi colli'i chariad*
*Ffol-di rol-di rol-lol ffol-di rol-di ro*
*Cael un arall, dyna oedd ei bwriad..."*

"Cau dy hen geg yr ast annifyr." Tywalltodd y gwenwyn geiriol o enau Dyddgu, wrth i'r argae fu'n eu dal yn ôl cyhyd ffrwydro'n deilchion.

"Os wyt ti'n fodlon cymdeithasu efo'r math o hogia' sy'n gymeradwy i'r Orsedd, a neb arall sy'n byw bywyd llai cul, mae hynny i fyny i chdi. Ond dwi isio 'mestyn fy adenydd 'pyn bach. Dwi isio gweld y Tir Mawr, a chyfarfod â'r bobol. Gweld dros fy hun os ydyn nhw mor uffernol ag ydan ni i fod i'w gredu. Trïo bwyd gwahanol a bywyd gwahanol, a phrofi diwylliannau gwahanol. Ac mi ydw i isio syrthio mewn cariad efo pwy bynnag fydda i isio, nid epil twp rhyw dderwydd pwysig fydd wedi ei ddewis i fi. A dwi ddim isio mynd at yr MW nac i'r ffatri blydi englynion. Ma' gen i gynllunia mwy. Gei di ddewis dilyn y llwybr mae Tada a Mama wedi ei lunio i chdi os mai dyna wyt ti isio, ond dwi'n mynd fy ffordd fy hun. A dwi ddim isio mymryn mwy o'r Gwynfyd 'na yn fy ngwaed."

Llifodd y dagrau i lawr ei bochau tlws wrth iddi ddechrau llefain a brwydro am ei hanadl. Aeth bysedd petrusgar ei llaw chwith i deimlo sgriffiad pitw'r olwg ar ei braich dde oedd yn dechrau chwyddo'n lwmp bychan.

Llethwyd Morfudd gan y doreth o deimladau crai. Dyma wedd ar ei chwaer nad oedd hi erioed wedi bod yn ymwybodol ohono. Nid oedd erioed wedi amau fod yna fradwr yn y teulu. Amheuwr. Beth a ddeuai o'r teulu bach pe byddai'r awdurdodau yn dŵad i sylweddoli? Ac wrth i riddfan Dyddgu atsain drwy lonyddwch y llwydnos oedd yn prysur gau amdanyn nhw, ymestynnodd Morfudd ei bysedd at ei braich dde hithau.

# Pennod 14

Methodd Mal â meddwl am ddim arall ond wyneb pert a chorff hael Samantha ers dyddiau bellach. Eisteddai wrth ei ddesg yn y Rhwydwaith efo gwên hurt ar ei wyneb. Dyna ti lodes, Mal bech, meddyliodd i'w hun dro ar ôl tro. Digon gwir iddo fod yn falch o gwmpeini Ceridwen ar yr adegau prin roedd hi'n gallu dianc o olwg ei gŵr. Roedd hi'n braf cael bach o snobyddrwydd rhwng y cynfasau o bryd i'w gilydd. Ar yr un gwynt roedd hi'n wych cael mwy o flas y pridd yn y caru hefyd. Roedd o mor ffodus o allu cael bach o amrywiaeth yn ei bleserau, a doedd wybod beth fyddai gan Els i'w gynnig. Ond roedd o mor falch iddo fod o gwmpas ei bethe' y noson o'r blaen. Roedd ei feddwl llencynnaidd yn troi fel chwyrligwgan wrth ail-greu digwyddiadau'r noson. Teimlodd mor falch iddo allu profi ei fod llawn cymaint o ddyn yn ei oed a'i amser ag yr oedd sawl tro byd yn ôl. Neu felly yr hoffai ymffrostio.

Torrwyd ar draws ei feddyliau wrth i arogl sur ymosod yn boenus ar ei ffroenau. Rhoddodd y cwpan oedd yn ei law yn glep ar y ddesg efo ochenaid o anfodlonrwydd. Daria'r coffi Llwyn Iorwg 'ma. Roedd yn ogleuo fel cesail camel, penderfynodd, â blas digon tebyg hefyd, heb unrhyw brawf ymarferol o hynny. Drwy'r ffenest hanner agored, oedd yn peri i'r faner goch, gwyn a du anferthol ar y wal chwifio'n ysgafn, gallai glywed peth o fwrlwm canol y ddinas. Carneddogion sgleiniog yn mwmial eu ffordd yn fygythiol dawel i'r Senedd ac oddi yno; telynorion yn canu am eu swper ar gorneli'r strydoedd; a gwerthwyr croch teisennau cri yn ceisio cael gwared ar eu cynnyrch. A gweision bach ffyddlon Yr Orsedd yn clepian eu ffordd yn swnllyd am eu hoff fwyty drud i lowcio llysiau a ffrwythau gorau'r Ynys ar draul y trethdalwr.

Sut goblyn ddaeth pethe' i hyn, Mal bech? Y diawlied hyn yn byw fel brenhinoedd, â thithe'n gwastraffu dy amser yn yfed coffi dwy a dime' ac yn paratoi celwydd a sgrwtsh ar gais y Weriniaeth. A pham nad oedd bywyd wastad yn gallu bod mor bleserus â'r noson o'r blaen? Dyne ti goblyn o noson wyllt ym mhob ystyr o'r gair. Ac oedd, roedd yn cofio'n iawn yr hyn y gwnaeth ei addo ag ynte' yng nghanol ei orfoledd. Daria, roedd yn cofio'n iawn.

Cymaint haws oedd pethau ym Mhlas Coch ers talwm yn nyddiau'r coleg newyddiadurol. Bryd hynny gallai addewid difeddwl neithiwr gael ei olchi i ffwrdd erbyn y bore gan lanw'r Wrecsam Lager fel neges wedi ei grafu yn y tywod. Nid oedd y Barzhaz Breizh yn cael yr un effaith. Neu efallai nad oedd am ei gorwneud hi'r dyddiau hyn rhag ofn iddo ddioddef o aflwydd y bragwyr ar adeg dyngedfennol. A beth a wnâi digwyddiad felly i'w enw da, os oedd peth felly ar ôl.

Bron y gallai ogleuo persawr drud Glizh ar Beure Samantha yr eiliad hon. Yr hen g'nawes iddi, yn manteisio arno ag yntau yn ei wendid. Dyna fu ei broblem erioed, byth yn sylweddoli ei fod yn cael ei hudo i gyfeiriad y byddai eiliad o ystyriaeth yn mynnu na ddylai o hyd yn oed feddwl am y peth. Ac eto go brin y byddai'n gallu gwrthod y demtasiwn i fynd i'r afael â hi eto pe byddai'r cyfle'n codi.

Felly arwriaeth amdani, Maldwyn Tanat. Ac onid oedd o wedi penderfynu ei fod am fod yn newyddiadurwr go iawn, fel y gwnaeth ei addo i'w dad amser maith yn ôl? Canfod beth ar y ddaear sy'n digwydd yn Yr Orsedd ac efallai plannu rhyw hedyn bach wrthryfelgar ym meddyliau pobol. Doedd dim modd gwadu, doedd bywyd ddim yn fêl i gyd o dan y drefn hon. Mêl myn diain i? Mwy fel brechdan gachu, heb y bara. Efallai bod y pwysigion i gyd yn brifeirdd neu'n addolwyr haul, a phob un yn beniog yn ei ffordd ddigon dwl ei hun. A phob un ohonyn nhw wedi camu drwy byrth Prifysgol Iolo Morganwg. Ond siawns bod angen gw'bod rhywfaint am fwy na chywydda a chynganeddu a'r sêr cyn meddwl rhedeg gwladwriaeth?

Efallai iddyn nhw haeru eu bod wedi arwain Yr Ynys i fuddugoliaeth wych yn erbyn y Tir Mawr, ond buddugoliaeth i bwy? Yn sicr nid iddo fo nac i'r rhai oedd yn byw yn yr un hofel ag o, nac unrhyw un arall nad oedd yn un o'r dethol rai. Yn sicr nid i Frankie, ac yn sicrach fyth nid i Trefor. A buddugoliaeth ar ba gost i'r trueiniaid fel hwy'u dau bu'n rhaid ymladd amdani? Digon hawdd i dderwydd anfon milwr i erchylltra gwaedlyd maes y gad ag yntau'n glyd yn ei swyddfa yn y Senedd yn meddwl am ei gynghanedd seingroes nesa'. Digon hawdd iddyn nhw â'u tebyg falu awyr am drechu'r gelyn drwy rym y gair heb unrhyw fwriad o geisio profi hynny.

Wrth gwrs fod Samantha'n iawn pan fynnai bod angen bachu ar y cyfle tra bod sylw'r awdurdodau ar eu trafferthion a'u cecru mewnol, ond mae'n anodd tynnu cast o hen gachgi. Serch hynny gwyddai Mal ym mêr ei esgyrn bod yn rhaid iddo wneud rhywbeth. Gweithredu cyn iddyn nhw ddŵad i'w roi o dan ddylanwad y Gwynfyd. Neu waeth. Roedd wedi trafod efo Samantha y noson wyllt o'r blaen y syniad o godi digon o Sylltau o rywle i gael y capsiwl Gwynfyd ffug. Talu Heinkel i dwyllo'r drefn a rhoi ei enw ar y Gofrestr.

Trafod? Roedd wedi erfyn arni hi i'w helpu i gael celc at ei gilydd. Er pam y dylai hi â hwythau prin yn 'nabod ei gilydd? Ni allai ateb. Roedd hi wedi tynnu ei goes nad oedd hi bellach yn ddigon ifanc i ennill y math yna o Sylltau. Meddyliodd am ei darbwyllo fel arall, ond sylweddolodd cyn agor ei drap na fyddai hynny'n cael ei dderbyn ganddi fel canmoliaeth. Gwyddai yn ei galon mai prin oedd y gobaith o gael y pres, heb sôn am yr amhosibilrwydd bron o drefnu'r holl beth heb gael ei ddal. Yr unig ateb oedd yn agos at resymol oedd iddyn nhw geisio canfod beth oedd yn digwydd yn uchel rengoedd Yr Orsedd, a cheisio defnyddio'r wybodaeth i sbarduno gwrthryfel. Suddai ei galon i'w drôns wrth sylweddoli mor anferthol oedd yr her.

Fel oedd yn arferol ganddo wrth wynebu penderfyniad y byddai'n well ganddo ei osgoi, trodd ei feddwl at bynciau llai poenus. Edrychodd eto ar y neges-ddelwedd preifat yr oedd Els wedi ei anfon ato rywbryd dros y dyddiau diwethaf yn holi am ei hynt. Go brin y byddai 'na lawer o help ariannol yn dŵad o du fanno chwaith, ond roedd yn hoff iawn o Els. A beth oedd ganddo i'w golli o gadw'r berthynas honno, os gellid ei disgrifio fel perthynas, yn ffrwtian? Rhag ofn, fel y dywedodd y dyn gwerthu yswiriant wrtho unwaith pan ofynnodd pam y dylai dalu am ei wasanaeth. Platonaidd yn unig y bu pethau hyd yma, ond llwyddodd hyd yn oed Plato i hudo merch ifanc i chwarae ffliwt wrth ei wely unwaith.

Dechreuodd y pen-derwydd lusgo'i thraed sandalog yn wichlyd i'w gyfeiriad ar hyd y llawr pren llychlyd. Ac os oedd ei llygaid ym mhen draw ei phen yn rhywle, roedd ei hwyneb rhychlyd mor sarrug y gallai'n hawdd fod wedi suro llaeth dim ond drwy rythu arno. Roedd unrhyw symudiad ganddi fel arfer yn arwydd o'i hanniddigrwydd efo'i ddiffyg cynhyrchiant. Roedd hi'n deg dweud nad oedd o'n hynod o gynhyrchiol, nac erioed wedi bod, ond sut oedd egluro wrth gredwr llwyr yn y drefn pa mor anodd oedd creu sgriptiau difyr ar gyfer y rhith-ddelweddau 'ma â'r deunydd crai mor gachlyd?

Trodd ei beiriant cynhyrchu sgriptiau ymlaen, a llusgodd y pen-derwydd ei hun yn ôl i'w desg fel gast ddefaid wedi bodloni ar gael ei phraidd o un llwdn i'r gorlan. Yr hen sgrafell annifyr iddi. Ac yno yn ei ddisgwyl eto heddiw roedd cor-ddelwedd o'r Derwydd Materion Dinesig yn malu awyr eto fyth, yr un hen fwydro am ddyletswyddau'r dinesydd cyffredin a rwdl am yr angen i warchod purdeb diwylliannol. Gwilym ap Peredur druan, meddyliodd Mal efo rhyw dosturi anarferol. Ni fu o erioed y mwnci mwya' peniog yn y sw, ond yn hytrach yr un na allai ddeall ym mha ben o'r fanana i ddechrau pilio.

Prin y bu erioed yn areithiwr ysbrydoledig chwaith, nac yn arweinydd naturiol i'w bobol, er bod ryw dinc ryddfrydol o'i gwmpas ar brydiau. Ond yfo fyddai'n cael ei wthio gerbron y genedl i ddatgan y gwirioneddau pan oedd Yr Orsedd yn awyddus i dynnu sylw oddi wrth rywbeth ne'i gilydd, a delwedd o'r hen Gwilym druan fu'n traethu ers dyddiau bellach. Corrach o ddyn oedd o yn ôl y sôn, mymryn yn fwy yn y cnawd nag fel cor-ddelwedd. Sbeciai cudynnau o fwng claerwyn heibio ei benwisg, ac roedd aeliau trwchus fel cynffon gwiwer lwyd yn ymestyn ar draws ei dalcen yn un rhimyn blewog. Roedd ei lais yn grynedig a thrist, yn codi a gostwng am yn ail, yn union fel lleisiau'r hen arweinyddion crefyddol efo'r coleri gwynion yr oedd Mal wedi gweld a chlywed delweddau ohonyn nhw yn yr archifau. Nid fod hynny oll yn hysbys i'r werin wrth iddyn nhw lyncu gwirioneddau'r Ffrwd fel danteithion oddi ar fwrdd brenin. Sgriptwyr fel Mal fyddai wedi mireinio ei eiriau, gyda chynhyrchwyr delweddau fel Samantha yn rhoi sglein ar ei lefaru wrth greu'r hologram. A gwae nhw'u dau a'u tebyg pe na fyddai'r awdurdodau yn fodlon efo'u hymdrechion.

Roedd yr hen sgrafell unwaith wedi bygwth poenydio Mal drwy ei hel i weithio yn yr Athrofa Gerdd Dant. Gwyddai hi cymaint o boendod meddwl y byddai hynny'n ei achosi iddo, er iddo obeithio mai cellwair oedd hi. Roedd hi'n anodd dweud rhwng yr wyneb hir ac effeithiau'r Gwynfyd. Ond gwyddai pawb yn y gwaith nad oedd Mal yn gallu dygymod efo Cerdd Dant fyth ers i'r derwyddon yn y Deml geisio ei fwydo efo'r diawl peth pan oedd yn gog bech. Roedd raid iddo wrth reswm beidio â bloeddio gormod am hynny, nid efo'r hen grefft yn cael ei pharchu yn ddefodol. Cai ei haddoli, fel y gynghanedd ac englyna, fel diwylliant cynhenid oedd wedi goroesi o hen oes y derwyddon. Does wybod sut oedd yr hen wyneb suro llaeth wedi dod i ddeall am ei atgasedd at un o gonglfeini'r Weriniaeth Orseddol. Lled debyg iddo agor ei big yn y swyddfa ar ôl noson hwyr yn Yr Ogof, ond roedd yn erfyn defnyddiol yn ei dwylo i'w gadw'n nes at y llwybr ideolegol cywir.

Bu hi'n ddiwrnod hirach na'r arfer hyd yn oed, ond o'r diwedd cododd pawb wrth eu desgiau wrth i'r anthem seinio drwy'r rhwydwaith gydymffurfio, a llenwyd y swyddfa gan lafarganu. Wrth i'r nodau terfynol lithro i ebargofiant aeth llif o ddynoliaeth tua'r drysau i wneud lle i'r shifft nesaf o ofaint celwyddau, ac i chwilio am werin-gludwr i'w cipio i ryddid eu cartrefi moel. Ni ymunodd Mal â nhw. Nid oedd unrhyw gysuron o fath yn ei ddisgwyl, na chwmpeini ac eithrio cwmni'r pry copyn wyth-llygeidiog. Cychwynnodd am y Coelbren, ond sylweddolodd ei bod hi braidd yn gynnar. Efallai'r âi am Yr Ogof yn nes ymlaen yn y gobaith o weld Samantha neu Els. Am y tro byddai raid iddo fodloni ar y Corn Hirlas agosaf. Byddai fanno a'i charpedi soeglyd yn fwy cysurus na'i hen stafell lom, er mor gas oedd hi ganddo roi mwy o'i Sylltau ym mhwrs Yr Orsedd.

Camodd drwy'r drws wrth i hwnnw lithro'n agored yn wichlyd, a gwneud ei ffordd am y bar. Cododd botelaid o Fryn Briallu i'w hun, gan fwynhau'r cuwch ddaeth dros wep y gweinydd. O'i gwmpas roedd nifer yn pori drwy eu teclynnau egwyddori, fel yr oedd disgwyl i weision ffyddlon y drefn ei wneud. Roedd eraill yn talu gwrogaeth i'r Orsedd drwy wario'n wirion a swnllyd ar Glec ar ôl Clec, a rhai yn dadlau heb reswm yn y byd am rinweddau eu hoff dimau cnapan neu fando. Am ffylied, meddyliodd Mal yn hunangyfiawn. Doedd ryfedd o gwbl bod Yr Orsedd yn medru eu darbwyllo i lyncu unrhyw sgrwtsh, boed hynny'n bropaganda neu'n Wynfyd neu'n Glec.

Os oedd o a Samantha hyd yn oed yn ystyried sbarduno rhyw fath o wrthryfel, byddai gofyn iddyn nhw apelio at garfan fyddai llawer mwy rhydd o afael y drefn orseddol. Os oedd digon o'r fath bobol yn bodoli. Wrth wylio'r ffyliaid yn mynd drwy'u pethau, pendiliodd ei deimladau o ffieidd-dra hyd at obaith afresymol, ac yna'n ôl at bryder. Sawl tro darbwyllodd ei hun mai hollol hurt fyddai hyd yn oed ystyried troi trol Yr Orsedd â hwythau efo cystal gafael ar eu deiliaid. A phob tro yr oedd wedi darbwyllo ei hun o hynny deuai atgofion o arogl y Glizh ar Beure i'w ffroenau, fflachiai delweddau o nwyd pleserus y noson o'r blaen drwy'i feddwl, a chlywai'r tuchan gwallgo' yn atseinio drwy'i ben unwaith eto. Ond siawns nad w't ti am fentro ar antur mor wallgo' ar sail galwad y copis yn unig, bloeddiai synnwyr cyffredin drwy un glust iddo. Boddwyd y floedd gan sŵn gwely caru yn adleisio drwy'r glust arall.

Torrwyd ar draws ei fyfyrdod gan ferch yn chwerthin yn uchel wrth fwrdd tua hanner can llath i ffwrdd. Cuchiodd i'r cyfeiriad hwnnw i weld be' oedd wedi ysgogi'r fath glegar. Gwelodd griw parchus yr olwg yn eistedd o amgylch bwrdd crwn, y nifer o boteli gweigion o'r Aberthged oedd yn sefyll arno yn brawf iddynt fod wedi syrthio'n llwyr o dan ei ddylanwad. Rhai o'r mân grachach yn amlwg, cŵn bach yr awdurdodau yn rhoi eu henillion yn syth yn ôl i goffrau'r meistri a'r meistresi. Yn union fel yr oedd ynte' yn ei wneud.

Ac yna daliodd gip ar wyneb un o'r criw. Wyneb digon hardd, efo'i gwallt o gudynnau gwynion yn frith o liwiau'r llwynoges. Y gath! Ceridwen, neu beth bynnag oedd ei henw go iawn. Aeth mwy na phythefnos heibio ers iddo fod yn ei chwmni. Diflannodd y wên fu'n hollti ei hwyneb wrth iddi sylweddoli ei bod hi'n gyfarwydd â'r dyn efo'r ên sgwâr oedd yn rhythu arni. Mwy na chyfarwydd tasai hi'n dod i hynny. Dychwelodd rhyw ystum o wên wantan i'w gwefusau, a chododd ei llaw yn llipa i gydnabod iddi ei adnabod. Cydiodd Mal yn ei botel a chychwyn i godi i groesi'r llawr tuag ati, ond deallodd o'i hystum na fyddai croeso iddo.

"Goronwy, cariad. Dwi'n meddwl bod pawb wedi clywed hen ddigon am fy nhaith i'r Ganolfan Ymdrwytho," meddai'n uchel ei chloch, gan gyfeirio'i geiriau llawn cymaint at Mal ag at ei chyd-yfwyr o amgylch y bwrdd. Chwarddodd pawb eu cytundeb yn hanner meddw, Goronwy yn eu plith.

Yn sydyn canodd gorn gwlad yn rhywle a llanwyd y Corn Hirlas â rhyw arogl o fwsog' a gwynt y de. Chwyrlïodd gwawl gwyrdd niwlog i ganol y llawr, ac yn ei drobwll roedd un o'r rhith-dderwyddon gyda'r dos diweddaraf o'r gwirioneddau. Y Derwydd Materion Dinesig. Atgoffodd bawb am bwysigrwydd glynu at ddyletswyddau'r werin gyffredin. Ac am ba mor werthfawr oedd purdeb diwylliannol i'r Ynys a'i phobol.

Teimlodd Mal yn chwithig o glywed ei eiriau ei hun o bropaganda yn cael eu traethu o enau'r Derwydd. Rhagrithiol hyd yn oed. Yr hen air anacronistaidd yna. Aeth y Derwydd ymlaen i frolio am y cnwd arbennig o uchelwydd oedd wedi ei fedi eleni. Byddai'r tro byd nesaf yn un hynod lewyrchus i'r Weriniaeth, a chafwyd addewid am haul ar fryn. Ffrwydrodd y lle mewn cymeradwyaeth genedlaetholgar fyddarol. Cafodd y byrddau eu curo'n swnllyd gan ddegau o ddyrnau brwd, a chododd pawb ar eu traed wrth i seiniau'r anthem fyrlymu drwy'r rhwydwaith cydymffurfio. Roedd gwir angerdd yn y canu, a phawb wedi troi at y Nod Cyfrin anferthol oedd yn ysgwyd yn ysgafn o'r nenfwd â chledrau eu dwylo wedi eu

troi am i fyny mewn saliwt afieithus. Erbyn i'r seiniau olaf
gael eu lleisio roedd dagrau o lawenydd yn dylifo i lawr
sawl boch, nid leiaf gruddiau Goronwy Taliesin.

"'Na ti wych, 'n'defe Ceridwen. Wedes i bo 'da fi pob
ffydd n'd'ofe? Ceridwen?"

Trodd ei lygaid i ffwrdd o'r faner goch, du a gwyn
gyda'r gobaith o rannu'i lawenydd gwladgarol gyda'i wraig.
Ond yr oll oedd yn ei wynebu oedd gwydr gwin hanner
llawn a chadair wag.

# Pennod 15

Estynnodd Mal law grynedig at y botel Barzhaz Breizh oer oedd ar ei fwrdd arferol ym mhydew dwfn Yr Ogof. Am unwaith roedd o'n wirioneddol angen hon, ac roedd y barlys bendigedig yn golchi'i geg yn lân o'r blas ofn y bu'n tagu arno. Teimlai â'i law arall enwau selogion y gorffennol wedi eu naddu ar wyneb budr y bwrdd dros y degawdau. Tybed sawl un o'r rheiny fu'n gachgŵn hefyd? Y rhai a fu farw'n braf o henaint debyg. Ond sut yn y byd oedd o'n mynd i droi ei hun yn arwr fel yr oedd Samantha am iddo ei wneud?

Roedd y taenydd goleuni fymryn yn ddi-drefn heno, yn ymchwyddo a dadchwyddo am yn ail â'i gilydd er gwaetha' ymdrechion gorau Bryn efo'r gwifrau. Roedd y rheiny wedi eu gosod blith draphlith ar draws y waliau llwm mewn gorchuddion plastig amryliw oedd yn eu lle ers degawdau, a thrwy gwe corryn ar hyd y nenfwd isel. Weithiau byddai rhyw fân glecian a suo yn dŵad o rywle, arwydd gobeithiol bod y cyflenwad ynni yn ceisio'i orau glas i wthio'i ffordd drwy'r rhwydwaith. Ac roedd yr arogl plastig yn toddi oedd mor nodweddiadol o'r lle yn hofran eto heno. Nid fod neb yn mynd i gwyno. Roedd gan gwaith gwell na'r drewdod wrth y drws allanol. Roedden nhw'n dal i ddisgwyl i'r awdurdodau gasglu gweddillion cynrhonllyd y creadur truenus y canfuwyd wrth droed y tŵr rhai dyddie'n ôl. Roedd Frankie yn amlwg wedi methu goddef yr oglau yn ei fflat ddim mwy. A phwy allai ei feio?

Ond teimlai Mal mai gorau oll oedd hi ei bod hi fymryn yn fwrllwchaidd yno. Roedd o angen bach o lonydd i hel ei hun ato rhwng un peth a'r llall. Roedd Bryn wedi edrych yn syn arno pan frysiodd i lawr y staer 'na rhai munudau ynghynt efo'i wynt yn ei ddwrn. Bu bron iddo a throi'i droed wrth gyrraedd y gris olaf, ond chafodd y gweinydd druan ddim bwy na be' o eglurhad pan holodd be' yn y byd oedd yn bod. Dim ond ryw orchymyn digon sarrug i fynd â chwrw draw at y bwrdd.

Roedd hi wedi bod yn ddihangfa ffodus yn y Corn Hirlas yn gynharach. Roedd wedi dweud y gwir pan fynnodd wrth ŵr y gringochen, fel yr oedd wedi dŵad i ddeall pwy oedd y gwallgofddyn wynepgoch, nad oedd dim wedi digwydd. Mai camgymeriad oedd iddo fod wedi troi mewn i doiledau'r merched, ac mai cyd-ddigwyddiad oedd hi mai dim ond yfo a Ceridwen oedd yno ar y pryd. Roedd Goronwy wedi rhusio i mewn fel dyn wedi llwyr golli ei bwyll, gyda haid o'r bobol bu'n rhannu eu bwrdd wrth ei gwt yn chwythu bygythiadau meddw. Roedd fel llosgfynydd o ddicter fu'n disgwyl am sbardun i chwydu ei dân, a chafodd Ceridwen ei tharo oddi ar ei hechel gan ei ymddygiad.

Digon gwir mai llinynnau trôns oedd y criw disylw, yn edrych i gyd fel riwbob wedi rhedeg yn wyllt mewn cornel o ardd yn llawn chwyn. Go brin y byddai unrhyw un ohonyn nhw'n unigol wedi gallu codi'r croen oddi ar bwdin reis, na chodi ofn ar y cachwr mwyaf llwfr. Ond gwyddai Mal y gallai hyd yn oed griw o linynnau trôns yn annog ei gilydd ymlaen yn eu diod wneud cryn ddifrod corfforol. Ac ar ben hynny, roedd hi'n amlwg mai rhyw fân grachach oedden nhw, pobol ar gyrion y drefn ond efo digon o gysylltiadau i wneud bywyd yn anodd iddo. Doedd yr un ffliwjen yn werth hynny, Mal bech. Tynnodd Ceridwen ei hun ati a throi tu min ar y gwallgofddyn. Roedd hi'n feistres corn arno.

"Goronwy, rhag dy gywilydd di yn f'ama' i fel 'na," clywai Mal hi'n dwrdio yn ei llais smociwr sigar. "A rhag dy gywilydd di yn llusgo'r holl ddynion 'ma ar dy ôl i dŷ bach y merched. Ac os ydy'r dyn druan yma yn mynnu mai cymryd tro anghywir wna'th o, pwy wyt ti i'w ama' fo? O'n i'n meddwl dy fod ti wedi hen dyfu allan o ryw amheuon dwl felly. Rŵan cer yn ôl i'r bar 'na, ac awn ni am adra'r funud bydda' i wedi gorffen yma. Mi sortia' i di yn fanno."

Ciliodd pob golwg o amheuaeth o wep Goronwy, a drodd yn lliw'r uchelwydd. Am unwaith ni fyddai Mal ar unrhyw gyfrif am fod yn ei le fo tu ôl i ddrysau caeedig eu cartref. Clepiodd Goronwy a'i filwyr troed eu ffordd allan o'r toiledau mewn un rhes sori, fel ŵyn swci ar eu ffordd am yr allor. Oedodd Mal wrth weld eu cefnau crymog yn mynd drwy'r drws, gan feddwl y gallai hi eto fod yn noson lwcus iddo. Ond efo amnaid gadarn o'i phen roedd Ceridwen wedi rhoi arwydd clir iddo y dylai feddwl eto. Disgwyliodd Mal hyd nes ei bod hi wedi wedi dychwelyd at ei chriw wrth y bwrdd mawr crwn cyn mentro gadael y lle. Ac wrth i'r drysau allanol lithro'n agored i'w ryddhau i'r stryd, gallai deimlo llygaid Goronwy yn llosgi dau dwll taclus yn ei war.

Bu'n edrych dros ei ysgwydd gydol y ffordd i'r Ogof. Roedd o mor falch i'r strydoedd fod yn llawn bywyd ac arogleuon, a lleisiau a hwteri llongau a baw ceffyl. Gwyddai mai dipyn o gadach gwlanen oedd y gwallgofddyn efo'r wyneb coch, ond gallai hyd yn oed llipryn fod yn elyn peryglus efo'r bobol iawn tu cefn iddo. Byddai'n rhaid iddo fod yn ofalus rhag creu gormod o elynion, a chadw draw o'r Corn Hirlas, oherwydd roedd hi wastad yn bosib y byddai'n dŵad ar draws Ceridwen yn y Coelbren. Dim ond ar ei phen ei hun roedd o wedi ei gweld hi yno. Cododd ei ysbryd, a chafodd ei ysgwyd o'i drobwll o feddyliau gan sŵn pâr o sodlau uchel yn simsanu eu ffordd tuag ato ar draws llawr concrit Yr Ogof.

"Dere win coch i fi, Bryn."

"Dwi'n gw'bod," atebodd yntau yn surbwch i gyd.

"Blaz an Hañv."

"Dwi'n gw'bod."

"A rho fe ar..."

"...fil Mal. Dwi'n gw'bod."

Roedd Samantha wedi bod yn gorwneud y colur braidd heno, fel 'tai hi wedi bod mewn ffrwydrad mewn melin flawd. Ac ai'r minlliw yna ar ei gwefusau oedd yr un cochaf gafodd erioed ei gynhyrchu? Ond roedd o'n dipyn o safiad dewr ganddi o ystyried agwedd Yr Orsedd tuag at ferched yn ceisio prydferthu eu hunain. Ac roedd hi'n dipyn o bishyn o dan y powdwr 'na, penderfynodd Mal.

"Diolch byth bo ti 'ma," aeth hi ymlaen.

"Pam? Be' sydd?," atebodd yntau efo thinc gobeithiol yn ei lais.

"Ma' r'wbeth mawr yn myn' 'm'la'n. Ma'r Orsedd yn clirio'i rhengo'dd o bawb nad 'yn nhw'n teimlo sy'n ddigon triw i'w gweledig'eth. Sawl un wedi diflannu. Fi 'di gwneud bach o ymchwil yn y gwaith i bwy sy'n datgan beth a phryd.

"Ro'n n'w i'w gweld yn dilyn ryw batrwm ar un pryd. Ond ma'r patrwm 'nny wedi ei 'walu e's pythefnose'. A fi 'di cl'wed adroddiade bod hyd yn oed aelode' Urdd y Ddawns Flode' 'di bod yn diflannu 'fyd os nad o'dden nhw neu 'u rhieni yn ddigon dibynadwy. Adroddiade y gelli di ddibynnu arnyn nhw."

Roedd Mal yn ansicr ble'n union roedd y drafodaeth unochrog hon yn arwain. Ond eto roedd yn ofni ei fod yn gwybod hefyd, a dychwelodd y llwfrgi i'w enaid am yr eildro'r noson honno. Daeth Bryn drosodd a rhoi gwydriad o win yn ddiseremoni ar y bwrdd o'u blaenau. Cymerodd Samantha gip theatraidd dros ei hysgwydd cyn llowcio hanner y gwin, gan adael olion siâp gelod cochion ar ymyl y gwydr.

"Wyt ti ddim yn gweld? Nawr yw'n cyfle ni. Paid a 'ngad'el i lawr, Mal. Na phobol Yr Ynys. Ma'n rhaid inni weithredu. Rhoi'n cynllun ar waith. Canfod yn gwmws be' sy'n myn' 'mla'n. Cael tystiol'eth, a darlledu'r gwirionedd dros y Ffrwd mewn delwedde' byw."

Teimlodd Mal swnami yn golchi drosto, ton anferthol o ofidiau ac ofn a llwfrdra pur. Roedd yn gwybod bod Samantha yn llygad ei lle. Rŵan oedd yr union amser i daro. Ond ni chafodd o ei fagu i fod yn arwr cenedlaethol. Olwyn fechan mewn peiriant mawr oedd ei hynt i fod fel pawb o'i deulu o'i flaen, gweision bychain efo uchelgeisiau bychain. Mwy o iselgeisiau mewn gwirionedd. Ond unwaith eto teimlodd law gynnes Samantha yn ymbalfalu o dan y bwrdd. Cripiai ei hewinedd hirion yn araf i fyny ei glun fel sgorpion yn dynesu at ei brae. Os oedd unrhyw ferch yn gwybod y ffordd at galon dyn, Samantha Probert oedd honno, ac nid trwy ei stumog yr oedd hynny, yn arbennig felly yn achos Maldwyn Tanat. Unwaith eto safodd ei filwr bychan yntau'n stond fel soldiwr. Nid oedd yn un i wrthod ufuddhau i orchymyn waeth bynnag faint roedd ei berchennog am iddo ei wneud.

"Paid a 'ngad'el i lawr, Mal," meddai eto. "Ti'n addo?"

"Ydw dwi'n addo," atebodd. Ond roedd â'i lwnc mor sych â brechdan gaws echdoe.

# Pennod 16

Felly ges di fy neges, Els. Diolch am ddŵad drew. Ty'd, stedda wrth f'ochor i fan hyn yng nghysgod y dail. Fydda i'n treulio orie' ar y fainc 'ma. Ma'r parc 'ma yn lle hynod o braf, fy hoff noddfa fech i drwy'r holl ddinas. Lle i enaid g'el llonydd, fel dwi'n cofio'i ddysgu pan o'n i'n gog bech. Digon gwir ma' ambell goeden 'di c'el 'i thocio'n flêr, ond be' mae disgw'l i bobol 'neud pan fo'u plant bech nhw'n fferru 'nghanol gaea'? Dydi bywyd ddim yn hawdd i'r werin datws waeth be' mae'r Orsedd yn ei honni. Mae'n iawn arnyn nhw yn eu plastai crand, ond all rhywun ddim llosgi cywydde' na bwyta cynganeddion na byw ar addewidion gwag.

Dwi 'di bod yn dŵad yma'n rheolaidd e's pan ddes i i'r brifddinas gynte' i weithio amser maith yn ôl, a finne' bryd hynny weithie'n teimlo'n unig er mod i 'nghenol cannoedd o filoedd o bobol. Fydda i'n dal i deimlo'n unig heddiw a deud y gwir. Wrth gwrs ma' gen i fy ffrindie', ond rhei arwynebol rhan fwya'. Nid fel ti. Neb i fwrw 'mol 'thyn nhw ac i helpu 'fo beichie' bywyd weithie'. Debyg ma' fy mai i ydy hynny. Byw bywyd i'r eitha', ond ei fyw o ar yr ymylon 'fyd. Ddim yn un peth na'r llall.

Ond pam ddes i yma i'r ddinas yn y lle cynta'? Cwestiwn da. O'dd cog ifenc o gefn gwlad fel fi ishe gweld mwy ar fywyd. Ac os o'n i am wireddu breuddwyd 'nhêd a bod yn newyddiadurwr, fel oedd o'n galw'r swydd, doedd dim dewis call arall. Fan hyn oedd rhaid bod os o't ti am drïo gneud gwahani'eth. Wrth gwrs oedd 'ne gyhoeddiade' annibynnol bech drwy'r Ynys adeg hynny pan dd'eth y teclynne' ffrydio allan gynta', cyn i'r brawd mawr yn y Ffrwd 'u disodli nhw i gyd. Ac adeg hynny oeddet ti'n c'el deud dy farn heb boeni am dderwyddon yn dy ddilyn liw nos, er mai pitw oedd y tâl. Ond 'd'oes ond hyn a hyn y gelli di gyfrannu am fanion bywyd. Am ddosbarthiade' cynganeddu, a phlismyn iaith yn llusgo pobol o flaen Llys yr Eisteddfod am gam-dreiglo, a Siân fech yn c'el ei dewis i chwar'e bando i'r dalaith. O'dd hi'n joben iawn ar y pryd am wn i, ond be' oedd 'ngh'el i o ddifri' o'dd y diffyg talent o'dd ar g'el fin nos. Ma' pawb isie'i dam'ed tydy, ond oedd 'ne'm digon ohonyn nhw i ddiwallu'r galw.

Dwi'n cofio têd un o'nyn nhw'n ein dal ni yn yr helm ac yn rhedeg ar f'ôl drwy'r ffalt efo phicwarch yn ei ddwylo, y cythr'el blin iddo. Rhedes i i lawr yr wtra a neidio dros y sietyn i'w 'sgoi yn y diwedd. Ond 'eth straeon fel 'na o 'mlaen i fel cannwyll corff. Er ma' cre'dur digon diniwed o'n i yn y bôn, ges i'r enw 'ma o fod yn rhyw fath o gi drain. Roedd 'nhêd yn ffieiddio, yn enwedig â fynte'n ddyn pwysig efo 'Steddfod Powys. Do'n i ddim yn haeddu'r ffasiwn enw drwg ond aeth y pwll talent yn hesb. Pawb yn c'el eu rhybuddio i gadw'n glir o'r Maldwyn Tanat 'ne. Felly do'dd dim dewis gen i ond dianc yma.

Ma'r parc 'ma wedi bod yn werddon bech o heddwch imi fyth ers imi gyrr'edd gynta'. Fan hyn o'n i'n dŵad pan oedd y dynion bech gwallgo' 'ne yn gneud dawns y glocsen tu fewn i 'mhen ar ôl bod ar y cwrw. A fan hyn do' i i hel meddylie' pan fydd pethe'n mynd o chwith ne' pan fydd gen i benderfyniad anodd i'w wneud.

Ddes i yma'n aml ar ôl i mem g'el ei haberthu. Ro'n i mor flin efo'r drefn. Rywsut wnes i'm colli 'nhêd hanner cym'int pan fu raid iddo fo fynd. Ond pan 'ethon nhw â mem ro'n i'n methu dygymod. O'n i'n holi fy hun drosodd a throsodd: i be'? Â hithe'n iach ac yn llawn llathen ac yn byrlymu 'fo syniade', hyd 'n'oed yn y misoedd ola' ac yn gw'bod y bydden nhw'n dŵad i'w mo'yn hi. Y basda'ds. A'r cwbwl ar gefn rhyw ddogma derwyddol hurt a rhyw syniade' gwirion o'r gorffennol pell. Dwi'n dal yr un mor flin heddiw; faddeua i byth iddyn nhw. Doedd Yr Orsedd gynta' ar ôl y Chwyldro ddim yn ddelfrydol, ond rhyw fymryn o ffylied oedd y rheiny nad oedd neb yn eu cymryd o ddifri' hyd yn oed ar ôl iddyn nhw gipio'r awenau. Ond ers i'r Archdderwydd hon fachu'r grym mae pethe 'di mynd o ddrwg i waeth. Ma'r criw yma'n wirioneddol beryglus ac unllygeidiog. Nhw sy'n iawn a phawb arall sy' wedi ei cholli hi. Mae gweddill y byd yn chwerthin ar ein penne' tra ein bod ni'n gaeth ar Yr Ynys fech bitw hon, efo'n cynganeddu a'n cywydde' a'n hanthem.

Dwi'n cawlio dy ben di rŵan. Pam ydw i'n deud hyn i gyd wrthyt ti â finne' prin yn dy 'nabod di? Ti'n gneud r'wbeth i mi, Els, a dwi'n gallu ymddiried ynot ti. Ma'r Ogof yn rhyfeddol o dda am hidlo allan cŵn bach dan-din Yr Orsedd, a chewn nhw mo'u traed dan y byrdde' yn hawdd iawn. Ti'n amlwg ddim yn un ohonyn nhw nac yn gaeth i'r Gwynfyd. Alla' i weld hynny yn dy lyg'id, yn y modd mae gen ti dy feddwl dy hun. Ma' hynny'n siarad cyfrole'.

Ond beth am inni werthfawrogi natur am dipyn bech? Tydy hi'n wych yma? Dyma ti ddihangfa o le ymhell o wallgofrwydd bywyd. Ond ma'r Orsedd yn iawn am un peth, does dim modd curo ar dderwen. Mae 'ne r'wbeth urddasol amdani, y ffordd mae'n sefyll yn gefnsyth ac yn mynnu parch. Cymera' hon 'den ni'n eistedd o' tani. Fydda' i'n amal yn eistedd yma'n gwrando ar y gwynt yn siffrwd drwy ei dail ac yn mwynhau teimlo'i rhisgl o dan fy mysedd. Ond ma' 'ne hen hanes rhwng y goeden hon a finne'. Mae hi'n perthyn yma ac yn ganrifoedd oed, nid yn un o'r rhei ma'r gwyddonwyr yn medru 'u c'el i dyfu mewn amrantiad. Yn amal fydda i'n meddwl sut le oedd yr hen Ynys 'ma pan roddodd hon ei phen allan o'i mesen am y tro cynta'. Ac os daw cawod o law alla' i ddim meddwl am le mwynach i gysgodi, yn mwynhau sŵn y diferion yn symud drwy'r dail fel rhaeadr ac yn eu teimlo'n dawnsio ar fy nghorun. Wedyn mwynhau'r aer ffres wrth i'r glaw olchi pob budreddi ohono, ac arogl y glaswellt o dan fy nhraed.

Unwaith wnes i eistedd o' tani yn ystod storm o fellt a tharanau a chael fy ngwefreiddio gan natur, gan y sŵn a'r gole' a'r lliwie', a'r holl ynni yn yr awyr. Ro'n i'n gallu blasu'r nitrogen yn yr aer ac yn gallu 'ogleuo'r pridd yn deffro. Weles i holl liwiau'r enfys ac roedd pob un o'm synhwyre' yn gweithio i'r eitha'; y chwech ohonyn nhw. Fues i erioed mor effro yn fy myw.

Paid edrych mor synn arna' i Els. O dan yr wyneb di-hid 'ma mae gen inne' fy emosiyne'. Fel o'n i'n deud, rydw i a'r goeden 'ma yn rhannu mwy o hanes na fase neb byth yn ei feddwl. Dwi'n cofio ar ôl i'r basda'ds mo'yn mem â hithe'n mynd i ffwrdd mor llyw'eth, o'n i'n methu byw yn fy nghroen. O'n i mor flin ac isie' dial arnyn nhw, ond yn methu. O'n i'n teimlo'n ddi-ffrwyth a di-werth, mewn swydd o'n i'n ei chasáu ac mewn gwladwri'eth o'n i'n 'i chasáu. Ac mewn bywyd o'n i'n 'i gasáu.

Un noson o'n i'n troi a throsi yn fy ngwely yn methu'n lân â chysgu. Roedd hi'n noson glòs a ffenest yr ystafell yn agored, ac arogl y gwymon yn chwythu mewn yn ysgafn o'r cei. Roedd hi'n noson loergan a'r lleuad bron yn llawn, yn fy moddi efo'i lewyrch nes 'mod i'n cuddio 'mhen o dan y cynfase'. Ro'n i'n clywed y sŵn hwyr ar y stryd. Meddwon yn baglu am adre' a gwehilion y nos yn treio gwerthu eu cyrff, ac ambell geffyl a throl yn trwstian i bwy a ŵyr ble. A'r llonge' yn hwtian fel tylluanod i ddeud eu bod yn barod i ad'el.

Ond nid dyna oedd yn fy nghadw i'n effro, ro'n i wedi hen arfer efo nhw i gyd, ond ro'n i'n gweld wyneb mem ym mhobman. Ei hwyneb tawel y d'wrnod 'ethon nhw â hi, a'i hwyneb yn ffenest y cartre' y d'wrnod gerddes i i fyny'r wtra ar ôl i 'nhêd g'el ei aberthu. Ro'n i wedi yfed hanner poteled o frandi, stwff cryf o'r Tir Mawr, ond doedd dim yn tycio. Roedd fel bod mewn hunlle' effro efo'i hwyneb cyhuddgar yn syllu arna' i o pob twll a chornel. Roedd hi'n gw'bod y gallwn i ac y dylwn i fod wedi gwneud mwy. Wnes i erfyn arni i ad'el llonydd i mi. Mae'n ddrwg gen i mem, ond allwn i ddim helpu. Ond roedd y stafell yn llawn o'i sgrechiade' wrth i'r fflame' gydio ynddi ac wrth i'w chroen ddechre' pilio oddi ar ei chorff. Welais i ei gwallt yn troi'n goelcerth a'i llygaid yn dechre' berwi a'i gwefusau'n troi'n llinynne' o gnawd. Ac roedd y sgrechiade' yn mynd yn uwch ac yn uwch, ac yn fy myddaru yn annioddefol.

Codais a gwthio 'chydig o bethe'n frysiog mewn sach cerdded, a gad'el mem ar ei phen ei hun. Eto. Doedd wybod i ble o'n i'n mynd ond doedd o ddim o bwys. Unrhyw le. Roedd raid imi redeg i ffwrdd. Ac yma y des i'r noson honno, at fy nghoeden i chwilio am gysur. Roedd hi'n glaerwyn a thawel yma fel llethre'r mynydd gartre' ar ôl eira. Dim ond murmur pell oedd sŵn y ddinas, a chawson ni sgwrs hir, ond ro'n i'n teimlo'n llwfr ac yn ddiymadferth. 'Mhen hir a hwyr tyrchais yn wyllt i'r sach cerdded a thynnu cortyn allan. Syllais arno yng ngolau'r lleuad drwy fy nagrau, yn berffaith wyn a glân. Camais ar yr union fainc hon lle 'den ni'n eistedd rŵan a thaflu'r cortyn dros y gangen gref acw, a chlymu un pen wrth fôn y goeden yne. Daliais fy ngwynt a gosod fy mhen yn y cwlwm crogwr oedd yno'n barod, ers y tro cynt imi feddwl am y peth. Ond y tro hwn mi gamais i'r gofod rhyngddo' fi a pharadwys.

Roedd o'n deimlad mor heddychlon, Els bech. Dwi'n cofio gweld y lleuad yn gwenu arna' i wrth imi gamu tuag ato, cyn i gwrlid o dywyllwch lapio'i hun drosta i. Ro'n i'n teimlo curiad fy nghalon yn colbio drwy fy nghorff ac mi i welais oleuade' llachar. Ro'n i'n teimlo fy llyg'id yn chwyddo yn fy mhen a 'nhafod yn tewhau. A'r peth ola' dwi'n ei gofio ydy'r drewdod mwya' uffernol a chefn fy nghoesau'n gwlychu'n gynnes, fel 'tawn i'n ôl yn fabi yng nghôl mem. Llawer mwy cysurus na be' fu raid i mem a 'nhêd ei ddiodde'.

Ond mi ddeffroes i ar fy hyd yn y gwlith yma rhyw bryd ar ôl iddi wawrio. Roedd pobol yn mynd heibio, yn cerdded eu corgwn neu'n mynd i ennill eu Sylltau, a neb yn cymryd y sylw lleia' ohona' i. Ond roedd olion llafn ar y cortyn. Wyddwn i ddim os o'n i'n ddiolchgar ai peidio, ond wnes i ddim treio'r fath beth wedyn. Ni dd'eth mem i 'mhlagio 'nghenol nos fyth wedi hynny, ond wnes i addewid iddi'r bore hwnnw nad o'n i wedi bwriadu ei weld. A rŵan ma'n rhaid imi ei gario allan.

Taw am funed, Els. Ma'n rhaid imi weithredu. Wna i ddim deud be' dwi'n gorfod ei wneud achos fydde' hynny dim ond yn dy roi o dan bwyse' annheg, a dyna'r peth ola' dwi am 'i wneud iti. Ond mi ddoi di i wybod yn ddigon buan. Ond mae'n eitha' posib na ddo' i allan o hyn yn fyw. Na, dydw i ddim yn ddewr; i'r gwrthwyneb yn llwyr. Dwi ofn drwy 'nhin ac allan. Taswn i wedi gweithredu'n gynt mae'n bosib na fyse hi wedi dŵad i hyn. Neu taswn i wedi gallu fforddio mynd at Heinkel... ond allwn i ddim. Rwyt ti 'di dŵad i olygu llawer iawn i fi mewn amser byr, er na wn i os w't ti'n teimlo'r un fath. Ond ro'dd raid imi dy weld di heddiw, i ddeud 'mod i'n... ym... dy garu di. A dwi erioed wedi dweud hynny wrth neb o'r blaen.

Bydde' fy rhieni wedi methu deall fy nheimlade' yn siŵr i ti, ond does dim rhaid imi egluro achos 'den nhw ddim yma rhagor i basio barn. Ond os do' i drwy hyn ac wedi llwyddo am unwaith yn fy mywyd, dwi am iti fod yno i mi. Ti'n addo? Els?

# Pennod 17

Roedd hi'n oriau mân y bore a'r lleuad tri chwarter llawn yn taflu cysgodion hirion ar hyd y palmentydd gweigion wrth bipian dros odrau cwmwl boliog. Efo'i thrigolion yn rhochian yn gysurus yn eu gwelyau, roedd y ddinas yn cymryd ei gwynt ati. Ac eto roedd goleuadau gwantan yn dianc o ambell ffenest yn y Pafiliwn, lle y dywedid nad oedd byth ball ar ei weithgaredd. A thaerai rhai mewn sibrydion preifat iddyn nhw'n aml glywed sgrechfeydd annaearol yn dod oddi yno i rwygo llonyddwch y nos, fel cyllell yn darnio melfed.

Roedd nwyddau-gludwr siâp cist, y Nod Cyfrin wedi ei farcio'n fawr ac eglur ar ei ochrau, yn gwibio'n dawel ar ei lwybr lloergan magnetaidd tuag at yr adeilad tal a sinistr oedd yn amneidio'n ddychrynllyd yn y pellter. Ym mlaen y nwyddau-gludwr roedd dau ddyn ag ofn yn eu llygaid, ond doedd dim troi'n ôl i fod bellach. Hanner milltir i ffwrdd ar lawr caled storfa ddosbarthu taflunwyr hologramau roedd gweithiwr druan yn gwingo mewn poen ar y llawr. Roedd yn brwydro i geisio rhyddhau ei ddwylo a'i draed o du ôl i'w gefn, lle'r oedden nhw wedi eu clymu â chortyn claerwyn oedd yn rhedeg ymlaen o amgylch rhes o silffoedd metel oedd wedi eu bolltio'n gadarn i'r llawr. Tyrchai'r cortyn yn ddyfnach i groen ei arddyrnau a'i figyrnau noethion efo phob ymdrech ofer i ddatod y clymau. Nid oedd dianc i fod. Roedd ei benwisg wedi ei rwygo'n rhwymau a dau o'r rhwymau chwyslyd wedi eu gwthio i'w geg a'u clymu dros ei war. Llifai ffrwd goch o archoll ddofn ar ei gorun a thros ei foch, gan ddiferu i bwll bychan dugoch oedd yn prysur ddyfnhau ar y llawr caled. Roedd rhywun oedd yn deall beth oedd o'n ei wneud wedi bod yn gyfrifol am sicrhau ei gaethiwed. Ymosodwr proffesiynol.

Yn gynharach bu wrthi'n fodlon a diwyd fyth ers dechrau ei shifft, yn adrodd ei hoff gerddi i'w hunan wrth fwrw at ei waith. Cerddi Cynan, yr hen feistr o'r oesoedd a fu, oedd orau ganddo. Yn aml byddai'n gosod blodau wrth droed cerflun anferthol o'i arwr ar ganol Sgwâr y Weriniaeth. Roedd y math o ddinesydd a fyddai'n cael ei weld ar y posteri anferthol o weithwyr cyffredin oedd yn frith drwy'r Ynys, halen y ddaear efo'u peiriannau a'u llongau a'u caeau ffrwythlon yn gefndir iddyn nhw. Ni chafodd o erioed y fraint o fod ar boster, ond ni fu ei deulu bach heb fwyd na gorfod mynd i'r Deml heb sandalau ar eu traed. Caen nhw wyliau bob yn ail haf yn y gwersylloedd arfordirol, ac ni fu eu cartref erioed heb gopi o Arweinlyfr Iolo Morganwg ar y bwrdd. Bu'r teulu'n byw'n hollol heddychlon a ffyddlon yn eu fflat deuluol ddwylofft o dan adain gysgodol Yr Orsedd. Yr unig drais a welodd erioed oedd pan ai draw i'r talwrn efo'r mab o bryd i'w gilydd i wylio ceiliogod yn ymladd, er i hynny hyd yn oed roi tro ar ei stumog.

Ni feddyliodd erioed y byddai rhywun yn ymosod arno yn eu paradwys o Wladwriaeth. Roedd hi'n gymaint o fraw pan deimlodd ergyd galed ar gefn ei ben, ni allai ddychmygu beth oedd wedi digwydd. Efallai bod rhyw waeledd wedi ei daro. Ond rhoddodd ei law ar ei gorun a theimlo'r gwaed yn gynnes ar ei fysedd wrth iddo orlifo drwy'i wallt bras a'r penwisg. Gafaelwyd ynddo gan ddau labwst â mygydau dros eu hwynebau. Beth ar wyneb daear oedd yn mynd ymlaen yng ngwladwriaeth heddychlon Yr Orsedd? A pham oedd un ohonyn nhw wedi cynnig rhyw fath o ymddiheuriad wrth ei glymu?

"Paid â chynrhoni gyme'nt, gog," roedd hwnnw wedi ei gynghori. "W't ti ond yn gneud dy hun winio mwy. Daw dim drwg iti os byddi di'n ufudd."

Ac wrth i'r ddau ddihiryn neidio i'r nwyddau-gludwr y bu'n ei lwytho fesul taflunydd, saethodd ofnau lawer mwy difrifol na'r boen gorfforol drwy ei feddwl. Beth a ddeuai ohono fo a'i deulu ag yntau wedi caniatáu i eiddo swyddogol Yr Orsedd gael ei ddwyn o dan ei drwyn? Ac ar ba berwyl oedd y ddau yma?

"Tynn' y mwgwd 'na rŵan," awgrymodd Mal wrth ei gymar mewn drwgweithred wrth i hwnnw lywio'r nwyddau-gludwr drwy strydoedd tawel y ddinas. "Byddwn yn edrych yn amheus i swyddogion yr MW."

"Ti'n siŵr bydd hyn yn gweithio?", holodd Frankie.

"Bydd pob dim yn mynd fel cynghanedd creda di fi. Ti dy hun oedd yn deud bo ni 'di gweithio popeth allan yn filwrol. A diolch i ti mae gen i bob ffydd yn ein cynllunie'. Fydd yr MW yn ame' dim. Pwy glywodd am rywun mor haerllug â dwyn eiddo'r Orsedd? A fydd hi'n 'fory bore cyn i neb ffindio'r gweithiwr 'ne."

Ymlaciodd Frankie cymaint ag oedd hi'n bosib' o ystyried holl ffolineb yr hyn roedden nhw ar fin ei wneud. Ac wrth iddo dynnu ei fwgwd gwelai Mal yng ngolau'r offer llywio y wyneb tenau ond penderfynol y daeth i'w adnabod cymaint gwell dros y dyddiau diwethaf. A sylwodd eto ar y casineb diwyro oedd yn pefrio drwy'i lygaid.

"Rhaid i fi cyfadde' oedd hi yn mwy hawdd nag o'n i wedi meddwl," ebychodd Frankie.

"Ma' gaf'el Yr Orsedd ar Yr Ynys 'di bod mor llwyr e's cym'int o amser, 'dyn nhw ddim pob tro yn gweld y peryglon," atebodd Mal. "'Dyn nhw ddim yn credu y bydde' neb yn meiddio eu herio. Alla' i'm ei gredu o fy hun rywsut. Ond maen nhw'n dal mewn llesmair ar ôl ennill y Rhyfel."

"Ennill y Rhyfel o diawl," sgyrnygodd Frankie. "Nhw yn gw'bod dim byd am y peth."

Penderfynodd Mal beidio â mentro corddi'r dyfroedd mwy. Roedd angen pennau clir a phenderfyniadau call os oedd yr holl gynllun yn mynd i weithio. Os? Roedd yn rhaid iddo weithio, achos roedd meddwl am ganlyniadau methiant iddyn nhw eu dau yn ddychrynllyd. Byseddodd yn ofalus ei hen rwydwr delweddau, yn ei god gwreiddiol, yr oedd Samantha wedi mynnu y byddai'n fodd i sicrhau'r dystiolaeth roedd ei angen arnyn nhw. Roedd o wedi ei synnu i ganfod ei fod yn gweithio'n berffaith ar ôl yr holl amser, o ystyried iddo fod yn dechnoleg oedd yn perthyn i gyfnod y Chwyldro Cyntaf. A beth am Samantha druan? Beth fyddai'n digwydd iddi hi petai'r holl dŵr o gynllwynio a breuddwydio yn syrthio'n ddarnau am eu pennau? O leia' roedd o mor ddiolchgar nad oedd wedi llusgo Els i'r cawlach hefyd. A thybed a welai o Ceridwen fyth eto?

Roedd y rhodfa lydan at y Pafiliwn yn wag o unrhyw fywyd o gig a gwaed ac eithrio ambell gath esgyrnog yn chwilio am lygod, ac ambell gi esgyrnog yn chwilio am gathod. Ond roedd amryw Garneddog sgleiniog yn mwmial heibio'n sinistr drwy'r hanner tywyllwch. Aeth ias i lawr meingefn Mal wrth feddwl am y trueiniaid a allai fod yn cael eu cludo ynddyn nhw, rhyw wrthodwr neu anffyddiwr anffodus efo artaith a marwolaeth yn ei wynebu. Ond, yng ngeiriau'r Orsedd, doedd delio efo'r gelynion-oddi-mewn byth yn hawdd. Cododd dafnau o chwys rhynllyd ar ei dalcen wrth iddyn nhw ddynesu'n gynt na'r disgwyl at Sgwâr y Weriniaeth. Bellach ei dro yntau oedd hi i deimlo amheuon yn sgubo fel cymylau duon drwy ei feddwl, er y gwyddai nad oedd tro pedol yn bosib'. Sylwodd o gil ei lygad fod Frankie yn canolbwyntio'n llwyr ar yr offer llywio, ei anadl yn drwm ond yn rheolaidd, ond gyda hanner gwên yn gorwedd rhwng cilgant ei wefusau main yn llewyrch y golau gwyrddlas.

Wrth gyrraedd y Sgwâr yn eu cist fagnetaidd sylwodd y ddau ar driawd o filwragedd yr MW wedi closio at ei gilydd ger un o fynedfeydd y Pafiliwn. Roedden nhw'n amlwg yn trafod rhywbeth wrth syllu tuag atyn nhw. Gallai Mal glywed ei galon yn curo fel morthwyl yn erbyn ei asennau. Cododd y tair eu pelydr-arfau at eu hysgwyddau, â'u bysedd yn cosi'r sbardunau yn awchus. Roedden nhw yn disgwyl am orchymyn i danio gan yr uchaf ei rheng, y fyrraf ohonyn nhw yn ôl ei hosgo herfeiddiol. Roedd pethau mewn perygl o fynd oddi ar y cledrau, er i Samantha fod wedi sicrhau Mal na fyddai unrhyw drafferthion efo'r MW. Roedd hi wedi sylwi droeon wrth weithio'n hwyr yn y Ffrwd nad oedden nhw'n herio unrhyw gerbydau swyddogol. Feiddian nhw fyth herio'r fath gerbydau dros eu crogi, roedd hi wedi ei sicrhau, a'u bod yn gwybod yn iawn y byddai 'na ganlyniadau diawledig yn dilyn pe digwydd iddyn nhw atal un o'r pwysigion rhag mynd o gwmpas ei gorchwylion. Nid rhai i oddef ffyliaid mo'r Orsedd, hyd yn oed os mai gwneud eu dyletswydd fyddai'r ffyliaid rheiny.

Pryderodd Mal bod y gweithiwr taflunwyr rywfodd wedi dianc a rhybuddio'r awdurdodau. Yn sicr byddai hi'n ddrwg arno am fod yn esgeulus, ond yn llawer llai drwg na pheidio â'u rhybuddio. Efallai y cai ddianc efo'i fywyd, neu ei ddienyddio'n urddasol. Â'r holl amheuon hyn yn chwyrlïo drwy'i ben, teimlodd Mal y nwyddau-gludwr yn cyflymu. Daeth chwerthiniad wallgo' o enau Frankie wrth iddo anelu'n syth am y triawd.

"Be' ti'n 'neud Frankie? Arafa wnei di."

"I be'? Gwaeth inni fynd a nhw efo ni i Annwn os ydy hyn yn mynd i methu. Ti dwedodd ydan ni'n llwyddo ne'n marw."

"Ie dwi'n gw'bod. Ond..."

Pe byddai Mal yn dal yn ysbrydol byddai wedi dweud pader wrth un o'r duwiau. Teimlodd gyhyrau ei din yn cordeddu. Tebyg bod Frankie yn iawn, roedd hi'n llawer rhy hwyr i droi nôl, ond roedd y cachgi yn ei enaid wedi codi ei hen ben hyll eto ac yn udo yn ei glust. Â hwythau'n agosáu at y milwragedd ar gyflymder cyson, gwelon nhw'r byrraf yn gorchymyn rhywbeth wrth y gweddill. Gellid bellach weld eu hwynebau pryderus yn glir yng ngoleuadau'r nwyddau-gludwr. Gostyngwyd eu harfau yn ansicr, ond parhâi eu bysedd yn grynedig barod ar y sbardunau. Arafodd Frankie'r nwyddau-gludwr, â'i anadl yn ffrydio'n rythmig. Bron y gellid clywed yr adrenalin yn llifeirio'n wyllt drwy'i wythiennau. Roedd ei hyfforddiant yn rhengoedd lluoedd Yr Orsedd wedi rhoi rhyw hyder iasol iddo na allai Mal ddim llai na'i edmygu.

Ond roedd yn edifar ganddo hyd at fêr ei esgyrn am bob gair o addewid llusgodd Samantha ohono. Ti a dy gopis, Mal bech. Beth fydd yn digwydd rŵan? Beth os caen nhw eu stopio? Beth os na chaen nhw eu stopio? Roedd peryglon amlwg y ddwy ffordd. Beth oedden nhw'n mynd i'w ddweud? Efallai mai camgymeriad oedd arafu. Efallai mai camgymeriad oedd yr holl antur. Ond â'r holl gwestiynau yn troi trwy ei feddwl, chwifiodd yr un fer ei braich i ddynodi y dylen nhw barhau at eu cyrchfan. Atseiniodd ochenaid o ryddhad o'i enau a dad-gordeddodd cyhyrau'i din. Cododd yr un fer ei breichiau i'r awyr, gan gynnig saliwt derwyddol eironig i'r ddau wehilyn wrth fynd heibio.

Anelodd Frankie am un o'r pyrth derw anferthol oedd yn arwain at loriau tanddaearol y Pafiliwn. Stopiodd o flaen sgrin adnabod, a fflachiodd llinyn o oleuni coch ar hyd a lled wynebau'r ddau. Anwesodd y llinyn wyneb Mal bron yn gariadus am ychydig eiliadau, a gwichiodd y drysau trymion yn agored. Llithrodd y nwyddau-gludwr yn ddiolchgar heibio'r porth ac ar hyd tramwyfa goncrid am beth pellter, hyd nes sylwodd llygaid milwrol Frankie ar gilfan gudd a thywyll. Llywiodd tuag ati gan wybod y byddai hi'n anhebygol y byddai'r cerbyd yn tynnu sylw neb yno. Nid eu bod nhw'n debygol o fod ei angen eto, ond eto pwy a ŵyr?

Dianc drwy bencadlys y Ffrwd oedd y bwriad, gan fod Mal mor gyfarwydd â fanno, ar ôl gweld a chofnodi beth oedd yn mynd ymlaen yn y selerydd a chasglu'r dystiolaeth hollbwysig. Byddai Samantha yn disgwyl amdanyn nhw, a Frankie'n cadw gwyliadwraeth wrth i'r ddau arall baratoi adroddiad ddamnïol a gâi ei darlledu'n ddiweddarach drwy'r systemau lŵp awtomatig. Erbyn hynny byddai'r tri wedi hen ddiflannu â'u crwyn yn ddiogel, ac yn barod i dystio i'r werin bobol yn gwrthryfela yn erbyn eu gormeswyr. Dyna oedd gobaith syml gynllun dewr oedd yn greiddiol wedi ei lunio gan Samantha, nid iddi hi gael gwybod pwy oedd y cyn-filwr fyddai'n gymar i Mal yn y weithred. Pam peryglu'r ferch druan fwy nac oedd ei angen efo gwybodaeth nad oedd raid iddi fod yn ymwybodol ohono? Ond roedd hynny oll rhai oriau blin a pheryglus i ffwrdd. Gallai'r cyfan eto fynd yn ffradach. Yr eiliad honno roedden nhw yn nwfn rhywle yng nghrombil yr anghenfil gorseddol a fu'n cam-reoli bywydau'r bobol gyhyd. Gallai Mal deimlo pwysau'r awyrgylch gormesol yn gwasgu arno, â blas a gwefr drygioni pur yn llygru'r awyr.

Roedd llygaid Frankie yn gwibio hwnt ac yma, ag yntau'n mwynhau ei antur filwrol gyntaf ers y Rhyfel. Ymwrolodd ymhellach wrth sylwi nad oedd unrhyw gofnodwyr delweddau na larymau o fath yn y byd wedi eu gosod, cymaint oedd ffydd Yr Orsedd yn nhrefniadaeth ddiogelwch yr MW. Disgleiriai ei lygaid â gwefr a gobaith. Nid oedd hi wedi bod yn anodd o gwbl ei ddarbwyllo i gymryd rhan, a gwyddai Mal ei fod yn ysu am y cyfle i dalu'r pwyth i'r cythreuliaid a wnaeth ei fywyd o a'i gyd-filwyr yn gymaint o hunllef. Ni fyddai dim bellach wedi gallu rhwystro Frankie rhag ceisio cael y maen i'r wal unwaith ac am byth, ac roedd hynny'n codi cymaint o ofn â dim arall ar Mal.

Yn sydyn daeth sŵn twr o draed yn clepian mewn cytgord o rywle tu cefn iddyn nhw, yn dynesu o bell. Swniai'r griddfan merchetaidd oedd yn cadw cwmni iddo fel carcharorion yn erfyn yn druenus am drugaredd. Llamodd Mal a Frankie tu cefn i golofn goncrid braff i guddio. Daeth criw o ddwsin neu fwy o ferched ifanc mewn lifreion gwyrddion i'r golwg drwy'r hanner gwyll, cylchoedd blodau diniwed yn dal yn eu gwalltiau. Roedden nhw wedi eu clymu i'w gilydd gerfydd eu gyddfau â chadwyni llwythog, oedd yn cnulio fel clychau trymion ar fynyglau gwartheg wrth hercian eu ffordd druenus ymlaen. Tu cefn ac o boptu iddyn nhw gorymdeithiai dyrnaid o filwragedd yr MW yn eu hetiau duon tal, gwiail bedw wedi eu clymu at ei gilydd yn chwipiau arteithiol yn eu dwylo. Cai'r trueiniaid eu fflangellu'n greulon hyd eu cluniau, gan dynnu gwaed a thalpiau o gnawd am yn ail. Roedd sgrech un mewn poen yn esgor ar un arall mewn ofn, nes bod y dramwyfa yn un bedlam o synnau annuwiol.

"Ddangosa' i i chi beth sy'n digwydd i rai annheilwng o'u lifrai," crafodd llais robotaidd a llawn malais drwy'r awyr.

Roedd i'w berchennog ddwy lygad emrallt annaturiol, ei chroen yn glaerwyn fel corff marw a'i gwefusau'n llwydlas fel llechen. Teimlai Mal oerfel rhyfedd yn gwasgu'n dynn am ei galon wrth iddo adnabod perchennog y llais yn syth o'r delweddau yr oedd wedi eu gweld ohoni wrth ei waith yn y Ffrwd. Hon oedd yr anfarwol Dorti Afagddu Jones, merch uchel ei pharch ymhlith pwysigion Yr Orsedd, a phrif arteithwraig a threfnydd dienyddiadau'r Wladwriaeth. Fyddai neb am gael ei hun o flaen hon wedi'i gyhuddo o unrhyw ymddygiad gwrth-orseddol, beth bynnag fyddai'r rhestr hirfaith o'r rheiny ar y pryd.

Cododd y llais eto uwch y dwndwr a'r griddfan: "Pwy ydach chi'n feddwl ydach chi? Yn meddwl y gallwch chi osgoi cael eich Gwynfydu? Ffwlbri noeth. Ond fethais i erioed a chael trefn ar fy mhrentisiaid. Mae'n rhaid iddyn nhw ufuddhau. Neu ddiodde'r uchel gosb."

Nid oedden nhw'n edrych mwyach fel y merched ifanc hyderus yr arferai rhywun eu gweld mewn un twr llawn cleber ar y stryd, neu'n clwcian eu ffordd fel ieir am un o'r Cyrn Hirlas. Erbyn hyn edrychant yn fwy fel y plant oedden nhw mewn gwirionedd, gydag arswyd yn tywyllu eu llygaid. Roedd crib eu hysbryd gwrthryfelgar eisoes wedi ei dorri, a phob gwrid o'u hieuenctid wedi gadael eu gruddiau. Efo rhagor o glecian gwiail, hebryngwyd nhw'n waedlyd i lawr y dramwyfa hir tuag at byrth pren trymion yn y pellter oedd wedi eu haddurno efo siâp tri phelydryn haul mewn aur drudfawr. Ac wrth i'r pyrth agor ac i ferched Urdd y Ddawns Flodau gael eu gwthio a'u llusgo i mewn, gellid synhwyro bod rhyw ddiawledigrwydd ofnadwy yn mynd rhagddo'r ochr arall iddyn nhw.

# Pennod 18

Sychodd Mal beth o'r chwys gludiog oedd yn diferu oddi ar ei dalcen â chefn ei lawes. Roedd hi wedi bod yn andros o ymdrech hyd yma i ddringo i'r lle'r oedden nhw, a Mal sawl gwaith wedi teimlo fel rhoi'r ffidl yn y to. Efallai na fu Frankie'n edrych ar ôl ei hun cystal ag y gallai ers dychwelyd o'r Rhyfel, ond roedd yn dal yn gallu rhoi sawl tro am un gan ei gyd-gynllwyniwr. Roedd ffitrwydd cysefin y milwr proffesiynol wedi dal ei afael ynddo.

Am funudau meithion ar ôl i Dorti Afagddu a'i phraidd o ferched ifanc hysterig wylofain drwy'r pyrth trymion, bu'r ddau yn chwilio am fodd i fod yn dyst i be' oedd yn digwydd tu hwnt iddyn nhw. Roedd hi'n amlwg bellach mai yno'r caen nhw'r dystiolaeth oedd ei angen arnyn nhw, ac yno caen nhw'r hyn oedd rhaid ei gael i ddeffro'r Ynys o'i thrwmgwsg.

Roedd y waliau, y nenfwd a'r dramwyfa oedd yn eu hwynebu i bob cyfeiriad o goncrid unffurf. Dim ond y mymryn mwyaf cybyddlyd o oleuni roedd y taenwyr crintachlyd yn ei ryddhau o'u gafael, a byddai cysgod yn hawdd wedi gallu mynd ar goll yno. Roedd hi'n anodd i Mal ddychmygu sut ar wyneb daear roedden nhw'n mynd i gyrraedd y nod heb gael eu dal. Rasiai ei galon fel gwyryf ar fin bwrw ei swildod am y tro cyntaf. Waeth faint o gorneli roedden nhw'n rhoi eu pennau heibio iddyn nhw, yr un patrwm unffurf oedd i'w weld. Dechreuodd Mal bryderu mai nid yn unig methu byddai eu hymdrech ac na fyddai tân gwrthryfel yn cael ei gynnau o gwbl, ond na fydden nhw hyd yn oed yn canfod eu ffordd allan o'r ddrysfa hon. Ond roedd pen proffesiynol Frankie yn sylwi ar bob brycheuyn yn y concrid, pob hollt bychan yn y taenwyr goleuni, pob blewyn o we pry copyn, a phob pelen o faw llygod. Roedd yn ei elfen, unwaith eto'n ddyn ar berwyl.

Fo sylwodd ar gilfach dywyll ddi-nod, ac ar gyfres o ysgolion metel yn arwain oddi yno i entrychion dudew'r Pafiliwn. Ac er na wyddai o i ble roedden nhw'n arwain, dywedai ei brofiad wrtho eu bod nhw yno i ryw ddiben. Roedden nhw'n sicr yn arwain at rywle oedd o ryw bwys. Ac fel y gŵyr pob milwr gwerth ei halen, mae'n llawer haws osgoi cael eich gweld a'ch dal os ewch am i fyny. Ceisiodd Mal egluro'n garbwl na allai o ddringo i unrhyw uchder o bwys, a soniodd yn llipa am y bendro bu'n ei ddioddef ohono ers yn blentyn. Ond efo un edrychiad milain roedd Frankie wedi rhoi gwybod mai arweiniad di-wyro oedd ei angen arnyn nhw bellach, nid cadi-ffanrwydd. Yn fwy na hynny, yfo oedd y dyn oedd yn mynd i gynnig hynny, nid rhyw gadach gwlanen o newyddiadurwr.

Ildiodd Mal, er i'w berfedd gorddi wrth feddwl am y peth, nid bod llawer o ddewis ganddo. Roedd yn llwyr sylweddoli mai dim ond Frankie allai arwain mewn gwirionedd, hyd yn oed os oedd yr olwg orffwyll ym mherfeddion llygaid hwnnw'n codi mwy o fraw arno na wnaeth gosgordd Dorti Afagddu. Ni chafodd Mal druan erioed ei saernïo i fod yn arwr, ond doedd dim modd dadwneud yr hyn roedden nhw wedi ei wneud yn barod. Roedd y gert yn powlio'n ddi-reolaeth, ac roedd yn rhaid dal yn dynn. Roedd wedi llyncu'n galed a dilyn Frankie am yr entrychion fel cyw babŵn. Gallai deimlo ffyn metel yr ysgolion yn arw a budron o dan gledrau ei ddwylo, yn amlwg heb eu defnyddio ers amser maith. Roedd y drewdod llychlyd yn ei fygu, ac roedd dychmygu'r holl sgerbydau llygod mawr oedd yn cyfrannu at yr arogl yn codi pwys arno. A phob hyn a hyn roedd sgrechiadau dynol annaearol yn atsain o rywle uwch eu pennau i hollti'r caddug ac anfon arswyd iasol ar hyd ei feingefn.

Teimlai'n ddiolchgar ei bod hi mor dywyll gan i hynny olygu nad oedd modd gweld pa mor uchel roedden nhw'n esgyn. Prin y gallai weld sodlau Frankie er mai cam neu ddwy uwch ei ben oedden nhw. Roedd hwnnw'n dringo fel gafr fynydd, wedi cael rhyw egni rhyfeddol o rywle. Eilydd gwych oedd adrenalin i'r diffyg maeth yn ei gorff gwydn, a bu'n rhaid i Mal erfyn arno i arafu mwy nac unwaith. O'r diwedd daeth rhyddhad wrth iddyn nhw gyrraedd oriel ysblennydd o farmor oedd yn wylfan o fath. Rhedai'r oriel mewn cylch o amgylch siambr enfawr, gan sefyll ar golofnau anferthol o'r un garreg. Roedd y nenfwd wedi ei arddurno â delweddau syfrdanol o'r haul a'r lleuad, y planedau a'r cytserau a galaethau pell, wedi eu gosod ar gefndir dulas melfedaidd.

Codai gwres llethol o rywle oddi tanyn nhw, gan eu taro yn eu hwynebau. Ceisiodd Mal gael ei wynt ato ar ôl y fath ymdrech, ond roedd Frankie eisoes ar ei hynt. Rhedai efo'i gefn wedi ei grymu a'i ben wedi ei sgrwnsio i'w 'sgwyddau main, fel hen ŵr o'r coed. Ofnai Mal ei fod o bellach yn anwybyddu'r hyn oedd wedi ei gytuno arno rhyngddyn nhw, ac yn dilyn ei agenda ei hun. Talu'r pwyth doed a ddelo. Ond beth allai o ei wneud? Pryderai Mal bod Frankie wedi arfogi ei hun, ac roedd wedi dangos iddo belydr-arf bychan o'i ddyddiau yn y Fyddin Orseddol cyn iddyn nhw ymosod ar y gweithiwr taflunwyr. Roedd Mal wedi ei annog i beidio â mynd i lawr llwybr llofruddiaeth, a rhoddodd addewid nad oedd bwriad ganddo ddefnyddio'r arf.

"Dŵad a fo rhag ofn," roedd wedi mynnu. "Ti byth yn gw'bod os byddwn ni mewn twll ni'n methu dŵad ohono fo. Gwell ti mynd â rhywun efo ti."

Roedd Mal yn ei gredu nad oedd yn fwriad ganddo ei ddefnyddio yn erbyn un o'r werin gyffredin, ac ni fu gofyn gwneud hynny efo'r gweithiwr taflunwyr diamddiffyn. Roedd yn rhaid i hyd yn oed gachgi wrth reddf fel Mal

gydnabod y byddai troi eu harfau eu hunain yn erbyn y
drefn yn brofiad melys, nid y byddai hynny'n helpu i'w
ddymchwel. O ladd hyd yn oed dwsinau ohonyn nhw,
byddai mwy o'r 'ffernols yn codi'n organig fel madarch
mewn tomen o ddom i gymryd eu lle. Roedd yn rhaid
troi'r drol orseddol yn llwyr unwaith ac am byth. A'r unig
fodd o wneud hynny fyddai drwy agor llygaid y werin, a
rhengoedd is y derwyddon, i'r twyll oedd yn cael ei
gyflawni yn eu herbyn yn feunyddiol. Roedd
gwrthryfeloedd y gorffennol ledled y byd wedi dangos mai
unwaith i'r werin ddiosg ei hofn o'r drefn, nid oedd dim y
gallai'r drefn honno ei wneud i atal llanw rhyddid rhag
bylchio'r llifddorau'n yfflon. Roedd dial yn iawn yn ei le,
roedd Mal wedi pregethu wrth Frankie rhai dyddiau'n ôl
wrth drafod eu cynlluniau, ond pam dim ond dial ar ran
Trefor a gweddill y milwyr os oedd modd dial ar ran pawb?
Roedd Frankie wedi amneidio ei gytundeb ar y pryd, ond
ofnai Mal fod hynny bellach mor ddi-werth â phob
cytundeb arall yn y Weriniaeth.

Gwelodd gysgod esgyrnog Frankie yn cyrraedd parapet
o wenithfaen hardd ac yn syllu drosto i ryw wawl coch
efo'i lygaid ar dân. Doedd dim dewis ond ei ddilyn os oedd
eu cynllun i gael unrhyw obaith o lwyddo. Nid oedd ar
unrhyw gyfrif am adael i'r milwr fynd ar ei drywydd ei hun
ar ôl mentro mor bell â hyn. Gwyrodd ei gefn a rhedeg yn
ei gwman yn boenus at y parapet.

Roedd llygaid Frankie wedi eu hoelio ar yr olygfa o'
danynt fel 'tai o newydd ganfod ogof Owain Glyndŵr a'i
holl ryfeddodau. Gellid teimlo'r grym a'r egni gormesol yn
gwefru'r aer. Roedd yn anodd credu eu bod nhw yno yng
nghrombil holl bŵer y Wladwriaeth Orseddol, curiad
calon y drefn ddieflig oedd wedi hollti'r genedl a'r cyfandir.
Y drefn oedd wedi rheoli cyhyd efo dwrn o ddur drwy
godi ofn ac arswyd a thrwy'u defnydd o'r Gwynfyd, a
thrwy ystumio meddyliau'r werin a'r derwyddon is i gredu

bod Yr Orsedd yn hollalluog. Roedd eu dulliau wedi gweithio hyd yn hyn, ond bellach roedd cyfle i wyrdroi'r drefn. Roedd y cofnodion hanes oedd yn dal ar gael yn yr archifau yn dangos bod tranc yn disgwyl pob ymerodraeth yn y pen draw. Y Rhufeiniaid a'r Mongoliaid a'r Asteciaid a'r Sbaenwyr. Yr Otomaniaid a'r Prydeinwyr a'r Almaenwyr a'r Rwsiaid. A'r Orsedd nesaf?

Roedd Frankie yn dal i rythu ar yr olygfa, yn methu dirnad tystiolaeth ei lygaid ei hun er iddo fod wedi tystio i sawl digwyddiad erchyll yn ei ddydd. A methai Mal a chredu bod y cyfle a'r ddyletswydd i newid hanes wedi syrthio i'w rhan nhw. Teimlai fel breuddwyd a hunllef wedi eu cymysgu'n un ffiol derfynol o foddion gwenwynig.

Roedd yr holl wres llethol oedd yn eu tagu yn entrych y siambr anferthol yn tarddu o bydew fflamgoch enfawr yn un pen i'r llawr oddi tanyn nhw. Ceg farus draig, a gwreichion gwynias yn poeri i'r awyr ohono. Roedd dadwrdd bwystfilaidd yn dod o rywle yn nwfn yn ei berfeddion, rhu reibus fel rhyw fadfall hynafol neu lef erchyll Uwcharglwydd y Tywyllwch ei hun. Tu cefn i'r pydew mewn llewyrch rhuddgoch roedd cerflun o dderwydd barfog mewn dillad rhyfeddol, â chroen llwynog yn gorchuddio'i ben. Gerllaw roedd y fintai druenus o aelodau'r Urdd yn eu lifreion gwyrddion pitw yn llefain yn eu hanobaith. Roedd eu dwylo wedi eu clymu uwch eu pennau wrth raffau yn syrthio o ddistyn derw, a'u fferau wedi eu cloi mewn llyffetheiriau haearn creulon. Pob hyn a hyn byddai clec filain a gwaedd yn treiddio at glustiau'r ddau yn yr oriel uwchben y rhuo. Nid oedd yr MW yn ferched i wrthod unrhyw gyfle i fychanu, ac yn awchu am esgus i godi mwy o dalpiau cnawd o'r cluniau a'r ysgwyddau ifanc streipïog.

Tynnodd Mal ei rwydwr delweddau o'i gwdyn bychan ar ei wregys a dechrau medi'r holl dystiolaeth, delweddau a fyddai'n meithrin gwrthryfel ac yn dangos nad oedd Yr Orsedd mo'r grym gwarchodol yr hoffai gyfleu ei hun i fod. Delweddau arswydus yng nghanol eu hystafelloedd byw a fyddai'n dychryn y werin i fêr eu hesgyrn.

Ar lwyfan uchel ym mhen arall y siambr safai Gosgordd Yr Orsedd efo telyn deires euraid o'u blaenau, â'r Nod Cyfrin o goch, du a gwyn tu cefn yn siglo'n ddiog yn y gwres. Roedden nhw wedi eu gosod yn ôl eu rheng, rhai mewn gwisgoedd melyn neu wyrdd neu las, ond hufen y drefn wrth y blaen mewn gwyn. A'r cyfan yn dal ffaglau o dân yn eu dwylo oedd yn anfon cysgodion hyll i ddawnsio'n ddieflig o amgylch y siambr. Ac yn haeddiannol yn mynnu'r sylw ar y Maen Llog yn eu canol, ei choron a'i theyrnwialen a'i dwyfronneg yn disgleirio yng ngolau'r ffaglau, roedd yr Archdderwydd ei hun. Ychydig a feddyliai'r Gorseddogion fod dau ddihiryn o fewn dau gan llath iddyn nhw â'u bryd ar eu disodli a chwalu eu grym unwaith ac am byth. Ychydig a gredent bod y fath ffyliaid cibddall â'u traed yn rhydd yn eu Gweriniaeth Orseddol.

Sythodd cefnau gwarchodlu'r MW hollbresennol wrth i'r pyrth trymion ar y dde yr oedd Mal a Frankie wedi eu gweld yn y pellter yn gynharach lithro'n agored drachefn. Disgleiriodd y pelydrau triphlyg euraid ar eu blaenau mewn adlewyrchiad fflamgoch o'r uffern oddi fewn. Daeth pedair rheng arall o'r MW drwy'r pyrth, gan brocio derwydd mewn gwisg felen yn ei flaen yn anfoddog efo theclyn trydaneiddio. Tu ôl iddo camodd ffigwr awdurdodol oedd yn taflu ei choesau'n uchel yn yr awyr wrth gerdded. Adnabyddodd Mal y llygaid sarff emrallt a'r gwefusau llwydlas, a thorrodd llwybr o ias drwy'r gwres reit at fôn ei asgwrn cefn. Daeth yr osgordd fer i stop wrth draed yr Archdderwydd, ond ynganodd honno'r un gair wrth i Dorti Afagddu draethu yn ei llais oeraidd, robotaidd. Safai'r anffodusyn yn grynedig yn ei wisg felen, gan wyro'i ben fel nad oedd yn gorfod edrych i fyw llygaid yr Archdderwydd.

"Mae'r carcharor hwn wedi ei gyhuddo o fethiant difrifol i gadw trefn ar ei epilion yn groes i reolau'r Orsedd ar gyfer is-dderwyddon," bloeddiodd Dorti Afagddu uwch y rhuo. "Wyt ti'n pledio'n euog neu'n ddieuog? Siarada'n uwch. Mae'n honni ei fod yn ddieuog, Hybarch Archdderwydd. Ydych chi'n ei gael yn euog neu'n ddieuog?"

Trodd honno ei dau fawd am i lawr fel arwydd o'i euogrwydd heb y mymryn lleiaf o emosiwn ar ei hwyneb. Crynodd ddwylo Mal wrth gasglu'r dystiolaeth hon o gyfundrefn gyfiawnder honedig Yr Orsedd wrth ei gwaith. Tynnodd Frankie ei lygaid oddi wrth lawr y siambr am y tro cyntaf ers iddyn nhw gyrraedd yr oriel, ac edrychodd draw at Mal. Sylwodd hwnnw ar wep ei gyd-gynllwyniwr: wyneb gorffwyll fel un ceidwad gwallgofdy ar leuad llawn. Roedd yn cael blas arbennig ar y sefyllfa yr oedden nhw ynddo ac ysbryd rhyfela wedi cydio yn ei enaid eto. A'r tro hwn roedd gelyn gwirioneddol yn ei annel.

Cipiwyd penwisg felen y carcharor oddi ar ei ben, ac wrth iddo gael ei wthio tua'r pydew tân oerodd gwaed Mal. Ceisiodd y carcharor frwydro'n ôl, ond doedd dim diben. Roedd yr holl rym, a'r trydaneiddiwr, yn nwylo'r milwragedd. Mor ddidrugaredd a ffiaidd oedd dull Yr Orsedd o ddifa'r rhai nad oedd yn gallu cadw i'w safonau. Trodd sgrechiadau llancesi'r Urdd yn eu rhaffau a'u cadwynni crynedig yn uwch ac yn uwch wrth i'r cyw-dderwydd a'i garcharwyr ddynesu at y pydew tanbaid. Syrthiodd un yn llipa mewn llewyg i afael ei rhaffau, cyn cael ei hadfer gan ddyrnod arall o'r gwiail. A gellid clywed dwy ohonyn nhw'n wylofain o'u coeau uwchben y gweddill.

"Naaaaa! Tada! Tada!" sgrechion nhw mewn unsain.

Cododd ei ben ac edrych mewn arswyd ar gyrff clwyfedig ei efeilliaid hoff, a daeth dagrau hallt i'w lygaid wrth ystyried sut y bu iddo eu gadael i lawr fel hyn. Ei le o oedd sicrhau bod ei deulu yn cadw at ofynion y drefn, ond roedd o wedi gadael nhw a'r Orsedd i lawr. Gwyddai yn ei galon nad oedd yn haeddu ymestyniad einioes. Ond cael ei ddifa fel y werin gyffredin fel hyn?

"Morfudd. Dyddgu. Ma'n ddrwg 'da fi. Cofiwch 'mod i'n 'ych caru chi i gyd."

Dihangodd ei eiriau olaf heibio llen ei arswyd. Teimlodd freichiau cryfion oedd wedi eu caledu yng ngwersylloedd hyfforddi'r MW yn cydio ynddo. Taflwyd o'r ychydig droedfeddi oedd rhyngddyn nhw a'r pydew. Teimlodd y gwreichion yn goglais ei groen, cyn i'w stumog droi ben i waered. Plymiodd i galon y safn drygioni hwn o greadigaeth Yr Orsedd efo un waedd annaearol a atseiniodd drwy ymennydd gorffwyll ei ferched. Fflachiodd wyneb cyhuddgar ei fam i feddwl Mal. Clywodd hi'n sgrechian a'r gwaed a mêr ei hesgyrn yn ffrwtian. Unwaith eto gallai weld y croen yn plicio oddi ar ei chorff a'i gwallt yn goelcerth, a'r hylif yn ei llygaid yn berwi. Ond nid cynnyrch ei ddychymyg oedd yr arogl afiach o fraster dynol yn rhostio yn ei ffroenau, na blas chwerw'r cyfog a gododd i'w lwnc.

Teimlodd bwniad yn ei ysgwydd wrth i Frankie ei annog i ganolbwyntio ar ei briod waith. Roedd cymaint o dystiolaeth i'w gynaeafu fel nad oedd modd llaesu dwylo am eiliad, a gwyddai bod y milwr yn llygad ei le. Arthiodd Dorti Afagddu ar aelodau ei gwarchodlu i ryddhau merched yr Urdd o'u distyn derw. Dechreuodd rheiny oernadu, gan syllu'n anghrediniol i fyw llygad y pydew tân â hwythau'n ddigon agos i deimlo'r gwres gorthrymus yn ceulo'r briwiau ar eu cnawd.

"'Dach chi wedi peryglu enw da'r Urdd," gwaeddodd. "Mae ufuddhau i'r drefn yn hanfodol er mwyn sicrhau dyfodol y Weriniaeth Orseddol. Heb drefn bydd y Chwyldro'n methu, ac heb y Chwyldro bydd ein Gwladwriaeth yn methu.

"Rhoddodd Yr Orsedd eu ffydd ynoch chi, y genhedlaeth nesa' o'n gwarchodlu o Filwragedd ffyddlon. Byddai miloedd yn rhoi unrhyw beth i newid lle efo chi. 'Dach chi newydd weld be' sy'n digwydd i unrhyw un sy'n poeri yn ein hwynebau ac yn gwrthod ufuddhau. Oedd hi werth hyn i gyd dim ond i ddiweddu'ch oes fel yna?"

Oedodd a chamu'n hirgoes araf tuag at y fintai gwynfanllyd, nifer ohonyn nhw yn adrodd pader dawel wrth eu duwiau. Aeth Dorti Afagddu o fewn modfeddi i wynebau'r merched yn eu tro, ei llygaid emrallt yn treiddio'n ddwfn i'r gornel dywyll o'r ymennydd lle mae arswyd yn aros am ei gyfle. Trodd ar ei sawdl a gorchymyn:

"Ewch â nhw o' 'ma. Dylai pum tro byd mewn gwersyll gydymffurfio efo llafur caled eu newid er gwell."

Ac efo clecian gwiail hebryngwyd y fintai yn ôl am y pyrth derw, gan lusgo'i llyffetheiriau yn swnllyd o'u hôl. Prin sylwoddd Mal a Frankie bod ffigwr prudd arall newydd gael ei bwnio mewn i'r siambr drwy borth llai. Un arall o'r derwyddon, ond mewn gwisg wen y tro hwn. Sawl rheng yn uwch na Goronwy Taliesin druan yn y wisg felen y daeth i'w chasáu cymaint. Roedd hi'n ymddangos bod yr hyn y rhybuddiodd Samantha amdano y noson honno yn Yr Ogof yn wir. Roedd yna gythrwfl mawr reit ar frig y drefn, a'r mynydd o gachu yn dechrau siglo o dan ei wendid drewllyd ei hun.

Syllai Mal heibio'r cysgodion symudliw a cheisiodd gael cip ar wyneb y derwydd er iddo yntau fod a'i ben wedi ei wyro, mewn ofn llawn cymaint â chywilydd. A myn brain i, dyna pwy oedd o. Y Derwydd Materion Dinesig ei hun. Roedd unrhyw ymerodraeth mewn gwir drybini pan oedd hi'n dechrau canibaleiddio ei hun fel hyn. Gorfodwyd iddo sefyll o flaen yr Archdderwydd. Ysgubodd honno o'r neilltu gudyn o'r gwallt du nodweddiadol oedd yn bygwth cripian dros ei thalcen. Syllodd ar y Derwydd efo crechwen ciaidd na ddylai berthyn i wyneb mor hardd. Clywyd lais iasol Dorti Afagddu uwch y rhuo yn bwrw ati efo'r uchelgyhuddiadau.

"Gwilym ap Peredur, rwyt ti wedi dy gyhuddo o ddiffyg teyrngarwch ac o gamddefnyddio ymddiriedaeth Bwrdd Yr Orsedd ynot. Mae gynnon ni sawl enghraifft o'th dueddiad i arddel syniadau rhyddfrydol ac o'u lledaenu. Llugoer dy gefnogaeth fuost di adeg Rhyfel yr Anthem. Rwyt ti'n hynod barod i ddifrïo'r gynghanedd ar draul rhyddiaith, ac i anwesu syniadau, credoau a hyd yn oed pobol estron. Ti ydy'r gwrthgyferbyniad llwyr o bopeth y mae'r Weriniaeth Orseddol Chwyldroadol wedi ei sefydlu i'w meithrin. Rwyt yn elyn i'n pobol. Hybarch Archdderwydd, gan ein bod wedi sefydlu ei euogrwydd mor drwyadl galwaf arnoch i'w ddedfrydu i'r gosb eithaf yn unol â'r rheolau ar gyfer aelodau'r Orsedd."

Cafodd Mal ei ddysgu yn nyddiau ei blentyndod yn y Deml mai drwy dân y byddai eu cyndadau yn aberthu'r proletariat, ond byddai'r derwyddon yn cael y fraint o golli eu pennau drwy lafn neu fwyell. Gwyddai Gwilym ap Peredur hyn yn well na neb, ond nid ymatebodd pan drodd yr Archdderwydd ei dau fawd am i lawr. Nid ynganodd yr un gair na dangos unrhyw gynnwrf wrth i'r Gwynfyd lifo'n swnami drwy ei gorff. Ildiodd yn llywaeth wrth i un o'i garcharwyr ei wthio ar ei liniau a rhwygo'i benwisg i ffwrdd. Camodd merch dal gydnerth oddi ar y llwyfan, ei gwisg wen yn chwyrlïo o amgylch ei choesau yng ngrym y gwres oedd yn tasgu o'r pydew. Adnabyddai Mal hi fel Ceidwad y Cledd, un o swyddogion pwysicaf yr Archdderwydd a merch na fyddai byth yn bell o'i hymyl. O'i blaen cariai gleddyf anferth gerfydd ei llafn, ei phwysau yn gorffwys mewn cod lledr. Ac wrth iddi ddynesu at ei phrae cododd llafarganu o du aelodau'r Orsedd wrth adrodd eu hanthem:

> *'Dyro Awen, dy nawdd;*
> *Ac yn nawdd nerth;*
> *Ac yn nerth, deall;*
> *Ac yn neall, gwybod...'*

Sodlodd un o'r MW ati yn theatraidd a gafael efo rhwysg yng ngwain y cleddyf, oedd wedi ei haddurno â cherrig gwerthfawr a ddisgleiriai fel ffurfafen o sêr coch. Llithrodd y cleddyf mawr o'i wain fel anaconda yn chwilio am ysglyfaeth, ac efo thrwst a fflach o ddur gwahanwyd pen y Derwydd oddi wrth ei ysgwyddau. Clywyd sŵn mud fel pêl gnapan ledr yn glanio mewn pwll o laid, a chodwyd y pen gan Geidwad y Cledd gerfydd ei glustiau i'w ddangos yn fuddugoliaethus i'w meistres. Roedd y ddau lygad wedi eu cau'n dynn a hongiai gwythiennau fel gwallt Mediwsa o dan y pen, nadroedd blin yn ceisio carthu'r gwenwyn fu'n llifo drwyddyn nhw. Syrthiodd gweddill y corff di-ben ymlaen fel sach o datws i'r pwll dugoch oedd yn casglu wrth draed y ddienyddwraig. Pwmpiai gwaed o'r archoll yn y gwddf wrth i'r galon frwydro i gynnal ei waith gyhyd â phosib, a throdd y wisg wen yn ddrychiolaeth sgarlad.

Teimlai Mal yn sâl, ac eto'n syndod o effro i'r hyn oedd yn digwydd. Rhyfeddai ar cyn lleied yr effeithiwyd arno gan yr hyn roedd yn newydd fod yn dyst iddo, ac at ei broffesiynoldeb newyddiadurol ei hun. Ac eto sut allai unrhyw un call fyth allu dygymod â digwyddiadau mor annynol? Roedd wedi hen amau bod rhyw erchylltra diawledig yn mynd ymlaen yn enw'r Orsedd. Ond hyn? O gil ei lygad sylwodd ar ffurf dywyll yn codi'n gyflym wrth ei ochr. Neidiodd hwnnw dros y parapet, a gwelodd mai Frankie oedd yn llithro'n esmwyth i lawr un o'r colofnau marmor efo'i goesau a'i freichiau wedi eu plethu o'i hamgylch. Cyn i'r Gwarchodlu sylweddoli beth oedd yn digwydd, cyrhaeddodd Frankie lawr llechi'r siambr a rhisio am y Maen Llog gan glochdar yn orffwyll. Roedd ei fraich dde wedi ei hymestyn o'i flaen a'i belydr-arf yn gadarn yn ei law.

"Naaa Frankie. Paid. Ti'n difetha pob dim."

Ceisiodd Mal godi ei lais uwch feichio'r pydew, ond roedd hi'n rhy hwyr o lawer. Gwelodd rhai o'r gwarchodlu yn pwyntio'i fyny tuag ato yn yr oriel yn eu braw. Ond ni throdd Frankie ei ben o gwbl, gan ddal i redeg yn ei osgo hen ŵr o'r coed efo'i fryd ar fradlofruddio. Arhosai nifer o'r gwarchodlu yn ddewr fel tarian o flaen yr Archdderwydd, ond taflu eu ffaglau a cheisio sgrialu tua chefn y llwyfan wnaeth aelodau'r Orsedd nad oedd yn rhy fusgrell neu heb eu parlysu gan ofn. Parhai'r Archdderwydd i sefyll mewn anghredinedd ar ei Maen Llog wrth i Frankie brysur ddynesu. Gwyddai hwnnw hyd yn oed yn ei orffwylltra bod yn rhaid bod llawer nes i gael annel cywir efo'i arf llaw. Safai'r gwarchodlu yn syn heb wybod beth i'w wneud, wedi eu hyfforddi i ymateb i orchymyn yn hytrach na gweithredu ar eu liwt eu hunain.

"Gwarchodlu. Anelwch am y dihiryn. Taniwch."

Rhwygodd llais Dorti Agafddu drwy'r galanastra a goleuwyd y siambr gan fflachiadau porffor gloyw o ynni, fel storm drofannol o fellt. Cododd y drewdod mwyaf ofnadwy drwy'r lle, a syrthiodd gweddillion dillad cuddliw Frankie i'r llawr fel pe na fu erioed gorff dynol yn eu llenwi.

# Pennod 19

Teimlodd Mal wayw diawledig yn croesi ei benglog wrth iddo agor ei lygaid yn boenus ac araf. Syllodd ar y nenfwd addurnedig crand o'r bydysawd, yn sêr a bydoedd a chomedau, yn cael ei lyfu gan gysgodion siâp tafodau yn llepian drwy'r llewyrch oren. Ceisiodd roi llaw ar ei gorun i chwilio am waed, ond methodd symud yr un o'r ddwy. Meddyliodd iddo fod wedi ei barlysu neu hyd yn oed wedi marw. Ond roedd yn cofio cwympo o'r oriel i'r llawr. Ynteu cael ei wthio wnaeth o? Roedd yn cofio gweld Frankie yn syrthio'n sach o lwch, a merched y gwarchodlu yn rhuthro amdano yn yr oriel drwy ddrysau trymion. Ni chafodd gyfle i ddianc, nid bod unman i ddianc iddo. Roedd ei ffawd yntau wedi'i selio'r eiliad yr amlygodd Frankie ei hun iddyn nhw. Y penci gwirion.

Wrth i'w feddwl a'i lygaid glirio'n araf gwelodd ei fod ar ei gefn ar allor wenithfaen. Roedd wedi ei gadwyno iddo gerfydd ei arddyrnau a'i fferau, â'i freichiau a'i goesau ar led yn ddiamddiffyn. Safai dwy o'r gwarchodlu gerllaw yn eu hetiau duon yn cadw llygaid barcud arno, er y duwiau yn unig a wyddai pam eu bod yn anelu eu pelydr-arfau ato. Nid oedd Maldwyn Tanat yn mynd i unman ar frys. Ceisiodd ddarbwyllo'i hyn y byddai'n rhy ddefnyddiol i'r awdurdodau iddyn nhw ei ladd. Newyddiadurwr profiadol oedd yn hen law ar greu propaganda, os nad y mwyaf brwd, a mab i gyn-Dderwydd Gweinyddol Gorsedd Powys. Mae'n rhaid bod rhyw werth i hynny o hyd. Efallai y dylai gynnig mynd i gael ei ail-addysgu a'i Wynfydu, nid bod llawer o ddewis ganddo ynglŷn â hynny mwyach. Ond doedd plymio i grombil gwynias ffau'r ddraig yr oedd yn ei chlywed yn rhuo yn apelio'r un iot iddo.

Mewn gwirionedd roedd ei ddyfodol yn llwyr yn nwylo'r merched dichellgar hyn yr oedd wedi creu y ffasiwn elynion ohonyn nhw. Nid oedd ganddo unrhyw reolaeth dros a oedd o i fyw neu farw. Dyna pam na wnaeth unrhyw ymdrech i frwydro'n ôl yn yr oriel; hynny a'r ffaith ei fod yn rhy llwfr. Byddai arwr go iawn wedi taflu ei hun dros y parapet i'w farwol'eth yn hytrach na ch'el ei hun mewn sefyllfa fel hon. Doedd y rhuo ddim mor fyddarol yma ag yn yr oriel, ond yn dal i godi arswyd. O syllu o'i safbwynt anfanteisiol gallai weld y gwreichion eiriasboeth yn codi o hyd fel cawod o sêr gwib o safn hyll y pydew. Rhyngddo a'r fflamau safai gweddillion dillad cuddliw crinsych yn bentwr trist o ddefnydd a llwch a lludw.

Prin oedd y derwyddon a phrifeirdd oedd ar ôl yn y siambr bellach, y rhan helaethaf wedi eu dychryn gan y fath ymdrech ar deyrnfradwriaeth. Ond roedd ambell un yn loetran yn chwilfrydig â ffagl yn dal ynghyn yn eu dwylo, gan syllu tuag ato ynghlwm ar yr allor gyda chymysgedd o atgasedd ac ofn ac annealltwriaeth. Absennol oedd yr Archdderwydd hefyd, a'r Maen Llog yn wag. Pobol eraill oedd yn gorfod baeddu eu dwylo efo dyletswyddau mwyaf cïaidd y Weriniaeth Orseddol, pobol oedd yn fwy na hapus i gyflawni'r dyletswyddau hynny.

Clywodd lais oeraidd cyfarwydd yn cyfarth ar rywun ym mhen pella'r siambr ger y pydew tân. Gallai Mal deimlo'i llygaid emrallt yn rhythu ar ei phrae diweddaraf, oedd yn wylo'n dawel yn lifrai gwyrdd yr Urdd efo'i thraed noethion yn rhydd o'r hualau ond â'i dwylo wedi eu clymu i'r distyn derw. Roedd ei chluniau'n friwiau cas le cawson nhw eu fflangellu'n ddidrugaredd, ond roedd fel 'tai hi bellach wedi gorchfygu'r boen ac ar wastatir dolurio lle nad oedd modd ei brifo mwy.

"Chwipia hi eto," arthiodd y llygad sarff. Ac mi ufuddhaodd y filwraig efo awch anghyffredin. Gwichio'n dawel wnaeth y prae, gan wybod na fyddai natur yn hir cyn ei rhyddhau o'i hartaith.

"Os wyt ti'n meddwl y cei di fynd i'r gwersyll cydymffurfio fel dy ffrindiau, meddylia eto," aeth Dorti Afagddu ymlaen.

"Byddai hynny'n llawer rhy drugarog i ti. Merched ffôl oedd yn trio plygu'r rheolau oedd y rheiny. Gallwn ni eu hail-addysgu efo amser. Ond amdanat ti... Ysbïwraig ar ran y gelyn yn trïo gwthio dy hun i blith ein cyfrinachau, a ffugio dy ffordd i mewn i'r Urdd. Beth am roi cynnig arall ar ateb fy nghwestiynau? Rhag ofn bod rhyw gilfach drugarog yno' fi nad ydw i'n ymwybodol ohono."

Atseiniodd clec o amgylch y siambr wrth i'r greadures ddioddef ergyd arall o'r gwiail.

"Rŵan am y tro ola', d'wed wrtha i pam dy fod ti yma? Be' ydy dy orchwyl a phwy ydy dy feistri? A sut wyt ti'n cysylltu efo nhw?"

"Naaa. Dyw hynny ddim yn wir. Dim ond gweithio fel morwyn i fy meiztrez ydw i. Dwi i ddim yn yzbïwraig. Yr oll o'n i eiziau oedd bach o hwyl a dod i 'nabod pobol yr Ynyz yn well."

"Celwydd! Celwydd! Celwydd! Does dim diben. Torrwch hi i lawr."

Ac wrth syllu heibio bodiau ei draed gwelodd Mal un o'r gwarchodlu yn torri'r rhaff oedd yn cysylltu Arzhela â'r distyn derw. Sylwodd ar ei hosgo simsan ar ben ei sodlau hirion, a'r tin swmpus a'r wyneb pert heb arlliw o golur arno o dan ei het gantel ddu. Rhynnodd ei waed fel rhaeadr wedi rhewi. Samantha! Ceisiodd weiddi ei henw ond doedd dim smic yn dŵad heibio'i wefusau mud. Gwyliodd hi'n cydio fel feis yn y ferch. Bloeddiodd honno mewn anghredinedd yn wyneb y ddynes a'i hudodd i weithio iddi.

"Meiztrez! Naaa. Peidiwch. Dim ar ôl popeth..."

Ni chafodd orffen ei brawddeg cyn i'r fflamau ei llyncu'n farus. Atseiniodd un sgrech olaf o amgylch y siambr, man oedd wedi clywed nifer dirifedi o sgrechiadau olaf ac a oedd yn disgwyl yn eiddgar i glywed llawer mwy. I gyd yn enw'r Orsedd hollalluog. Daeth y drewdod cyfarwydd o gnawd croyw yn sïo'n grimp i lenwi'r siambr, ond tawelodd llefain Arzhela mor gyflym ag y dechreuodd.

Clywai Mal glepian sawl pâr o esgidiau trymion yn sodlu ar draws y llawr llechi tuag at le'r oedd yn gwingo'n aflonydd. Daeth wyneb di-emosiwn a di-liw Samantha i'r golwg. Erfyniodd ei lygaid arni i'w helpu, ond gwyddai yn ei galon nad oedd dim bellach yn mynd i'w gael o'r cawl hwn. Gallai ond gobeithio y byddai'r diwedd yn sydyn a di-boen. Bu Frankie'n lwcus yn hynny o beth os fawr dim arall yn ei fywyd trist.

"Ti? Samantha?" gwasgodd y geiriau yn wantan heibio'i dafod sych. "Ti yn rhan o'r drefn ddieflig hon? O'n i'n meddwl mod i'n golygu rhywbeth i ti?"

"Taw ddihiryn," torrodd Dorti Afagddu ar ei draws. "Fi sy'n gwneud yr holi fan hyn. Dwi am gael gw'bod popeth am eich mudiad, os ydy o'n haeddu'r fath ddisgrifiad. Enwau. Cyfeiriadau. Perthnasau. Rhieni. Plant. Brodyr. Chwiorydd. Gwŷr. Gwragedd. Swyddi. Pob dim. A waeth iti gyfadda' ar y dechra' cyn inni orfod troi at ddulliau llai cysurus. Wedi'r cyfan does gen ti ddim i'w golli nag oes? Ar wahân i dy daclau caru wrth gwrs. Ond mae gynnon ni bethau eraill i roi cynnig arnyn nhw cyn y daw hi i hynny."

Chwarddodd chwerthiniad gwrach yn ychwanegu llygad ystlum a choes broga arall i'r crochan. Ceisiodd Mal wasgu'i gluniau ynghyd yn ei anghysur, ond yn ofer. Curodd Dorti Afagddu ei dwylo'n galed ddwywaith mewn gorchymyn a daeth derwydd mewn gwisg las ofydd i'r llwyfan drwy borth lle safai'r Osgordd ynghynt. Eisteddodd wrth y delyn deires a gwthio'i gwallt cringoch yn ôl i glydwch ei phenwisg.

Llamodd a suddodd calon Mal mewn un don wallgof. Nid oedd erioed wedi dychmygu i Ceridwen fod mor uchel yn y drefn, ond dyna lle'r oedd hi wrth y delyn. Ychydig a feddyliodd ei fod yn cadw cwmni i rhywun mor bwysig wrth iddyn nhw fwynhau sawl ennyd pleserus yng nghwmni ei gilydd ers y noson gyntaf yna yn Y Coelbren. Ond pwy sy'n gofyn cwestiynau pan fo'r sug yn codi? Ffliwjen ydy ffliwjen, hyd yn oed un o eiddo'r crachach. Roedd wedi cael ei sugno i mewn i un cynllwyn mawr, ac wedi syrthio i'r fagl fel cog deunaw oed oedd yn methu credu 'i lwc. Samantha a Ceridwen ill dwy yn abwyd, ac yntau wedi ei lyncu'n farus cyn i Dorti Afagddu ei dynnu i mewn i'w rhwyd gadw fel eog twp. Grym y sip wedi bod yn drech nag o eto, ond efo canlyniadau llawer mwy difrifol na chymar blin i ddelio ag o y tro hyn.

A beth am Els? Gobeithio bod Els yn iawn o leia'. Rhusiodd ei feddwl drwy ei gamau gwag lu dros y misoedd diwethaf. Tebyg mai Ceridwen bwyntiodd y bys at ei gŵr meddw ei hun, a gafodd y bai am fethu â chadw trefn ar ei efeilliaid. Druan ohono, ond a oedd o'n wirioneddol haeddu gwraig mor ddau wynebog a dichellgar? Lodes mor benderfynol o gyrraedd y brig nes ei bod yn fodlon aberthu ei gŵr, a gweld ei phlant yn diflannu i'r we o wersylloedd ail-addysgu? Digon gwir na chafodd hi fawr o drafferth i rwydo Maldwyn Tanat. Bu hi'n abwyd llwyddiannus iawn a'r caru'n wefreiddiol, a thybed a fu tafod Mal mor llac yn ei wefr ac y bu ei gopis?

Paratôdd Mal ei hun ar gyfer y gwaethaf. Os nad oedd Ceridwen am arbed ei theulu ei hun, roedd pethe'n edrych yn wirioneddol ddu arno. Ac wrth iddi daro'r nodau cyntaf ar y tannau a dechrau canu Ymadawiad Arthur, gwibiodd ei feddwl yn ôl drwy'r niwl i ddyddiau plentyndod yn Y Deml. Cerdd blydi Dant. Y 'ffernols anhrugarog. A gwyddai'r eiliad honno nad oedd unrhyw fodd y byddai'n gallu goddef artaith mor ddi-dostur heb wallgofi'n llwyr.

# Pennod 20

Wel helo Els, ers hydoedd. Wyt ti 'nghofio fi, Maldwyn Tanat? A dwi inne'n falch o dy weld dithe hefyd. Mae'r amser wedi gwibio heibio fel y gwynt. 'Sgen ti amser i ddŵad am goffi bech, inni g'el cyfle i ddal i fyny? Beth am y caffi palmant bech 'na fan acw o dan y Nod Cyfrin? Pob tro yn brysur yne, sy'n arwydd da medden nhw. 'Stedda. Dau goffi du Llwyn Iorwg os gwelwch yn dda.

Fydda' i'n dŵad yma'n aml ar ôl gwaith yn yr haf fel hyn. Mae'n lle da i ymlacio ac i wylio pobol yn mynd o gwmpas eu pethe'. Ac mae 'na awel glên pob tro yn chwythu 'ddar yr afon. Ydw, dwi'n dal yn Y Ffrwd, a fanne fydda' i bellach debyg. Ond o leie' dwi'n dringo'r rhengoedd 'pyn bach, yn gynhyrchydd gwirionedde' erbyn hyn. Dwi'n ei ch'el hi'n anodd fy hun credu 'mod i mewn parchus arswydus swydd. Faswn i ddim yn deud ei fod yn llawer mwy difyr nag oedd o, ond mae 'nghadw i allan o drybini.

Ond dyne ddigon amdana' i. Be' amdanat ti? Felly fuest ti'n meddwl amdana' i drwy'r holl droeon byd, do Els? Dwi'n gw'bod nes i jest diflannu, ond doedd dim ishe iti boeni. Doedd dim bwriad gen i drïo difa fy hun fel y tro cynt. Mae'r hen Maldwyn Tanat yn gog sy'n gallu gofalu am ei hun, wastad yn codi o'r domen heb ddrewi o dail. O dan yr wyneb addfwyn hwn mae 'na gymeriad o ddur, a dwi wedi gorfod dysgu c'ledu a deall be' ydy be'. Mae'n rhaid iti edrych ar ôl dy fuddianne' dy hun yn yr hen fyd 'ma neu bydd pawb yn sangid arna' ti.

Dwi'n derbyn imi fod yn annheg efo ti, ac mae'n wir ddrwg gen i. Doeddwn i wir ddim am dy frifo, a dylwn i fod wedi cysylltu, ond doedd pethe ddim yn hawdd. Ac mi ydw i'n cofio be' ddwedes i wrthot ti yn y parc y diwrnod hwnnw. A chreda fi ro'n i'n ei feddwl o o waelod calon. Dwi ddim yn 'difaru deud hynny achos roedd o'n wir, ond mae'n rhy hwyr rŵan, ac ma' pethe' wedi symud yn eu blaene'. Ti'n gw'bod sut mae bywyd. Ti byth yn gw'bod be' sy' rownd y gornel nesa', a ti'n gorfod mynd efo'r lli' neu g'el dy foddi.

Na, dwi heb fod yn Yr Ogof ers hydoedd. Dydy'r lle at fy nant i mwyach. Dydy rhai ohonon ni fyth yn rhy hen i dyfu fyny am w'n i. Wyt ti'n dal i fynd yno, a phawb arall o'r hen griw? Ac mi lwydd'ist i g'el gwasan'eth Dr Heinkel? Do wir?

O, dyma hi fy nghymar o'r diwedd, yn y Carneddog mawr 'ma. Ie, ynde? Pwy fase'n meddwl cysylltu enw Maldwyn Tanat efo bonedd-gludwr swanc? Agor y ffenest, lodes, iti g'el deud helo wrth hen ffrind i mi. Els, ga i dy gyflwyno di i Ceridwen? 'Den ni'n dau ar ein ffordd i'r ymarfer Cerdd Dant, ti'n gweld, Els.

A gwna ffafr â fi Ceridwen. Cysyllta efo'r Llu Heddwch, a d'wed wrthyn nhw fod un o dwyllwyr Dr Heinkel yma yn barod i lenwi un o'u celloedd. A phaid a meddwl am ddianc, Els bech, gallwn i dy ddifa di efo un ergyd o belydrau porffor. Gwyn dy fyd, Els. Gwyn dy fyd.


DIWEDD

MELIN BAPUR

Ar gael hefyd o www.melinbapur.cymru

*T. Gwynn Jones*

# Enaid Lewys Meredydd:
# Stori am y Flwyddyn 2002

*"Draw yn y pellter, fel dwy aden wen fawr, roedd dwy long awyr yn troi ac yn hofran, weithiau'n codi ac weithiau'n gostwng uwchben Sir Fôn, a'r naill fel pe buasai yn ymlid yr llall, fel pe buasent ddwy wylan ar yr aden. Daethant yn nes, nes.*
*Roeddynt o'r diwedd uwchben Menai. "Gwêl!" ebe Ap Rhys.*
*Gwelwyd rhywbeth fel llinyn o dân yn neidio o un llong at y llall, a'r funud nesaf, roedd y naill yn disgyn fel carreg i'r afon, a'r llall yn ymgodi fel pluen i'r awyr."*

Y flwyddyn yw 2002. Hyd ei oes, mae Meredydd Fychan wedi bod yn glaf anymwybodol dan ofal meddyg, yn fyw ond heb ddangos unrhyw arwydd o ymwybyddiaeth. Ond un bore, mae'n deffro, ac yn taeru mai ef yw Lewys Meredydd, bonheddwr fu farw bron i ganrif yn ôl. Does bosib ei fod yn dweud y gwir?

Ysgrifennwyd *Enaid Lewys Meredydd* yn 1905, ac mae'n ymddangos yn y gyfrol hon ar ffurf llyfr am y tro cyntaf erioed. Y nofel hon, hwyrach, yw'r nofel ffuglen wyddonol cynharaf i'w hysgrifennu yn yr iaith Gymraeg, ac mae'n cynnig cipolwg unigryw o ddychymyg un o Gymry blaenllaw'r oes ynglŷn â'r dyfodol.

*H. G. Wells*

# Y Peiriant Amser

*"Eiliad yn ddiweddarach roedden ni ein dau'n wynebu ein gilydd: minnau a'r creadur bregus hwn o'r dyfodol. Daeth yn syth ataf i, a chwarddodd yn uchel yn fy wyneb. Fe'm trawyd yn syth gan y ffaith nad oedd yr un awgrym o ofn ynddo o gwbl."*

Un noswaith yn Llundain tua diwedd y bedwaredd ganrif ar bymtheg, mae gŵr ffraeth a hyddysg yn estyn gwahoddiad i grŵp o'i gyfoedion fod yn dyst wrth iddo arddangos ei ddyfais anhygoel newydd: y Peiriant Amser. Gyda hwn, mae'n teithio cannoedd o filoedd o flynyddoedd i'r dyfodol ac yn cael ei hun mewn paradwys, o'r golwg. Pam felly bod popeth i'w weld mewn adfeilion? A beth sy'n llechu dan wyneb y byd rhyfedd newydd hwn?

Nofel gyntaf Herbert George Wells, heb os, yw un o'r portreadau enwocaf o'r dyfodol mewn ffuglen, ac hyd heddiw, mae'n un o'r rhai mwyaf arswydus. Erys yn un o gerrig milltir hanes ffuglen wyddonol.

Y cyfieithiad newydd hwn yw'r tro cyntaf i waith Wells fod ar gael yn y Gymraeg.

# www.melinbapur.cymru

Dilynwch ni ar:

X (@melinbapur)
Facebook (@melinbapur

www.ingramcontent.com/pod-product-compliance
Lightning Source LLC
Chambersburg PA
CBHW040532170726

48295CB00012B/443